Jacques à la guerre

Du même auteur

Comme si c'était moi, Seuil, 2004 ; Points, 2015.
Petit lexique amoureux du théâtre, Stock, 2009.
Mémé, L'Iconoclaste, 2014 ; J'ai lu, 2017.
Cher François. Lettres ouvertes à toi, Président, Flammarion, 2015.
Thank you, Shakespeare !, Flammarion, 2016.
Nous qui sommes devenus le mauvais temps, Le Cherche Midi, 2018.

Philippe Torreton

Jacques à la guerre

roman

PLON
www.plon.fr

Éditions Plon :
12, avenue d'Italie
75013 Paris
Tél. : 01 44 16 09 00
Fax : 01 44 16 09 01
www.plon.fr

ISBN : 978-2-259-26364-1
Dépôt légal : août 2018
Mise en pages : Graphic Hainaut (Anzin)

À ma mère

À ces hommes,
tous ces un plus un d'hommes,
toutes ces gouttes d'hommes que l'océan
de l'Histoire rend invisibles.

« — Mon père, il me semble que je vois mon père…
— Où, Monseigneur ?
— Dans les yeux de l'âme, Horatio. »

William Shakespeare, *Hamlet*,
acte I, scène II.

1

On roulait tous les deux, mon père et moi. Mais mon père, pour la seule fois de ma vie, était là rien que pour moi. Il avait négocié ça avec ma mère, c'était mon tour.

C'est la dernière fois que la vie fut belle. Après, la guerre est arrivée. Juste après la guerre, mon père est mort d'une crise cardiaque, et encore après je me suis retrouvé comme un couillon en Indochine.

2

Pour l'instant j'ai sa main sur ma cuisse gauche. Il me parle de ses clients que l'on va visiter et sa voiture file sur les routes nationales de cette Normandie printanière. Seuls les impératifs de la conduite nous séparent, mais une fois le levier de vitesse du volant repositionné sur le bon rapport, sa main me revient. Pour moi, la vie peut commencer ou s'arrêter là, c'est comme elle voudra, je m'en moque. Le bon Dieu que ma mère sollicite si souvent peut décider, je lui laisse la main, moi j'ai celle de mon père sur la cuisse gauche et elle me suffit amplement.

Je vois mon père de profil. En voiture je le voyais toujours de dos.

Cette lisière impeccable entre le col de chemise et ses cheveux noirs, je l'ai contemplée des heures durant. Distante de trois centimètres exactement. Mon père était soigné, élégant. Quand il se trouvait à la maison, on pouvait frapper à la porte à n'importe quelle heure de la journée, celui qui ouvrait en souriant était toujours soigneusement habillé, présentable, bien mis comme on disait ; c'était ça mon père, un homme bien mis.

Comme nous étions quatre frères et sœurs à occuper la banquette arrière et que la Renault n'offrait pas une habitabilité record, il en fallait toujours un assis sur une fesse et accroché au siège avant pour que les autres puissent aligner leurs croupes fraternelles. En général c'est moi qui m'y collais ; ma truffe se retrouvait à une poignée de centimètres de la nuque de mon père, je pouvais m'en repaître secrètement. J'ai passé des trajets entiers à l'étudier, à la respirer afin de savoir exactement quoi dire au coiffeur le jour où je serais en âge de décider. Ses cheveux étaient enduits d'une crème qui sentait bon, il avait un petit grain de beauté là où, trois ans plus tard, exactement au même endroit, une écharde métallique déchirée d'une bombe anglaise me ferait une jolie cicatrice en forme de croix catholique. Lui c'était un grain de beauté, juste à mi-chemin entre la base de ses cheveux et son col de chemise, légèrement sur la gauche. En avait-il ailleurs ? Je ne pourrais le dire, je ne l'ai jamais vu torse nu et je pense que ma mère serait bien en peine de répondre. J'aimais les plis de son cou lorsque sa tête tournait de droite et de gauche. Les plis, les cheveux, les cols de chemise, la crème lissante et la voiture, c'était mon père.

C'était une première, car d'habitude le privilège des sorties entre hommes revenait à mon frère. Je les ai vus partir plus d'une fois faire des choses que je n'avais pas à savoir. Ce frère plus vif, plus habile aux filles, brillant, répondant et drôle, agaçant et charmeur je l'aimais et le maudissais : il déflorait tout avant moi. Quoi que je fasse, il l'avait fait. Quoi que je dise, il l'avait dit et en mieux, en plus enlevé, les mots dans le bon ordre ; mes plus grands rêves étaient noyés dans ses plus faibles soupirs. En plus d'être l'aîné, il était le dieu sur pattes de la tante Léopoldine, celle qui à Noël et à son anniversaire doublait la mise de cadeaux et lui garderait le plus gros pour la fin.

Là où je le tenais, c'était la nuit. Il avait peur du noir. Moi pas, jamais. Pour moi, la nuit c'est comme le jour sans la lumière ; lui, il en devenait godiche faut voir comme, son droit d'aînesse devenait prière, supplique et demande d'asile. On dormait ensemble au premier étage dans le même lit et chaque soir c'était le même tintouin. Il se déshabillait nerveusement en regardant autour de lui, se cassait une fois sur deux la figure en retirant fébrilement ses chaussettes, vérifiait les fenêtres comme un expert en fenêtres fermées, puis fonçait dans le lit en évitant soigneusement que ses pieds nus se rapprochent trop près du dessous du cadre – ce qui en général lui faisait faire un bond –, se recroquevillait sous le drap en emportant l'édredon dans sa panique et là, emmitouflé dans sa trouille, me demandait d'une voix étouffée d'aller vérifier sous le sommier. Chaque soir, pendant une pincée de secondes, j'étais l'aîné, le grand qui rassure le petit – même que parfois je le charriais mais il n'aimait pas ça, et comme cet animal pouvait me faire la lippe pendant des jours, je préférais vérifier sans rien dire. Je l'aimais, il le savait et ça me rendait faible.

Ce frère aîné s'appelait André, mon père s'appelait André et moi c'était Jacques.

En regardant mon père de profil, je me disais que, plus tard, je n'aurais qu'un enfant. Un fils et c'est tout.

3

Mon père conduit poliment, je suis sûr que sa voiture l'aime d'amour, il ralentit, anticipe les grossièretés de la route, les nids-de-poule, les flaques d'eau boueuses, il est galant avec elle. Quand, exceptionnellement, il fait grincer les pignons métalliques de la boîte de vitesses de la Celtaquatre, il s'en excuse d'une telle grimace contrite que l'on pourrait penser que ses propres dents en ont souffert. J'ai toujours pensé que le silence de ma mère durant ces trajets était tressé de jalousie. Mon père n'était pas le même au volant, il était joyeux et disponible, alors ma mère le regardait de biais.

Notre pauvre mère avait peur en automobile car pour elle ce n'était pas une voiture mais une « automobile ». Une voiture, c'est tiré par un cheval, c'est vivant, ça fait des crottes qui sentent bon et que l'on peut balayer sur la chaussée et récupérer pour faire pousser les légumes, ça produit un joli son sur les pavés de Rouen ; en voiture à cheval on est surélevé, on voit bien et au loin, on a le temps de voir arriver une silhouette, de l'identifier et de lui adresser un bonjour si les relations le permettent… Tandis que cette Renault l'emmenait à des vitesses inconcevables, ses yeux n'avaient pas le temps d'apercevoir ni les maisons ni les gens, tout s'échappait et disparaissait avant qu'elle parvienne à mettre le moindre nom sur le moindre visage. Dans les virages, même les plus larges, ses mains saisissaient tout ce qui pouvait s'agripper. Son métabolisme, depuis des lustres, s'était adapté aux transepts sonores et dépeuplés de ses églises préférées, ses genoux, ses mains, ses yeux s'étaient, à force de prières, modifiés pour intégrer le dur, le froid de l'immuabilité sainte, alors une Celtaquatre lancée à plus de soixante-dix kilomètres à l'heure sur les routes par un époux souriant, heureux et fier de sa progéniture itinérante perturbait son organisme intime.

Cette crainte envahissait son esprit et lui faisait tout voir en noir. Avant de s'asseoir à la place du passager, puis de s'y tasser, ma mère avait toujours l'air sévère et inquisiteur, comme si elle cherchait un indice, une trace, la preuve d'une vie parallèle loin d'elle et de son sacerdoce familial, un cheveu coincé dans un renfoncement de tissu, un papier froissé au sol, une fragrance cotonneuse, une fleur fanée dans le petit vase que monsieur Louis Renault avait prévu dans ce modèle récent. Elle qui devait demander la permission avant d'acheter un manteau, qui restait coincée dans sa semaine à noter ses dépenses, elle qui, comme repas du soir, finissait les biberons de ses petits repus – c'est notre voisine lingère, madame Cordin, qui me l'a soufflé un jour à travers le rotin de ses panières : « Ta mère c'est une sainte » –, il fallait en général attendre plusieurs kilomètres, un coup de frein ou une insolence de mon frère (depuis la banquette arrière) pour entendre le son de sa voix.

Monsieur dimanche promenait madame semaine, mal à l'aise dans cette « automobile ».

La Celtaquatre était l'outil de travail de son homme, elle avait coûté cher. Je me souviens encore des discussions, que nous n'étions pas censés entendre, entre elle et mon père qui avait passé commande sans l'en avertir de ce modèle tout juste sorti ; il avait beau parler investissement, prestige, élégance, elle n'entendait qu'endettement, m'as-tu-vu et vulgarité. À ses yeux, cette voiture, symbole du métier itinérant de son trop beau mari, représentait du temps volé, les nuits de longues semaines passées seule avec deux filles et deux garçons sur une artère venteuse adossée aux vieux remparts de Rouen, le boulevard de l'Yser, boulevard de l'hier, du passé, du cloué sur place ; son homme allait de l'avant avec sa Celta mais ses prières, à elle, la retenaient en arrière. Ses prières serpentantes, profitant de son immobilisme, la ceinturaient, lierre chrétien qui la liait à l'ombre de notre boulevard, lui faisant accepter son devenir comme on se résout à la nuit tombante. Ses mains jointes ont dû rater des milliers d'occasions de saisir celles de mon père agrippées au volant !

Cette voiture coûtait cher en lundis matin de bonne heure, lorsqu'il essayait de trouver une place pour ranger sa valise personnelle parmi les housses de costumes et les boîtes en carton protégeant les chemises. Il était représentant en vêtements masculins. Tout ce que les hommes portaient – excepté chapeaux et chaussures – se retrouvait plié, houssé, protégé de papier de soie, et avait sa place dans la Celtaquatre, même le caleçon à taille élastique qui venait d'apparaître. On découvrait les congés payés, les Français cherchaient du souple et du facile. Avant on s'habillait le matin et on se déshabillait le soir, chaussures à boutons, agrafes, plastrons et faux col, une armure quotidienne trahissant le métier, la classe sociale, mais depuis 36 et les « vacances pour tous » on allait dans les champs et sur les plages, on mangeait sur l'herbe à l'ombre des saules, on partait, à pied, à vélo, en train mais on partait – j'avais même vu sur le boulevard une famille de quatre, en tandem, venue de Montrouge, les deux gosses dans une carriole, destination l'Eure du côté de Saint-Pierre-du-Val. Le vêtement devait suivre le mouvement social, on se découvrait, le dessous devenait le dessus, les manches se relevaient l'été mais sans crachats dans les paumes pour saisir un manche de pioche, les cols s'ouvraient, le soleil avait le droit d'entrer, de caresser les poitrails remplis de vapeurs gauloises et les jambes blanches des ouvrières. Tous ces corps engourdis de travail, tous ces cals laborieux pouvaient enfin se pommader de temps libre.

Mon père avait tout dans sa voiture, l'ancien et le nouveau monde, le plastron et le petit foulard ; il aimait ça. Il était content de partir, sans remords, sans les adieux de l'homme subissant son dur métier, car son métier était doux et changeant, il vendait de l'étoffe, il séduisait, il sillonnait la Normandie la semaine et revenait le samedi parfois tardivement, fatigué, mais content. Il nous parlait de gens qu'on ne voyait jamais, de commandes ronflantes et rassurantes et d'espèces sonnantes et trébuchantes, le côté ingrat – les frais, ses relations avec son patron, monsieur Luquet – il se le gardait ; il nous donnait à voir la vitrine, il était nos yeux – j'ai connu la Normandie grâce à lui avant d'être en âge de l'arpenter seul –, il nous rapportait des bonbons, parfois une babiole, du papier de soie pour Élise, des boîtes en carton, un échantillon de tissu, un porte-clefs, qu'il préférait nous donner discrètement. Et avec eux on faisait le bilan de la semaine scolaire en mâchouillant nos réglisses ; les notes, les devoirs, les appréciations, tout y passait.

André s'arrangeait toujours pour toucher le gros lot en gratulations et remontrances, bonnes notes et insolences ; mon père se reconnaissait en lui et ça se voyait. Parce que mon frère avait pris son relais dans l'instinct maternel de la tante Léopoldine, parce qu'il avait dans l'œil le sourire malin des préférés, notre père ne savait trop comment s'y prendre avec lui, un coup au-dessus un coup en dessous,

André le faisait rire et ça avait le don d'irriter ma mère, ces montagnes russes. Moi c'était plus simple, j'étais un peu dyslexique, distancé et pointé du doigt, je voyais les autres de dos lire en danseuse, mon horizon se limitait à mon index pointant les syllabes que mon cerveau inversait, les mêmes difficultés, les mêmes sempiternels progrès à faire. En dehors de ça rien à signaler : Jacques, élève discret et gentil. Peut mieux faire.

4

Tous les dimanches, nous allions déjeuner chez «l'oncle Damerval». Il avait bien une femme, la tante Victorine, sœur de notre grand-père maternel, mais nous allions «chez l'oncle». Et c'était nos seules escapades en famille.

Le samedi soir mon père revenait épuisé. Le dimanche matin, ma mère rentrait de Saint-Nicaise les doigts écarlates de prières nerveuses. Lorsqu'elle pointait sa grisaille pieuse à l'angle de la rue Poussin et du boulevard, la voiture était prête à partir. Pour Sévis. On réintégrait la maison le dimanche soir, avant le dîner, puis la Celtaquatre repartait le lundi matin de bonne heure. Ma mère n'a jamais eu son mari pour elle toute seule.

Cet oncle était ce que la famille avait de plus sérieux à offrir, une valeur sûre, une caution; directeur de l'école d'Auffay, autant dire un monsieur, il avait fait construire une solide maison à Sévis. Même si mon père se faisait régulièrement remonter les bretelles politiques par ce «jauressien» en diable – qui avait poussé la ressemblance jusqu'à se tailler la même barbe que son modèle –, il était content de nous y conduire.

Ces dimanches et cette voiture étaient une preuve de belle vie, de liberté, cela signifiait un métier, un peu d'argent de côté, une famille avec des mouflets qui se suivent et une épouse à la maison. Souvent, je me suis demandé si elle était bien sa femme puisqu'il l'appelait gentiment « ma mère » ; il se comportait plus comme l'aîné de la fratrie que comme son homme : elle avait cinq gosses et le grand conduisait la Celta.

Je m'en voulais de penser ça, mais nos trajets dans la Renault m'y poussaient ; je passais beaucoup de temps à essayer de comprendre pourquoi mon père était tombé amoureux de ma mère. Après le décès de ses parents, il avait été élevé par sa tante Berthe, une vieille fille bossue qui vivait chez sa sœur, la fameuse Léopoldine, laquelle avait hérité différents biens immobiliers de ses patrons, monsieur et madame Lacassagne. La pauvre Léopoldine, gouvernante de son état, s'était donc retrouvée riche, mais vite dépossédée de son pactole par un notaire et un pharmacien de Rouen qui, prétextant aides et protections, l'avaient méticuleusement spoliée. Des fauves. De ce pillage en règle ne subsistaient que la maison du boulevard, au 67, et quelques petits appartements qui assureront un peu de revenus à la famille – nous mangions, les jours de fête, dans des assiettes en porcelaine mais nous n'avions pas vraiment de quoi remplir les plats à viandes et les services à poissons. S'il n'y avait eu ces deux rapaces, mon père n'aurait pas eu besoin de travailler puisque dans la corbeille de sa tante il y avait de quoi vivre et percevoir de nombreux loyers jusqu'à la fin de ses jours : on parlait d'une ferme, d'un village entier, d'actions, de vaisselle, de meubles à n'en plus finir, de linge de maison, de couverts impériaux, de tableaux, de bronzes, toute une vie d'un XIXe siècle militaire et possédant. À la maison, j'ouvrais les boîtes contenant l'argenterie, je regardais nos couverts gravés au nom de Lacassagne et la Grande Armée apparaissait, rangée dans les boursouflures de soie blanche, avec les petites cuillères au bout pointu comme des carrés d'infanterie, les alignements de couteaux présentés tête-bêche prêts à étinceler au-dessus des crinières, les dents des fourchettes assurant la défense; il y avait même des fourchettes rien que pour les huîtres – nous n'en mangions jamais mais nous possédions de quoi les avaler et parfois je m'entraînais au cas où, un jour, cette opulence nous reviendrait. Dans le buffet de la salle à manger, régnait le fragile peint à la main, des assiettes pour chaque chose et toutes différentes.

Mon père a dû trouver chez ma mère le rêve d'une famille… mais a oublié d'en être le père au quotidien. Il avait sa maison, ses deux tantes et sa femme pour l'intendance, il pouvait filer sur les routes l'esprit libre.

Mon angle de vue, depuis ma demi-fesse et mes mains accrochées au dossier du conducteur, me permettait d'avoir en enfilade la nuque propre et joyeuse de mon père et la mine sombre et inquiète de ma mère : son sac à main qu'elle ne lâchait pas, pressé contre son ventre comme une bouillotte qui apaise le mal, confirmait mes pensées.

Trois à l'arrière pouvaient tenir, alors j'ai toujours pensé qu'on était un de trop. Et mon immense confiance en moi m'avait forcément désigné comme étant le surnuméraire de la famille : mes sœurs étaient l'horizon en dentelle de ma mère, mon frère aîné avait la permission de minuit et moi je m'accrochais au siège en remettant mes syllabes en ordre.

Arrivés chez l'oncle et passé les bises et les phrases convenues, ma mère filait droit vers les toilettes au fond du jardin. C'est seulement ensuite qu'elle retrouvait figure humaine, prête à contrer les tonitruances anticléricales de son parent barbu et bouffeur de curé.

Cet oncle habitait la seule maison à étage du village. Lorsque nous partions chez lui, j'avais le sentiment de rendre visite à un riche parent demeurant dans un château. J'aimais par-dessus tout les regards curieux qui stoppaient net leurs activités pour nous regarder ralentir, ces voitures à bras figées, ces panières indiscrètes qui suivaient notre flèche pointant la droite et indiquant que nous allions franchir le portail de monsieur Damerval, regards qui nous prêtaient de la chance. Cet oncle régnait en maître sur cette campagne et nous étions ses hôtes !

5

En ce temps-là je préparais ma communion et les visites chez l'oncle redouté désorganisaient mes belles pensées religieuses. Ma mère m'avait inscrit au catéchisme avec le père Lamuel. J'étais mignon, équipé d'une voix qui me vaudra d'être rebaptisé Tino Rossi en Indochine, alors le père Lamuel était fou de moi, j'étais son espoir dans ce monde en bascule vers l'horreur, son apprenti ; à la messe j'étais placé au centre, bien visible comme une figure de proue, ce que le diocèse pouvait faire de mieux, un petit gars sage et mignon au vibrato dévastateur. Ma mère me concédait alors quelques signes de fierté et d'admiration, durant les offices j'avais l'impression de remonter une pente, de combler mon retard sur ses filles adorées, d'être un gars en devenir. Aussi, sans être un acharné de la croyance, je me suis accordé jusqu'à la communion pour voir si la cause christique s'accrocherait à moi. Le rayon plantes et jardins était occupé par le frangin et je devais coller au train de cette passion d'aînesse. Je n'avais rien contre les plantes, ça me plaisait plutôt, mais on ne m'avait pas demandé mon avis ; il fallait que j'emboîte le pas. Dans les ombrés vitraillés, j'avais un chemin possible. Et puis j'aimais le calme des transepts ; ça me reposait, ma dyslexie pouvait lâcher ses troupeaux de syllabes nerveuses, chanter m'allait bien, c'était de la parole toute faite il n'y avait plus qu'à recopier avec le gosier. Le père Lamuel m'observait beaucoup, prenait mes silences pour de la grâce en herbe alors qu'ils n'étaient que repos, il revenait souvent à la charge, en discutait avec ma mère – qui se voyait déjà à Rome avec moi. André se moquait de mon avenir saint, lui qui avait échappé aux bondieuseries maternelles, trop rétif, et puis c'était l'aîné, il travaillait bien à l'école ; pour ma pomme l'Église était un placement, une assurance car mon certificat d'études était loin d'être dans la poche.

Mais il y avait l'ancien instituteur fou de Jaurès, le « Grand Homme » comme il disait, j'adorais la façon qu'il avait de faire rouler le « r » de grand et ce « homme » qui résonnait comme venant d'une caverne ou d'un atelier de verrier. En l'entendant, cet oncle barbu et normand semblait nous arriver en calèche depuis le Tarn.

Nous passions une bonne partie de l'été chez l'oncle. On avait trois mois de vacances et, à part traîner sur les trottoirs de Rouen, mes parents ne pouvaient pas nous offrir grand-chose comme lieu de villégiature. Alors la campagne de Sévis était toute trouvée. Chaque matin l'oncle nous installait dans le salon, enlevait en grommelant les napperons faits au crochet par son épouse, sortait son attirail de hussard noir de la République à la retraite et se plantait devant nous en disant : « Vous n'allez pas perdre en trois mois ce que vous avez eu tant de mal à retenir durant l'année. »

L'année de ma naissance, un crime atroce avait eu lieu à Sévis, à la ferme du Grand-Quiévremont précisément. Le maître des lieux, un certain Faucon, et son domestique Guerrand avaient été tués à coups de marteau. Exactement dix-huit jours avant que je vienne au monde. L'affaire était pliée depuis longtemps mais chaque été elle revenait dans les conversations avec son lot de détails et d'informations nouvelles qui commençaient toutes par : « y paraîtrait ». Le bouilleur de cru, reconnu coupable, avait été exécuté à la prison Bonne-Nouvelle presque un an après le meurtre, mais dix ans plus tard cette décapitation ne passait toujours pas pour notre grand-oncle ; car l'assassin il l'avait eu sur un banc de classe et pour lui c'était un fiasco, tout dans cette histoire sonnait comme une faillite. Jusqu'aux aveux du condamné juste avant la guillotine dénonçant un complice après avoir bu un dernier café, aveux tardifs ne sursoyant aucunement à l'exécution du dénommé Lasgi. Les arguments rabâchés du hussard avaient du mal à convaincre mes parents, qui eux restaient coincés sous le poids morbide de ce double crime.

Nous la connaissions bien cette ferme. On passait devant tout le temps. Depuis, elle n'était qu'un tas de cendres parce que les assassins avaient mis le feu en espérant effacer des indices, mais l'histoire, en revenant sans cesse, nous hantait. On pouvait tuer à Sévis, tuer à coups de marteau ! Je trouvais étrange d'aller en vacances dans un coin pareil. La maison de notre oncle était cossue – et voyante – avec son étage. Elle se distinguait de loin, elle pouvait donc susciter jalousies et convoitises. Seul l'aspect physique de cet aïeul nous protégeait; il n'était pas très grand mais sa barbe le rendait costaud et son regard noir pouvait laisser craindre une colère terrible. Mais quand même : son modèle s'était fait assassiner d'une balle dans le dos.

J'ai usé une bonne partie de mon enfance à comprendre que Damerval s'écrivait en un seul mot. Mon cerveau en herbe l'avait égratigné d'une apostrophe communale tant l'enfance crée des mondes parallèles que celui des adultes s'emploie à détruire. Une explication lexicale sur le nom de cet oncle eut donc lieu. Un jour où nous étions en famille et en voiture, direction Sévis, n'en pouvant plus, j'ai réussi à formuler mon dilemme :

— Amerval, c'est à côté de Sévis ?

— Mais non voyons, dit ma mère, presque offusquée de la méprise. Damerval c'est un nom de famille.

André a éclaté de rire, ma sœur Thérèse en pleurait, mon père m'a regardé en souriant à travers le rétroviseur extérieur, seul moyen de m'apercevoir à cause de ma position acrobatique, et j'ai décidé que son sourire était bienveillant. J'avais maintenant l'explication.

Peu de temps après cette mise au point, une autre révélation allait surgir du monde des adultes, me permettant d'enfin comprendre les conversations brèves et étouffées entre mon père et ma mère surgies à l'occasion d'un journal claqué sur une table à côté du pain déposé, d'un bouton du poste à lampes vite tourné en soupirant par mon père pour mettre fin à une litanie nasillarde de commentaires diplomatiques d'où ressortaient des noms qui nous devenaient familiers, même du fond de la clandestinité parentale : Hitler, Chamberlain, Daladier.

Le dernier été, nous sommes allés chez l'oncle pour la longue pause estivale. C'était début juillet, comme chaque année, comme chaque dimanche pendant l'année. À peine arrivés, ma mère était encore dans le fond du jardin que l'oncle accueille mon père par un :

— Cette fois on y va tout droit.

Mon père, resté circonspect, nous a regardés avec un petit sourire embêté comme s'il venait de se faire pincer ; pris la main dans le pot de confiture de son manque d'avis sur la question, l'oncle barbu le réprimandait devant nous. Comme il ne savait que répondre, notre présence se transforma en excuse commode. J'ai alors couru rejoindre André, parti repérer ses prochaines évasions. Je l'ai retrouvé au pied d'un pommier, une branche de noisetier fraîche en main; il me regarda venir vers lui, piqua une petite pomme verte à l'extrémité pointue de sa baguette et, anticipant ma question, me jeta à la figure :

— La guerre, on y va tout droit.

Puis il lança la pomme avec la catapulte en noisetier, le petit fruit acide fila en sifflant loin devant lui et termina sa course dans l'herbe après avoir traversé un pommier chargé de fruits, et entraînant une petite dégringolade.

— On va droit à la guerre.

André m'expliqua toutefois qu'on n'avait rien à craindre, la France avait la meilleure armée du monde, on avait gagné la grande et puis on possédait la ligne Maginot, infranchissable :

— Les Allemands vont se casser les dents sur elle et capituler tout de suite après, ils n'auront même pas la possibilité de poser un pied chez nous.

Il semblait si sûr de lui, mais ce frère avait peur le soir en se couchant et je pensais à ça en l'écoutant.

6

Notre père, depuis quelque temps, ne travaillait plus. Il était devenu impossible de circuler, et quand bien même la mode était à la fuite et à la survie, les vêtements y en avait plein sur le bord des routes, envolés de valises déchirées, linge éparpillé s'accrochant aux branches et aux barbelés. Alors il tournait en rond à la maison. Il avait sollicité un emploi chez Belhembre, rue de Crosne, histoire de rester dans le vêtement et attendait la réponse. Nos parents étaient réunis et ce n'était pas normal !

À l'école, les professeurs essayaient de faire cours comme d'habitude mais la guerre prenait tout le monde en otages ; les exercices d'alerte, qui prêtaient à rire en septembre, n'amusaient plus du tout, chacun les exécutait scrupuleusement, les masques à gaz s'enfilaient en quelques secondes dans le silence et n'occasionnaient plus de chahuts ni de cris d'éléphants. Parfois, des militaires venaient nous rendre visite pour vérifier notre dextérité ; on avait entre les mains le fascicule « Alerte aux Avions » que nous devions étudier et qui faisait l'objet d'interrogations surprises ; depuis des mois, déjà, les vitres étaient bardées de rubans adhésifs en croisillons et nous connaissions tous, précisément, où se trouvaient les abris les plus proches, le temps pour s'y rendre en bon ordre s'améliorait même quotidiennement : l'école nous préparait à subir l'orage.

Mais, depuis quelques semaines, nos maîtres ne savaient plus quoi nous dire sur le déroulement des opérations militaires. Les avis divergeaient d'une classe à l'autre. Les récréations se passaient à discuter et à s'engueuler. Les billes, les cordes à sauter n'avaient les faveurs que des petits, les grands – eux – parlaient guerre.

7

C'est la guerre qui va mettre fin à ma carrière ecclésiastique, la guerre qui s'est invitée à ma communion comme une mal élevée, comme une profiteuse.

D'abord on devait la faire en l'église Saint-Nicaise tout en béton, mais elle avait brûlé – ça chauffait dans la ville, la confusion régnait –, finalement on s'était replié sur un couvent de bonnes sœurs, des bénédictines, rue du Bourg-l'Abbé – mais là encore les sirènes hurlaient. Comment se concentrer sur le fils de Dieu quand tout bascule? Et puis, ce jour-là j'étais malade comme un chien, je me traînais devant le bon Dieu avec une fièvre de cheval, l'effervescence du monde m'avait envahi; ma mère m'avait préparé une Thermos de café au lait. Ce n'était pas de veine, moi qui chantais si bien; devoir batailler avec les deux poteaux enflammés qui déchiraient ma gorge; le père Lamuel me regardait contrarié, il comptait sur moi, mais son allié faisait défaut comme les Anglais à Dunkerque.

La cérémonie fut écourtée à cause d'un raid aérien, habillé pour rien, juste l'air bête avec mon cierge à presser le pas dans la rue Beauvoisine, en sueur, pour rejoindre l'abri le plus proche. Une fois l'alerte terminée, nous nous étions retrouvés à quelques-uns chez nous. On a mangé en regardant les voitures de réfugiés sur le boulevard. Des Belges, plein de Belges qui ne savaient plus où aller, tout un peuple battu par la guerre comme des volets ne tenant que sur un gond. Une myriade d'yeux perdus, d'angoisses au ventre se bousculait devant notre confort. Ma peur à moi avait un toit, une famille, un lit le soir, des volets qui tiennent et une porte qui ferme à clef; leur peur à eux n'avait que des semelles et des roues, l'espérance d'une porte qui s'ouvre, d'une main qui aide et d'un mouvement de lèvres qui fait lever un sourire de commisération. Cette guerre-là était rapide, plus rapide que sa sœur aînée; à peine le matelas sur la carriole que les panzers étaient déjà là; à peine sur la route que les avions volaient dans les airs au-dessus des matelas, à semer une mort aléatoire sur le bitume et dans les talus. Les Allemands étaient passés par les Ardennes que l'on nous bassinait infranchissables par une armée mécanisée. Plus rien n'avait de sens, les stratégies volaient en éclats, le réel devenait sidérant.

J'avais l'impression que ces réfugiés tournaient en rond dans la ville comme des damnés. Nous mangions de bonnes choses dans la salle à manger du rez-de-chaussée mais nos têtes étaient tournées sur le boulevard. «C'est-y pas malheureux», «les pauvres gens»... je ne sais pas laquelle de ces expressions prononcées une énième fois par ma mère a fait lever mon père d'un coup d'un seul, mais toujours est-il qu'il se retrouva debout le regard fermé, ses yeux fixant une chose qui ne nous concernait plus.

— On ne va pas rester là sans rien faire !

Il laisse alors tomber sa serviette dans l'assiette, ça m'a impressionné – une fois en me levant un coin de ma serviette avait glissé dans un fond de soupe, «qui c'est qui lave ici?» avait fusé de la grisaille maternelle –, et il quitte la pièce. J'ai profité de sa sortie pour me lever, ma mère m'ordonna de rester à ma place. Soudain, cette tenue blanche de communion m'était devenue indécente. Il suffisait d'allonger le cou pour voir qu'il y avait sur notre boulevard de quoi faire le bien, tendre une main, soulager des peines, étancher des soifs et serrer des peurs inconnues contre nos propres peurs ; il y avait là, dehors, à un bout de cierge, de quoi mettre en pratique tout ce que le père Lamuel nous expliquait d'une voix calme et gourmande. Alors tant pis, j'ai fait comme si ma mère n'avait rien dit, je suis parti rejoindre mon père sur le trottoir.

Une famille faisait une pause, les valises soutenant des corps fatigués. Seul le père restait debout, cherchant une solution là où il ne pouvait plus y en avoir, car ils étaient à Rouen en juin 1940 et il n'y avait pas de solution ici. Le bras de mon père, sans que celui-ci me regarde, entoura mes épaules, ses yeux observaient cette foule de Belges affolés ; certains, en me voyant comme ça, en blanc avec ma croix en sautoir, se signaient.

— Vous savez où dormir ?

La famille assise sur ses bagages se retourna. La mère, les yeux saturés de détresse, nous regarda et me fixa, moi, tout habillé de blanc. Je ne savais pas ce qu'allait dire mon père, je n'osais pas leur sourire, je prenais un air de curé – c'est tellement pratique quand on ne sait pas quoi dire ; ils étaient fatigués, tout en eux transpirait l'épuisement, ils n'avaient plus besoin d'expliquer quoi que ce soit : leurs vêtements, leurs chaussures, leurs valises, leurs coiffures nous parlaient d'une longue route depuis la Belgique. Je ne savais pas où se trouvait la Belgique, pas précisément ; j'y voyais des montagnes, mais pour quelles raisons stratégiques les Allemands auraient-ils commencé par attaquer des montagnes ? Il y avait deux filles agrippées à leur mère, je les regardais mais leurs yeux n'étaient plus en enfance. Pas de gêne, ni de timidité, pas de sourire ou de moue de petites filles devant un petit garçon, la longue route depuis leurs montagnes de Belgique jusque devant chez nous, boulevard de l'Yser, avait vieilli leurs regards.

— Venez chez nous, vous y passerez la nuit, vous pourrez vous reposer et on avisera demain.

La famille belge regarda mon père, se regarda puis revint sur lui ; c'est la mère qui a articulé un merci, les yeux du mari se sont contentés de s'embrumer de rouge. Ils ont contemplé le boulevard plein de gens comme eux comme s'ils laissaient des amis ou des parents ; ce soir ils allaient dormir à l'abri dans une maison rouennaise pendant que les autres marcheraient encore et encore.

La communion, la vraie, c'est mon père qui l'a célébrée : ma mère était dans la théorie, lui dans la pratique.

Nous nous sommes poussés. Ils voulaient dormir tous ensemble, ma mère a improvisé un couchage pour les gamines, au pied du lit des parents, dans la chambre du troisième étage. Le repas de communion a trouvé des copains. Ils nous remerciaient à chaque bouchée avalée, ils nous racontaient la furie allemande, les obus, les trains, les avions, le désespoir qui fait faire des choses pas belles, qui incite à fermer les yeux sur d'autres misères parce que si on regarde on s'arrête et si on s'arrête on est foutu alors on regarde pas ; c'est le père qui a dit ça avec son drôle d'accent. Quand il parlait, je voyais les yeux de mon frère qui cherchaient les miens, il voulait en rire et m'entraîner avec lui dans son rire – il est pénible –, mais c'est vrai qu'il s'exprimait drôlement le père. Je me suis risqué à parler à l'une des filles, je voulais qu'elle me raconte ses montagnes belges et c'est là et seulement là qu'un sourire est apparu sur leurs bouilles fatiguées : j'avais peut-être perdu une occasion de me taire mais mon ignorance de la géographie extra-hexagonale avait fait naître un sourire dans leur débâcle.

Ils ont repris la route le lendemain, ils n'étaient pas rendus, ils avaient une adresse à Caen, un vague cousin les attendait. Quand je les ai vus partir, j'ai commencé à avoir peur : eux c'était peut-être nous dans quelques semaines, j'avais envie que l'on s'en aille d'ici le plus loin possible. Adossée aux remparts de Rouen, notre maison serait fusillée, c'était sûr, et puis ces avions qui hurlaient en tombant sur les gens comme s'ils accompagnaient leurs bombes jusqu'au dernier moment pour être sûrs qu'elles exploseront au bon endroit, ces chars énormes qui écrasaient tout… Et puis le fait que personne ne sache donner de nouvelles précises des combats – il semblait que la ligne Maginot n'avait vraiment servi à rien, les Allemands l'avaient contournée, que ça se bousculait du côté de Dunkerque ; on parlait de contre-offensive mais aussi que les Anglais nous laissaient tomber. Des voisins affirmaient qu'ils avaient vu des soldats hollandais et belges parmi les réfugiés. Ils allaient peut-être se regrouper et nous défendre ? André essayait d'écouter les conversations sur le boulevard, il revenait les poches pleines de bouteillons de cuisine, mais on n'y comprenait toujours rien : ce que l'on sentait c'était que le ciel devenait noir et qu'un orage nous tomberait dessus. Tous ces gens fuyaient l'enfer sur terre. Lorsqu'un avion paraissait dans le ciel, même lointain, les Belges amassés sur le boulevard hurlaient et s'éparpillaient : « Stuka, Stuka ! »

8

Je suis à quatre pattes. Vu de loin, on doit penser que je renifle le sol, que je suis en quête d'un quelque chose qui vient de tomber, un binocleux qui aurait perdu ses carreaux. J'ai l'impression que mes tympans ont rendu l'âme et ça chiffonne drôlement dans les oreilles. Je suis mou comme une chique, ça flageole un peu dans le falzar comme après l'amour quand on s'renculotte trop vite et que ça continue d'asticoter en sous-main, j'ai l'entrejambe sensible, des fourmis dans les bourses.

Depuis un bon moment j'examine une espèce de brochette en bois qui s'est fichée dans ma main droite, la main tourne, prend la pose sous mes yeux sceptiques pour me présenter un genre de brindille, sans doute un bambou. À côté j'en vois d'autres, plein, des petits bambous pointus, une flaque, tous en l'air, pointus et en l'air, c'est tout foutu y sont pas là par hasard, on dirait un truc pour attraper des bestioles, ça braconne par ici, je ne sais pas ce qu'ils espèrent attraper avec, du gros forcément parce que pour s'embrocher là-dessus faut quand même peser.

Je retire le cure-dent comme si c'était mon métier, lentement mais sûrement. Toujours pas de douleur et toujours ce bruit de fond dans les oreilles, comme une TSF mal réglée, ça chuinte, tout est amorti, comme les jours de neige sur le boulevard avec la ville en patins de feutre, Rouen qui redevient polie et respectueuse, qui accorde enfin ses stridences de tramway, j'aimais bien la nature capable de mettre en sourdine toute une agglomération. L'hiver 42, des semaines de neige, la neige plus forte que la guerre – on n'avait jamais eu si froid –, le vendeur de marrons sur la Seine gelée, plus besoin de pont…

La neige, c'est la neige qui m'a fait comprendre où je suis, là, ici, à quatre pattes. Pas de neige, ou alors je ne suis pas habillé pour, j'ai un short et une chemise, l'Indochine. J'ai beau me foutre le petit doigt de la main gauche dans l'oreille, rien n'y fait, il ressort tout propre en faisant plop et puis c'est tout, toujours en sourdine.

À Hanoï on m'a curé les écoutilles à cause d'un gars de Mâcon qui m'en avait fait la réclame.

— C'est au poil, qu'y me disait, tu t'assois sur son petit tabouret au ras du sol et il te fait des trucs que t'as pas idée, c'est fou ce qu'on peut mettre de côté dans les oreilles, lui le papy viêt, un petit bambou et hop il te fait sortir du fin fond un bout de cire un peu rouille que tu savais même pas qu'on pouvait stocker autant de matière dans un recoin pareil, et puis après c'est pas que t'entends mieux c'est que t'es devenu expert acousticien !

Ce gars de Mâcon, il fallait toujours qu'il en rajoute un peu, mais un brave type, Yvon. À Chalon, avant qu'on traverse les océans pour arriver ici, c'est lui qui nous fournissait en jaja ; il nous demandait ce qu'on préférait, on passait commande, et il revenait de permission avec des caisses ; à l'intendance un jour ils se sont même inquiétés : nous ne prenions jamais de pinard et ils avaient peur d'être tombés sur une bande de bizarres, des abstinents activistes venus noyauter l'armée française, fallait qu'ils en aient le cœur net. On les a rassurés avec nos produits : « Ouf, des experts qu'ils se sont dit, RAS. »

À force de me bassiner avec son curetage d'esgourdes en plein air, je me suis dit que le mieux, si je voulais avoir la paix, c'était de passer entre les mains du ramoneur. Eh bien je n'ai pas regretté. On ne peut pas dire qu'il lambine, une main qui fait pencher la tête sur le côté, une autre qui attrape son petit bambou pointu, il tire un peu sur le lobe pour éviter les tournants et t'enfonce ça direct. Ça cure un peu et, hop, il sort un bout de cire que ça te fait honte ; tu te croyais propre au moins de ce côté-là et lui, avec son petit bambou et son tabouret en plein milieu de la cohue d'un trottoir, il te prouve qu'il y a encore une trotte à faire sur le chemin de l'impeccable. Comme disait Yvon :

— Quand la guerre sera finie, je l'embarquerais bien avec moi en Bourgogne pour préparer les escargots. Avec lui, je pourrais faire fortune, tu as vu ce coup de main. Je ne plaisante pas, je lui demanderai, j'adore les escargots, j'ai toujours su que ma vie passerait par là.

Il m'a raconté des douzaines de fois les plâtrées d'escargots qu'il faisait chez des amis vignerons, les femmes qui ramassent les bestioles pendant l'année et, quand il y a le compte, tout le monde qui s'y met pour les faire dégorger, ébouillanter les coquilles et remballer le tout avec ce qu'il faut de beurre d'ail et de persil. Yvon croit toujours bon de préciser que le secret c'est le pain :

— Tu bouches la coquille avec un morceau de pain comme ça tout reste dedans à la cuisson, comprends-tu, Jacquot ?

Au moins ça lui fait un projet pour après. Moi je n'en suis pas encore là. Et puis ma main ne ressent rien de rien.

9

Je préfère rester encore un peu dans la Celtaquatre, revenir au voyage à deux que mon père et moi avions fait pour la première fois, à tailler la route direction Chartres.

Ce jour-là il me montre son métier, son itinérance, la valise, les vêtements, les clients, le bagou ; il parle bien mon père, une voix placée, franche, amicale, le sourire pas loin, comment lui refuser ? Avec lui les mots s'enchaînent tranquillement, naturellement, pas d'arrêts inutiles, pas de euh ni de raclement de gorge hésitant, non juste les mots qu'il veut dire, qui font entrer chez le client, et qui, une fois dans la place, empochent la mise. Jamais il n'est ressorti sans rien vendre. Un expert mon père.

Mais là, je vais enfin pouvoir mettre des visages sur des noms, comprendre des distances, voir des arbres, des maisons, des bourgs ; tout ce qui apparaîtra dans le pare-brise et la vitre avant droite va s'imprimer en moi. La Celtaquatre comme le stéréoscope de la foire Saint-Romain – si j'avais eu assez d'argent j'y serais encore, rivé sur les œilletons en laiton –, mais là c'est mieux qu'à la foire.

La vie s'est mise sur son trente et un. Tout me plaît, tout est intéressant et pourtant je garde le silence, je n'ose pas parler, je me contente de répondre lorsque mon père termine une phrase par un point d'interrogation, je me répète des propos dans ma tête, j'essaie d'organiser ma pensée, je n'ai pas envie de lui poser une question idiote, ni de le mettre dans l'embarras s'il n'a pas la réponse, le silence est préférable, mon père est intimidant.

Il m'a montré la ville en voiture, on n'a rien visité à pied, il me l'aurait proposé que j'aurais refusé tellement j'étais bien dans la Renault, devant, à côté de lui. Il sentait si bon, une eau de Cologne citronnée, les cheveux lissés au Pento, une belle gueule y a pas à dire. Je regardais encore et toujours sa main droite en train de changer les vitesses, avec ses ongles propres et bien coupés ; de temps en temps sa main venait me tapoter la cuisse gauche, j'avais de la peine pour ma cuisse droite.

Et je la sens encore le soir quand je me couche, sa main. Depuis j'ai eu des mouflets, une femme, tout un peuple qui s'est posé sur mes genoux – si on s'amusait à additionner le poids de ce monde-là ça ferait des chiffres pas possibles à entendre – et pourtant je la sens encore, cette main.

10

Même ici, au CHU de Rouen, au sein du pavillon Derocque spécialisé en urologie, où je suis dans un lit depuis quelques jours et où, visiblement, l'affaire est faite, avec ma femme et mes fils qui sont là, je la sens toujours, cette main paternelle.

L'équipe médicale est revenue, quatre jeunes qui prennent des gants pour nous dire qu'il n'y a plus rien à faire ; ils me demandent si j'ai bien compris ; une petite s'avance pour être sûre et certaine que mes vieilles oreilles ont enregistré le message ; tout le monde me regarde maintenant.

« Vous avez fait le maximum, je vous remercie, j'ai entièrement confiance en vous. » C'est tout ce que j'ai trouvé à dire, mais que dire d'autre ?

J'aimerais que mon père soit là, en costume, le cheveu lissé, l'eau de Cologne en bandoulière ; j'aimerais qu'il pose encore une fois sa main sur ma cuisse gauche, qu'il me dise un petit quelque chose sur toute cette vie qui a filé, qu'il découvre cette famille aux yeux pleins de larmes qui remercie l'équipe médicale, qu'il voie mes gars, mes trois gars, qu'il les trouve bien faits, qu'il me félicite d'avoir tenu le cap d'une famille unie, d'avoir brisé la manie de trépasser avant terme en laissant une femme et des gosses sur le flanc. Moi je suis resté, j'ai bossé, on a raclé les fonds de tiroirs mais tout le monde a eu ce qu'il fallait pour aller jouer dehors. « Bon boulot mon Jacquot », j'aimerais qu'il me dise.

11

Il n'était pas particulièrement câlins et bécots, mon père, mais à côté de ma mère, ses deux ou trois gestes de tendresse passaient pour des exubérances méditerranéennes. Quand je regardais sa main sur ma cuisse, j'aurais voulu que la vie soit comme ça tout le temps : avoir la pogne de son père sur soi et conquérir le monde !

Mais il existe des jours bénis de la vie qui vous annoncent des catastrophes, des salauds de jours pleins de joies étouffantes. Des jours où c'est tellement hors du commun ce que vous vivez, où vous vous sentez tellement chanceux que vous êtes certain de le payer cher et sous peu, sûr que la vie met les petits plats dans les grands avant de livrer la grosse tuile. Parce que la vie c'est comme les gens : quand elle en fait trop faut se méfier, ça ne sent pas bon. C'est quand on a mangé des escargots tous les deux au restaurant que j'ai eu cette pensée-là.

Le coup du restaurant, c'était trop. Déjeuner en tête à tête avec son père dans un restaurant à Chartres en ce printemps 39 n'appartenait pas au vraisemblable. Comme une averse de neige en plein mois de juillet ferait peur, là pareil, ça m'a fait peur. Et puis il y a eu cette conversation, même si conversation est un bien grand mot pour quelques phrases dont certaines, en plus, étaient écrites sur un journal que lisait un monsieur assis derrière mon père, très gros bonhomme que j'avais dans le collimateur depuis le début. Face à moi, il mangeait mécaniquement, une bouchée chassant l'autre, sans plaisir, métronomiquement, la cadence de ses pelletées ne s'interrompant que pour tourner une page de son immense journal malmené par d'épaisses mains brillantes; de temps en temps ses doigts gourds et graisseux – vaguement essuyés sur une serviette coincée dans le col de sa chemise – saisissaient un verre de vin rouge qui tombait littéralement dans son gosier comme un seau d'eau tombe dans un puits. Mes yeux passaient de mon père à ce pot à lard et je savourais ma chance d'avoir cette élégance comme convive. De sa place, lui ne pouvait voir le gros monsieur, mais il finit par se retourner, ses yeux suivant le chemin tracé par les miens. En revenant vers moi, il poussa un soupir; je m'attendais à une remontrance pour l'insistance qui faisait de moi un chien d'arrêt bloqué sur trois pattes en plein marais verdier mais, curieusement, il me confia, après un silence anormalement long, que les couleurs étaient de moins en moins demandées, que la mode revenait au sombre. Ses yeux s'en allèrent quelque part et, de ce quelque part, arriva la suite :

— On va vers le terne, le marron, le gris, pas d'exubérance, du sérieux, du basique, ça m'inquiète, conclut-il.

Derrière lui, un bruit de journal mêlé à un raclement d'arrière-gorge encombrée me fit de nouveau regarder par-dessus son épaule ; c'est alors qu'apparut un mâchouilli de gros titre, où le mot guerre se détachait au-dessus d'une masse d'écriture en colonne. C'était donc ça : « On y allait ! » Je savais qu'elle n'était pas normale cette sortie paternelle, que c'était trop beau pour être vrai. Il a regardé sa montre et commandé l'addition ; ça m'a soulagé : vite revenir à la maison, retrouver le taciturne, l'ubac de notre boulevard, faire le gros dos à l'abri du rempart - on avait de la chance, notre maison s'adossait à un bout de fortification qui avait résisté à tout, le soleil manquait mais l'ombre des pierres nous abritait et nous protégerait.

Le retour se transforma en course contre la montre, je voulais revenir avant la guerre. J'étais pressé, vite papa paie, il faut rentrer chez nous.

Cette escapade arrachée à la routine maternelle s'était terminée dans l'affolement. J'avais égrené les villes du retour comme autant d'étapes vers le normal, Tremblay-les-Villages, Vernouillet, Dreux, Saint-Rémy-sur-Avre, Nonancourt, Thomer-la-Sôgne, Grossœuvre, Guichainville - mon père voulait éviter la traversée d'Évreux –, La Chapelle-du-Bois-des-Faulx,

Pinterville, Louviers; après Louviers ça devenait bon, je revoyais des noms civilisés, comme Saint-Étienne-du-Vauvray.

— Mais non, me dit mon père, toi, celui que tu connais, c'est Saint-Étienne-du-Rouvray.

Après Pont-de-l'Arche, ça y était, le paysage retrouvait une familiarité, avec la côte Sainte-Catherine sur la droite et la ville qui était là. Ne restait plus qu'à remonter jusqu'au boulevard, notre boulevard, mon artère coincée entre le boulevard de la Marne et le boulevard de Verdun, rebaptisé sous la pression guerrière boulevard de l'Yser, puis renouer avec un paysage familier et me rassurer d'arbres, de trottoirs connus; les rampes Saint-Hilaire et Beauvoisine, la place du Boulingrin et le cirque, c'était ça mon royaume. Le char tiré par des lions du monument aux morts sculpté en hommage aux forains décédés pendant 14-18, c'était le mien. Mes hivers, mes étés, mes printemps et mes automnes je les passais ici, à jouer sur le macadam; je connaissais tout le monde, chaque numéro avait une tête et chaque fenêtre pouvait m'engueuler quand mon ballon faisait hurler les vitriers aux dos courbés; ce boulevard s'appelait « de l'Yser » depuis longtemps mais, chez nous, on s'acharnait encore à utiliser l'ancien intitulé, celui d'avant cette Grande Guerre qui rebaptisait tout en noms crêpés de deuil. En s'arc-boutant sur Beauvoisine, nous respirions encore l'air frais d'avant les grands massacres.

12

Je ne sais pas si on a fait ça à la courte paille. Souviens plus bien. Toujours est-il que l'adjudant Morin est parti à gauche et moi à droite. Il en fallait un à gauche et un à droite de toute manière. Les deux pailles portaient la poisse, des bâtons merdeux de paille.

On était deux, tranquilles comme deux Baptiste à rouler en jipe entre Bach Mai et Haiphong, clope au bec – enfin pour Morin parce que moi, ça vient pas la sèche, je tire des bouffées pour faire comme le tout-venant mais je n'arrive pas à m'en faire une manie, ça viendra peut-être un jour, en attendant je fais le bonheur des copains quand on en touche, Morin lui y crache pas dessus, un mégot chasse l'autre en se repassant la braise, faut toujours qu'il en ait une de coincée.

On roulait, sans urgence. On ne se parlait pas. D'abord Morin et moi on n'est pas du genre à s'épancher et puis, lui comme moi, on n'avait pas grand-chose à se dire, on s'appréciait mais sans plus.

Et quand bien même, dans une jipe ça sert à rien, faut tellement gueuler que t'as intérêt à avoir du solide à bafouiller.

On roulait, les yeux chacun de son côté collés aux pensées, lui la route moi la plaine, les rizières, c'est beau, ça change des champs de betteraves du côté de Sévis. Faut vraiment avoir faim pour s'emmerder les pinceaux jusqu'aux genoux, repiquer à l'aveugle et labourer de la bouillasse avec un buffle ; paraît qu'ils recyclent aussi leur merde pour que ça pousse mieux, au bout du compte ça vous donne un riz tout blanc ; c'est beau la nature : tu répands tes pots de chambre dans le paysage et tu récoltes du riz pur, impeccable. Je pensais à des choses comme ça. Loin de la guerre était ma tête.

13

À l'école, je ne comprenais pas grand-chose. J'ai appris à lire à l'âge où André reluquait déjà les demoiselles. Le petit Jacquot peinait malgré les bonnes âmes de l'école laïque gratuite et obligatoire. Mais je m'accrochais aux branches, tout le monde s'y mettait pour mes pleins et mes déliés, la règle de trois et le tintouin de l'Histoire qu'il faut retenir. Et puis mon certif, je l'ai eu. Je l'ai eu en serrant les dents, en chialant ma peine devant les intitulés, en me traçant un chemin vers l'Indochine à coups de fautes d'accords et d'imparfait, qui portait bien son nom. C'est pour ça que je ne dirai jamais le « certif » : trop de mal pour oser le raccourcir. Je l'ai eu mais je l'ai eu pour rien ; car, à peine en poche, les Boches étaient déjà sur le boulevard autour de la Celtaquatre de mon père. Tant d'efforts pour assister – certifié – à l'arrivée d'une race supérieure sur nos boulevards extérieurs puis dans nos avenues et jusqu'aux pavés de la rue du Gros !

On espérait les Hollandais – qui devaient se replier sur Rouen, c'était vrai, ça venait du poste, y avait pas de raison d'en douter, le front était « stabilisé », disaient-ils – alors devant les bonshommes verts entourant la voiture paternelle, on a senti notre sympathie exploser… pendant quelques secondes, avant vite de capituler : c'étaient les Allemands. Plein. Jusqu'à l'écœurement. Ils arrivaient de partout !

Du coup, je me suis mis à avoir de la peine pour les trottoirs, les arbres, les bancs, les kiosques. À travers les courtines, je plaignais tout ce qui se trouvait dehors ; on avait trois fenêtres qui donnaient sur la rue, au rez-de-chaussée, trois postes d'observation, je passais de l'une à l'autre, malgré l'interdiction maternelle de rester derrière les carreaux. Ma mère était occupée à rassurer mes sœurs au troisième étage, ma curiosité affolée avait eu le champ libre. Les soldats sortaient de véhicules futuristes, des engins à deux trois quatre six huit roues, d'autres avec des chenilles qui faisaient trembler les vitres et frissonner le petit lustre du salon ; certains mixaient les chenilles et les roues ; les portières claquaient, les ridelles tombaient et des reins, des genoux, des bras germains venaient s'étirer sur le boulevard en se marrant, chaque allumette grattée se voyait tout de suite cernée par une volée de cigarettes en demande. Ça cliquetait en Luger et en Mauser.

Et puis, tout de suite ils ont voulu tuer mon boulevard. Ils ont tiré à la mitrailleuse en le prenant en enfilade, comme ça, sans viser personne en particulier mais en cherchant à faire pétocher tout le monde…

J'avais douze ans et je savais que j'allais avoir un peu peur.

Pourtant, mes parents avaient prévu cette invasion et nos bagages étaient prêts pour un départ. Depuis deux jours au moins, notre père était sollicité par le voisinage pour emmener les uns à la campagne, les autres rive gauche. Bonne pomme, fier de sa voiture, il s'y pliait et transportait des familles entières sous le regard inquiet et tendu de ma mère, jouant au taxi avec sa Renault si utile en ces heures de débâcle. Mais là, devant l'imminence, il avait décidé d'arrêter de penser aux autres : nous aussi on allait quitter le boulevard ; notre rez-de-chaussée était soudainement trop près de la guerre. Partir, gagner un peu de terrain, se mettre au vert, se décaler de deux centimètres sur une carte d'état-major, partir, sûrement chez le grand-oncle à Sévis, même si nous rendre là-bas c'était aller au-devant des Allemands. Peu importait : on verrait bien, ce qui comptait c'était de filer car rester voulait dire mourir comme j'le pensais. On était perdus. Les phrases et les idées se prenaient les pieds dans les dernières valises et bagages à boucler, l'escalier subissait des allées et venues fébriles. Quand enfin tout a été prêt, notre père a ouvert la porte pour charger la Celta.

Trop tard. La Wehrmacht était là. Et notre voiture se trouvait aux premières loges. Nous étions coincés.

Des engins vert-de-gris se répandaient dans les rues, sillonnaient le quartier, à peine disparus d'autres arrivaient, masses de fer entourées de branchages, sacs, bidons, affublées de croix noires cernées de blanc d'où dépassaient des tubes qu'on découvrait en priorité avant de comprendre qu'il s'agissait de panzers. Un torrent de boue de guerre se déversait depuis la route de Neufchâtel, avec aussi des hommes en uniforme, à pied, qui agitaient des fanions et indiquaient aux membres de la horde les directions. Tout avait été prévu. Du trottoir ou de nos fenêtres, je voyais ma ville se contaminer. Nous n'étions plus rien, juste une fourmilière attendant la semelle, les matelas blancs attachés au toit de la voiture comme autant d'œufs à transvaser en lieu sûr.

À un moment nous avons profité d'une accalmie d'Allemands pour déguerpir et nous rendre, à pied, avec quelques vêtements pliés sous le bras, dans le centre-ville supposé plus épargné et abrité que notre boulevard devenu nazi. Nous avons repiqué par la rue Poussin, où des familles en suspens nous demandèrent pourquoi on fuyait. Alors que mon père leur expliquait que les Allemands étaient là-haut, qu'ils tiraient partout, au hasard, qu'il fallait se cacher et pas rester là mais fuir, fuir, à cause de la rumeur tenace sur les Hollandais, on ne le croyait pas. Mon père leur disait de filer tout de suite, comme nous, certains sont quand même montés vers le boulevard pour vérifier. Et vite revenus en courant, claironnant que les Allemands étaient là comme s'ils avaient eu la primeur de la nouvelle, comme si nous on ne les avait pas avertis. La guerre rend les gens bêtes, que je me disais.

La première chevillette tirée fut la bonne, une famille de connaissance nous a ouvert sa porte. Nous nous y sommes engouffrés, soulagés de laisser l'agitation derrière nous. Nos sauveurs ont alors fermé à clef et tiré les rideaux, comme si ces précautions étaient à la hauteur de la catastrophe. Les adultes ont échangé des informations, des peurs, du rien, du vent, répétant surtout ce que leurs yeux avaient vu, se le disant des dizaines de fois pour faire comprendre à leurs cerveaux que tout était vrai. Et comme fallait bien décider de quelque chose, nos hôtes dirent qu'on allait rester là pour la nuit et que les deux familles aviseraient demain – car il paraît que demain est un autre jour ! Mon père, lui, s'inquiétait pour la Celtaquatre restée seule, sagement garée, grosse de nos bagages devant la maison. Heureusement, il la retrouverait dès l'aube et nous partirions enfin, promis. Avoir une perspective rassurait ! Nous étions encore dans l'entrée lorsque des coups de butoir sourds nous ont tous figés.

Des tirs résonnaient au loin.

Qui venaient de la Seine.

Le voisin accueillant a expliqué que le matin, déjà, des explosions avaient retenti. La rumeur prétendait que c'était la destruction du pont transbordeur et des ponts Corneille et Boieldieu. Quant à la fumée noire que dans notre fuite j'avais bien vue dans le ciel, l'hôte informé a expliqué que les réserves de pétrole du port avaient été volontairement enflammées pour que les Allemands n'en profitent pas. Du coup j'ai pensé à une conséquence terrible : si on n'était pas gentils, les Allemands allaient faire des représailles. La peur montait d'un cran. Elle en prit deux autres quand de nouvelles explosions sont venues interrompre mes pensées de drapeaux blancs. On se battait dans Rouen. Seraient vraiment furieux, c'était certain.

La nuit tomba, pleine de bruits et de cris, d'explosions, de volets fermés, de trouille dans les intestins. Une nuit tapissée d'une lueur rouge et traversée par un souffle chaud. Rouen brûlait. Dans la cour intérieure, on a rempli des seaux d'eau, au cas où. Et je me suis endormi sur cette brutalité.

Lorsque je me suis réveillé, mon père était déjà parti chercher la voiture. Ma mère n'était plus qu'une attente angoissée avec l'œil fixe, incapable de dire quoi que ce soit ; je ne l'avais jamais vue comme ça. Dehors, les incendies crépitaient toujours. Le voisin a raconté que la cathédrale était cernée. Les phrases pleines de rumeurs se propageaient comme des flammes, de fenêtres en pas de porte. D'imprudents piétons lançaient des nouvelles au hasard, comme des paquets de journaux ficelés, et les volets écoutaient, récoltaient et faisaient le tri : « Ça brûle à l'ouest, rue Grand-Pont, et à l'est rue Armand-Carrel, si ça remonte nous allons y passer. »

Quand mon père est revenu, il était blême. Plus de voiture. Disparue, volée. Sous ses yeux. Des Allemands ouvraient les portières lorsqu'il avait débouché sur le boulevard, il les avait même vus démarrer, partir et jeter deux trois sacs par les fenêtres. Après avoir prononcé ces quelques mots, il s'était assis et n'avait plus rien dit. Ma mère a pris la suite des opérations : il n'y avait plus qu'une chose à faire, rentrer à la maison; quitte à être coincés autant l'être chez soi. Les usages en prirent un coup, nous avons quitté la famille accueillante sans aucune effusion, comme si personne ne savait plus quoi dire en de telles circonstances – merci bonjour au revoir à bientôt n'avaient plus aucun sens.

C'est seulement en rentrant à la maison que j'ai réalisé que la tante Léopoldine était restée là-haut, dans sa chambre. Subissant sa troisième guerre avec les Allemands, elle avait pas voulu décaniller. Et nous on était revenus au point de départ.

Ma ville brûlait toujours. Rouen sentait le feu de cheminée. Une voisine au fils pompier est venue raconter que les Allemands avaient installé des mitrailleuses devant les casernes pour empêcher les hommes du feu de sortir; je savais bien qu'ils se vengeraient!

Alors, nous nous sommes barricadés, recroquevillés sur nous-mêmes. Comme si nos parents avaient décidé d'attendre l'incendie, d'en finir.

Le lendemain, une Celtaquatre de même couleur que celle de mon père et garée au même endroit que la nôtre nous incita à ouvrir la porte, cadenassée à double tour depuis notre retour. L'incendie avait cessé, avait averti la voisine, venue frapper aux carreaux. La même Renault, c'est André qui l'a vue en premier ; elle était revenue toute seule, comme un chat perdu. Mon père s'est approché prudemment comme s'il craignait un piège, on regardait sa progression timide depuis les fenêtres. Les portières étaient ouvertes, il rentra à l'intérieur. Il se mit à inspecter l'habitacle.

— C'est pas la nôtre, nous fit-il comprendre depuis la rue. La même, mais pas la nôtre.

Bien que déçu, il a décidé qu'il fallait la mettre en lieu sûr, chez le garagiste à côté, Podevin. À trois, on a poussé la berline jusqu'au hangar, puisqu'elle ne pouvait pas démarrer. Mon père eut l'idée de passer une annonce, pour être sûr que son propriétaire n'allait pas la récupérer si lui se l'appropriait. Ce fut chose faite l'après-midi même. Quelques jours plus tard, un homme est venu sonner à la maison. Il désirait « inspecter le véhicule » car d'après l'annonce celui-ci pouvait correspondre à la Renault de son patron. Une fois sur place, il a présenté au garagiste les papiers de la Celtaquatre ; c'était bien celle qu'il cherchait. J'ai cru lire sur le visage de mon père, l'espace d'un instant, l'immense regret d'avoir payé cette publication. L'homme a demandé un tournevis ; une fois équipé, il a lancé à la cantonade :

— On va voir si les Allemands sont perspicaces.

Il a dévissé le siège passager et, sous un tapis de sol, entrepris de retirer quatre vis d'une sorte de trappe aménagée pour en sortir une boîte en fer-blanc. Il a posé l'objet sur l'établi avec une mine goguenarde. Moi, je pensais bien que le manque de « perspicacité » il le déclinait pour nous aussi. Car le couvercle déposé laissa apparaître une belle quantité de rouleaux de billets de banque bien serrés ; y avait là de quoi ne manquer de rien pendant plusieurs années – « les économies de mon patron », qu'il a dit. Ensuite, il a extrait un maigre billet d'un rouleau, l'a tendu à mon père, a fait pareil avec le garagiste, a remballé son trésor, mis la clef de contact et est parti en nous saluant de la main. Un instant j'ai cru que le père allait jeter le billet dans le bac d'huile usagée à côté de lui tant il affichait une mine de crise de foie.

— C'est à vous dégoûter d'être honnête, une histoire pareille, a-t-il seulement dit.

Dehors, par endroits ma ville fumait toujours. On voyait plein de gens marcher et fuir sans rien d'autre que de la suie et des larmes pour bagages. Au moins, nous avions une maison ; je me raccrochais à ça.

Jusqu'à ce qu'on croise la mère du pompier.

— Un tiers de Rouen a brûlé, gémit-elle, une panière de linge propre sous le bras.

Elle filait à la caserne parce que son fils s'était blessé dans les décombres d'un immeuble. En partant, toute déhanchée, elle répétait :

— Quel malheur, quel malheur, quel malheur.

14

Au début j'ai eu du mal avec le riz. Après les privations et le duo comique rutabaga topinambour, mon ventre affamé n'avait d'oreilles que pour la pomme de terre ; peu importaient la cuisson et la recette mais de la patate, j'avais le sentiment qu'il n'y avait que ça qui me nourrissait ; mon rêve était une patate cuite à l'eau avec du beurre salé dessus. Le riz s'est imposé tout doucement, grandement facilité par son omniprésence, mais aussi par Bà Hiêp, notre cuisinier qui avait le chic pour y mettre des petits bouts de truc fortement salés et rances qui donnaient un peu de moelle à ce grain immaculé. Et comme Bà Hiêp avait aussi une fille jolie comme une promesse, le riz je m'y suis fait. Les gars se foutaient de ma pomme avec cette fille, ils me voyaient tourner autour sans rien conclure ; je l'aimais bien, elle était gentille et souriante, elle travaillait dur et se faisait souvent rabrouer par son paternel ; je lui offrais des petites choses pratiques, elle me remerciait comme si je l'avais recouverte d'or ; elle sentait bon, même sa sueur sentait bon, d'ailleurs elle suait drôlement, juste quelques perles d'eau qui restaient accrochées sur son front, pas assez pleines pour couler, de la sueur timide et discrète qu'elle essuyait d'un revers de main. Comme il était très difficile de faire coïncider nos journées – l'intensité des combats nous obligeait à fournir toujours plus d'essence, il fallait chercher du matériel, construire plus de bacs, acheminer, les convois s'enchaînaient, les installations, les contrôles de sites, plus ça allait et plus notre base augmentait en effectifs, nous étions une outre qui ne cessait de gonfler – on se voyait de loin, on se souriait de loin, on se promettait de belles choses de loin. Sous les rires aux senteurs de pétrole de mes zigs ; même les autochtones s'y mettaient, surtout le brigadier-chef Nguyen Van-Thu qui venait tout droit du premier bataillon thaï. Je le laissais dire, car je l'aimais bien ce gars-là, je le trouvais courageux de bosser pour nous, car si derrière nous autres il y avait la métropole, derrière lui il n'y avait rien – tous ces supplétifs se battaient dos au mur et la plupart étaient sympathiques.

Avec ma jolie cuisinière, en vérité il ne se passait rien ; juste quelques sourires puis on s'empressait de regarder ailleurs. Comme aujourd'hui je regarde la plaine indochinoise qui nous entoure, Morin et moi. Avec ses dangers, cachés.

15

J'étais sur le boulevard quand ça a fait un gros boum. On jouait au ballon, on n'allait jamais très loin, la ville était devenue compliquée, tout un quartier avait brûlé deux ans auparavant, il n'y avait plus de ponts en dur sur la Seine, le Génie avait tout fait sauter pour ralentir les Allemands – j'ai su plus tard qu'un petit char français modèle 1918 s'était fièrement posté en bas de la rue de la République pour accueillir ses homologues teutons, qu'il avait canonné tout ce qu'il pouvait et que la suprématie militaire de l'ennemi, après un petit temps de surprise, avait repris ses droits. Un incendie s'était déclaré suite à l'échange de tirs ; certains soutenaient mordicus que c'était la faute des Allemands, qui avaient délibérément mis le feu au centre-ville : le résultat était le même, Rouen avait pris feu et les envahisseurs avaient interdit aux pompiers de faire quoi que ce soit. Ils s'étaient même postés avec des mitrailleuses devant les casernes pour les dissuader de porter secours à leur ville, comme l'avait raconté la voisine. Ce n'est que lorsque la cathédrale avait sérieusement commencé à être en danger que permission fut donnée aux sapeurs de faire leur travail. Presque deux jours de flammes, le nuage de fumée du pétrole qui s'était embrasé au matin du 9 juin, un ciel noir, quarante-huit heures de vapeurs de suie et de flammes dévorantes, une fin du monde. Rouen avait brûlé, ses maisons étaient éventrées, noircies comme les dents pourries du marchand ambulant de «peaux de lapin peaux», chicots de maisons qui donnaient envie de rester chez soi. De toute façon, il n'y avait rien à faire. Les sorties ne s'occupaient que de l'utile; la balade pour rien, la flânerie n'étaient plus de mise.

Mais là, à quelques-uns on avait improvisé une partie de football. Normalement, l'été les gosses jouent dehors mais en ce 17 août 42, il ne fallait pas jouer dehors. Car, un peu plus loin, de l'autre côté de la Manche, la 97th Bomb Group de la 8e Air Force avait décidé de prouver l'efficacité du fameux Daylight Bombing, le bombardement de jour.

Dix-huit avions ont décollé depuis l'Angleterre, douze B17 allant directement sur leur cible – la gare de triage de Sotteville-lès-Rouen – et six autres faisant diversion sur les côtes normandes. En 42, j'ai quatorze ans et je joue au foot dehors. Nous habitons à plusieurs kilomètres de la gare de triage de Sotteville dans laquelle mon frère André, depuis quelque temps, est réquisitionné pour surveiller les installations la nuit – comme on avait peur qu'il parte faire le STO en Allemagne, on se disait que, finalement, cette corvée de surveillance était un mal pour un bien ; au moins, là, il était près de nous et revenait à la maison au petit matin.

J'ai donc quatorze ans et je joue au foot et on n'a rien compris. Pas de sirènes, pas de bruits d'avions, un souffle énorme et nous voilà tous par terre ; on s'est pris la foudre. J'ai la jambe qui chauffe, je regarde, ça pisse le sang, un de mes copains est touché au pied également – on saura plus tard qu'on s'est pris le même éclat, qui m'a traversé le mollet avant de terminer sa course dans celui de mon camarade. Après, des gens arrivent de partout : on nous porte, on nous pose des questions. Je vois ma mère et je pleure ; ça y est, ça me fait mal ; ma mère est là, je peux me laisser aller. Mon père, qui travaille à la voirie municipale, en apprenant la nouvelle a rappliqué. Et c'est comme ça que je me suis retrouvé encadré à l'hôpital, l'hospice général de Rouen.

Il y avait du monde partout. La file d'attente serpentait dans l'escalier principal sur plusieurs étages. Plus on s'approchait de la salle d'opération, et plus on entendait les plaintes des blessés et les ordres des médecins chefs, le tout dans un brouhaha de chariots et de portes qui claquent.

J'apprends que le chirurgien qui va m'opérer s'appelle le docteur Derin. Mon tour arrive, on m'allonge. Il manque une jambe au docteur :

— Elle est restée en Argonne, dit-il, mais j'ai mes deux bras. Allonge-toi jeune homme.

À peine a-t-il prononcé cette phrase qu'une sirène hurle. Des cris, des affolements, lui continue comme s'il était sourd. Autour, ses collègues semblent préoccupés. Moi j'ai décidé de me caler sur Derin : s'il reste je reste, et comme il reste je reste. Et puis ça explose. Dehors, Rouen se prend des gifles d'acier, certaines sont si proches que, du plafond de la salle, tombe du plâtre. Mais Derin a ce qu'il faut dans la poche : une petite balayette ; chaque fois que ça saupoudre il me gratifie d'un coup de brosse et, pour me décontracter, m'en met un coup sur le nez. Et puis tout s'est arrêté, blessés, personnels soignants, les râles, les ordres, tout, pendant une fraction d'éternité, le temps qu'une bombe énorme déchire le toit de l'hôpital et transperce tous les étages pour terminer sa course aveugle dans les sous-sols.

La mort a hésité quelques instants. Face à sa gueule écumante de fumées et de gravats, nos cages thoraciques n'étaient plus que des cages d'oiseaux empaillés. Nous étions résignés à mourir, comme des âmes muettes qui s'embrasseraient une dernière fois en silence. Alors le plus aguerri d'entre nous, le docteur Derin, qui avait vécu en colocation avec la mort pendant cinq longues années, a remis la pendule en marche ; il a regardé ses collègues accroupis autour de lui et, se voyant le seul en position verticale, a lancé :

— Allons messieurs, un peu de dignité !

Il a sorti sa balayette, m'a épousseté.

— Alors jeune homme, on le recoud ce mollet ?

Tout le monde s'est redressé, la bombe n'avait pas explosé, on pouvait réparer les blessés encore un peu. La file d'attente dans l'escalier a repris son brouhaha. Je sentais bien l'aiguille mais je n'osais rien dire : se faire recoudre le mollet par un docteur qui a perdu sa jambe n'autorise pas tellement les plaintes. Je me disais que plus vite j'étais raccommodé plus vite je serais sorti de ce piège car j'étais sûr que les Américains voulaient détruire l'hôpital pour éviter que les Allemands se soignent. Du haut de ma fenêtre, cet endroit devenait une cible, aussi je serrais les dents, ma jambe était sanglée et tenue par un jeune homme pâlichon qui semblait plus attentif aux bruits extérieurs qu'à ma petite personne. Je me suis juré que, plus tard, je me laisserais aller à couiner pour le moindre petit bobo tant j'avais le cœur qui pompait dans le vide, j'étais blanc comme un linge.

On est ressorti de l'hôpital avec la fin de l'alerte. Ça me piquait dans la nuque, comme une écharde, je n'ai pas voulu le signaler, trop hâte de partir ; en chemin j'ai réussi à l'enlever, un petit bout de fer comme une mine de crayon cassé. Retour au bercail en claudiquant entrecoupé d'arrêts. Ça me tirait, mais le désir d'être à l'abri était plus fort que la douleur. Depuis le départ de l'hôpital, j'avais une envie de croissants ; ça ne servait à rien de l'exprimer, aussi je la gardais pour moi, mais allez savoir pourquoi cette fantaisie s'était installée confortablement dans ma caboche ? En d'autres temps, ma mère m'aurait acheté une douceur. Je pensais au marchand de charbon du coin de la rue Sainte-Marie qui, malgré les restrictions, tous les matins en offrait à son berger allemand – sa secrétaire nous l'avait dit. Et tous les matins elle s'indignait. Il avait institué ce rituel avant la guerre, alors qu'il y avait déjà beaucoup de chômage et de pauvreté, et avait continué, se foutant des autres ; les regards désapprobateurs des passants le faisaient marrer. Il n'était pas du genre à prendre les armes contre l'occupant, lui qui pensait plutôt qu'il fallait remettre « la France sur de bons rails », que Blum et toute « sa clique d'enjuivés » avaient ruiné le pays, comme on le lisait à l'envi sur les affiches collées par le PPF : « Le Front populaire c'est la guerre ». Et pourtant, ce gars nous donnait du charbon. Il nous savait nombreux et désargentés et nous en offrait. Alors on lui souriait et on ne répondait pas lorsqu'il exposait ses avis politiques. En l'entendant, je pensais à l'oncle Damerval, qui aurait préféré brûler ses meubles pour se chauffer plutôt que dépendre d'un charbonnier maurrassien, mais nous on souriait et on la fermait. Ce type avait perdu sa fille – qui s'était pendue juste avant la guerre. Elle avait une maison près des Essarts, la villa Simonette, qu'il nous avait prêtée un jour, première fois que nous étions partis en vacances.

En ces temps de pénurie, je me rappelle les batailles d'œufs que l'on y faisait avec André et les filles ; le voisin avait trop de poules et nous laissait nous servir comme on voulait… Il en avait tellement, des œufs, que l'on pouvait se les lancer en essayant de les rattraper intacts – on a mis quelques douzaines à saisir le coup de main.

Reste que, là, j'avais l'odeur de croissant qui me turlupinait. Arrivés à la maison, j'ai vu André qui venait de rentrer, parti à vélo chercher du ravitaillement chez un certain Cocquel à Sévis. Le panier rempli, il ne s'était pas fait attraper. Ce soir je serai l'attraction, le point de mire ; mes sœurs me soigneront aux petits oignons, moi le grand blessé. Il paraît que c'est la gare de triage de Sotteville qui était visée : ce soir on va manger de bonnes choses et ça tombe plutôt bien.

Pendant le repas André nous raconte sa mission ravitaillement. Et nous informe qu'il ne faut plus aller chez Crochemère. « Les Allemands paient tant, c'est tant. Alors que chez Cocquel – surtout quand c'est le fils – il y a toujours moyen d'obtenir une ristourne. » Il explique aussi que, sur le chemin du retour, il roulait vite et nerveusement, comme toujours, et a cru soudain entendre un bruit de moteur derrière lui. Persuadé d'avoir aux fesses un side-car allemand, il ne se retourne pas, comme quelqu'un qui n'a rien à se reprocher, mais ralentit tout de même pour se faire doubler. Et le side-car de ralentir aussi. Il se dit : « Merde je suis suivi. »

— André ne jure pas, rectifie ma mère.

Pour en avoir le cœur net, il accélère, et le moteur du side-car accélère également. La panique le gagne et le fait bifurquer au dernier moment dans un petit chemin sur la droite, comme ça il sera fixé. Et vas-y que les Allemands le prennent aussi. À bout de forces, il s'arrête et lève les bras. Rien ne se passe, plus de bruit derrière lui. Il se retourne enfin. Rien, personne, pas de side-car, pas d'Allemands. Rien. Il regarde son vélo et remarque des feuilles coincées dans le garde-boue arrière, c'était ça le bruit qu'il entendait. Tout le monde a ri.

Ma jambe me tirait un peu, mon père me regarda et murmura :

— Ça va mon garçon ?

16

L'ennui suintait de partout. Tout devenait compliqué, impossible ou trop cher. Plus de fêtes foraines, plus de cirques. Voir un copain, marcher jusqu'à chez lui dans l'espoir d'un foot demandait une préparation minutieuse, il fallait prouver que l'on connaissait les abris sur le parcours en cas de bombes anglaises, avoir ses «papir-bitte» sous la main, donner un horaire de retour précis, tout dévoiler, tout raconter, tout dire toujours, où, avec qui, combien de temps.

La guerre, pour nous, était un surveillant général en blouse noire. Il n'y avait plus de secrets, plus d'escampettes, plus de rapines sucrées, rien que du livre ouvert, du faire ses devoirs et se coucher le ventre en attente, un goût de beurre dans les yeux à étaler sur un pain de trois jours. Et pourtant, une fois, cette salope nous a raflés, mon copain Pierre et moi, devant chez nous sur le boulevard, à trois enjambées des jupes maternelles.

On jouait au ballon en évitant les fenêtres et la chaussée quand ils sont passés devant nous, têtes basses, clôturés de fusils, une douzaine d'adultes avec des pensées de mort plein les yeux. Où allaient-ils ? Pourquoi ? Comment ? Autant de questions qui défilaient dans nos crânes. L'un d'eux était droit comme un i, un vieux qui pointait sa barbe d'un bord à l'autre du boulevard pour que les yeux du monde le voient partir vers le malheur. Mais il n'y avait que nous – deux paires, pas une de plus – et des jeunes, des yeux qui ne pouvaient que regarder et qui y repenseront à jamais.

C'est alors qu'un soldat allemand s'est dirigé vers nous. Il m'a attrapé par la manche pendant qu'un de ses collègues nous rabattait avec son fusil tenu à deux mains.

— *Schnell.*

C'est tout ce qui me revient de son bruit de bouche. Il fallait faire *schnell* vers les autres punis se tenant tête basse dans la rue.

Maman était en quête de pitance à deux ou trois rues de là, mon père au travail, les sœurs au bercail mais pas forcément pendues aux fenêtres, je voulais un témoin, mais rien : l'armée allemande nous enlevait sans que personne le voie. Une seule personne a réagi. Le grand bonhomme tout droit, déjà prisonnier, s'insurgea. Alors ils l'ont fait taire d'un coup de crosse dans le ventre. Pierre pleurait, moi je n'en menais pas large, mais le voyant chialer en premier c'était comme si mon cerveau m'avait ordonné de ne pas l'imiter. On a regardé le ballon poursuivre sa course le long du trottoir dans le sens de notre progression, il nous accompagnait, et puis il a roulé dans le caniveau. Maintenant nous étions perdus.

Les Allemands nous ont fait repiquer vers le centre-ville. Pierre pleurait en silence, sans que son visage bouge. Seule une larme ou deux, de temps en temps, perlaient le long de ses joues. Il était beau mon copain.

Dans chaque rue empruntée où l'on connaissait un commerçant – du temps où ça commerçait – je tirais mon cou, mes yeux, j'espérais croiser un regard ami qui pourrait courir prévenir nos mères que la guerre avait pris leurs petits. Mais rien. Et puis les soldats se sont arrêtés pour un conciliabule, le grand vieux tout droit a attrapé nos deux bras sous les aisselles en serrant fort pour qu'aucune question ne fuse.

— Filez les gosses, vous n'avez rien à faire là, prenez cette rue et ne vous retournez pas, ordonna-t-il, mâchoires serrées.

On n'a rien dit, on a filé. Nos jambes essayaient de mettre le plus de distance possible à chaque foulée entre les soldats et nous. On a bousculé des passants, on s'est fait engueuler, c'était comme si la guerre avait fait ralentir les gens, personne ne courait plus depuis des mois. Seuls les fuyards, les déchireurs d'affiches et ceux qui écrivaient sur les murs couraient. Et puis apparut le boulevard. Pierre repiquait vers chez lui quand j'ai lancé :

— Not' ballon ?

— Tant pis, qu'y m'dit.

C'était mon cadeau de Noël d'avant la guerre et je ne pouvais pas le laisser dehors. Il nous avait suivis de son regard tout rond, impossible de l'abandonner dans le caniveau. Mais rien, plus de ballon. On me l'avait fauché. C'est là que j'ai pleuré.

17

On roulait. Comme deux Français à qui on a dit d'aller par là peuvent rouler, dans une jipe ni plus ni moins, pas de jambe dehors, pas d'armes à part nos deux Sten anglaises qui nous emmerdaient plus qu'autre chose, pas de lunettes de soleil, pas de pâte à mâcher, pas le tralala de la guerre qui se regarde le nombril comme ces Ricains qui font comme s'il y avait toujours un troupeau de filles derrière un cordon de sécurité pour les regarder.

Non, nous on roulait. Bêtement. On aurait pu être sur la route de Darnétal pour aller récupérer une gazinière chez une vieille tante mais, là, l'intérêt supérieur de la Nation avait voulu qu'on aille chercher des joints de caoutchouc à Haiphong. On était dans le service essence des armées, la 730e compagnie de ravitaillement et d'exploitation en essence du Nord-Vietnam pour être précis.

On roulait comme deux braves pommes qui ne se doutent pas une seconde que, sur la route qu'ils ont empruntée le matin même sans histoire, ils vont sauter sur une mine chinoise au retour, à la nuit tombante. Pas le gros pétard qui t'envoie direct retrouver tes aïeux, non, juste le petit boum qui fait chier le monde, celui qui abîme le matériel et le collègue, qui immobilise, qui fait prendre du retard, qui fait que deux gars peuvent être obligés d'en porter un troisième qui couine sa mère avec un bout de sa jambe suintant le jus de bonhomme et qu'un quatrième va se fader les armes des trois autres, celui qui casse du matériel qui pourrait passer à l'ennemi bricoleur en cas qu'on devrait l'abandonner sur place. Une vicieuse de mine, comme il y en a partout dans ce pays. Les récits pullulent, pleins de détails sur les mille et une piperies du soldat Viêt Minh au grand jeu de la guerre – que nous, nous menons à l'ancienne, avec écharpes blanches autour du cou et chapeaux de brousse. Tout peut être piégé ici, même leurs cadavres.

On roulait, on se doutait de rien. À l'aller je vous dis, rien : beau temps sur tout le parcours, des rizières, de la plaine, du soleil à plus savoir qu'en foutre, des suées normales de chaleur, pas de la suée d'emmerdements ; on était confiants, on avait des ordres, c'est pratique un ordre, un ordre ça s'exécute, tu dis oui chef, tu salues, tu tournes les talons et puis t'y vas comme t'es venu, ça repose, ça trace ton avenir immédiat.

18

Ma sœur Élise fut envoyée à la campagne, au vert, loin des bombardements, au printemps 44, chez un ancien client de mon père à Thury-Harcourt. Poussé par l'école, qui conseillait aux parents d'évacuer les enfants de Rouen afin de les protéger des bombes, il avait discuté, insisté, palabré et négocié avec notre mère, qui ne voulait pas que l'on se sépare. Et comme toujours quand il y a négoce, il avait eu gain de cause. On en avait tous marre des bombes, ça nous rendait fous. Ma sœur aînée, Thérèse, une grande fille qui avait pourtant déjà des garçons autour, chaque fois que la sirène retentissait, poussait des cris et faisait sous elle, courait se mettre dans un abri trois rues plus loin en pleurant de trouille. Nous, la plupart du temps, on restait adossés aux remparts car la maison avait des arguments, mais personne n'aurait pu raisonner ma sœur ; sa peur nous faisait peur, ses yeux s'écarquillaient, elle devenait une autre, rien n'aurait pu l'empêcher de sortir rejoindre son abri rue de la

Cage. Élise, la petite à protéger, nous quitta au printemps 44. On l'enviait un peu. Mon père l'a emmenée en car. Elle partait loin des pilonnages attirés par les ponts et les gares ferroviaires des grandes villes, vers un ancien client accueillant qui habitait une petite maison de bourg juste en face d'une église, c'était un endroit sûr.

Le calcul de mon père était bon mais il n'avait pas prévu une chose : le débarquement en Normandie. Comment l'imaginer ? Nous étions sûrs et certains qu'il aurait lieu du côté de Dieppe ! Notre pièce à conviction était un motocycliste anglais débarqué comme ses collègues à l'aube d'un 19 août 42 sur du galet dieppois et qui avait miraculeusement pu s'extirper de la plage avec sa moto et se lancer à l'assaut de la France occupée, tout seul, la plupart de ses camarades anglais et canadiens étant restés cloués sur le rivage. Il avait dû rouler comme un désespéré avant de se faire mitrailler près de Bosc-le-Hard, coin que l'on connaissait bien. C'était comme si ce garçon perdu était venu nous secourir, avait chargé tout seul ce pays occupé qui était le mien. J'avais eu de la peine pour ce gars-là.

Mon père était donc en phase avec les prévisions allemandes : la Normandie, de ce côté-ci de la Seine, était un coin sûr pour y confier sa dernière prunelle. Thury-Harcourt est traversé par une rivière, l'Orne, mais qui dit rivière dit ponts et les Anglais se sont mis à bombarder ça méthodiquement en juillet et août 44. Pour couronner le tout, l'armée allemande a décidé d'arrêter de se replier et d'attendre les

Alliés de pied ferme dans ce même Thury-Harcourt. Les combats y furent terribles. La petite église devant les mirettes de ma sœur changea de nationalité plusieurs fois en une seule journée. Plus tard, Élise en reviendra en bégayant. Et ma mère en voudra, peut-être jusqu'à sa mort, à mon père de ce manque de clairvoyance.

Avant ce retour, nous sommes restés trois mois sans nouvelles d'elle. Pas de téléphone, pas de courrier, trois mois à se faire un sang noir de jais ; ma mère ne parlait presque plus, le seul qui avait le droit d'entendre ses plaintes c'était le Jésus sur sa croix accrochée au mur du salon ; pour les autres c'était bouche cousue ; j'avais le sentiment qu'elle nous mettait tous dans le même sac, qu'on avait le tort d'être là, en vie et à l'abri ; la dernière manquait, mais notre chagrin ne comptait pas ; les repas devenaient des calvaires, personne n'osait prononcer le moindre mot. Le seul avantage des restrictions, c'est qu'au moins ces foutus moments duraient moins longtemps : le rutabaga s'avalait sans penser, pas de beurre sur la table, le pain était rationné, chacun avait sa part dès le début et nous n'avions pas à nous le passer ; en dix minutes tout était englouti et chacun débarrassait son assiette sans gras et pleine de flotte dans l'évier.

Et puis, un matin d'été, mon père a quitté la maison à pied, direction Thury-Harcourt. Notre mère pleurait. Il était allé retrouver son Élise. Sans voiture, sans vélo, sans charrette. L'oncle Hector était déjà en route, parti en éclaireur, arrêtant les camions militaires afin d'y grimper ; il voulait gagner Cherbourg et avait décidé de passer par là-bas. Mais comme Rouen-Thury-Harcourt ça fait une trotte, deux jours après son départ, n'y tenant plus notre père avait décidé d'y filer aussi.

C'est Hector qui l'a trouvée et remise à mon père, épuisé. Paraît que lorsqu'il avait vu les ruines de la ville, il s'était agenouillé d'effroi. Mais, très vite, des habitants l'avaient conduit vers une grange encore debout et à l'écart, où se trouvait Élise, pleine de paille, qui, de toute la richesse de son vocabulaire, n'avait retenu qu'une phrase : «J'veux voir maman.» Un couple installé dans la grange, disposé à adopter celle qu'il croyait orpheline a alors entendu l'oncle avertir que « ses parents étaient en vie et l'attendaient ». C'était vrai. Ça ne le serait plus pour longtemps.

19

Dans ma ville en ruine, on annonçait l'arrivée des Canadiens. Deux divisions, paraît-il. Alors on les attendait, reclus, perclus et affamés, anxieux, persuadés qu'avant leur apparition notre tour viendrait. La libération paraissait en marche mais d'ici là on vivait encore dans la peur. Une peur qui s'était installée, d'abord brutale et désordonnée, qui avait fini par faire sa vie chez nous, par prendre ses aises, quitter sa solitude farouche et recroquevillée pour nous rejoindre jusqu'à la table et durant nos prières. Mais, à l'aube d'une imminente libération, elle revêtait d'autres habits, ceux d'une folle ; on ne voulait pas qu'il nous arrive quelque chose, les Allemands étaient nerveux, se repliaient, on les voyait s'emboîter les uns dans les autres sur la rive gauche, cordon de véhicules militaires, d'hommes et de chevaux qui se coinçait sur des kilomètres de quais, boudin immense qui s'appelait l'armée von Kluge. Lorsqu'on les avait vus arriver en masse sous la pluie depuis Petit-Quevilly, par l'avenue de Caen, on s'était demandé ce qu'ils foutaient là. Il n'y avait plus de pont en état de faire traverser un trafic pareil, la Résistance avait modifié les panneaux indicateurs pour les piéger sur ce côté de la Seine ; en les voyant s'agglutiner on redoutait qu'une sorte de folie meurtrière s'empare de ces soldats fourbus, foutus et coincés, qu'ils nous prennent en otages pour éviter de se faire pilonner, qu'ils obligent les civils – par paquets de cent – à se mettre en file indienne avec eux. Ceux qui passaient le fleuve remontaient jusqu'au lycée Corneille, transformé en hôpital pour soldats ; depuis le quai rive droite on pouvait suivre les camions sanitaires aux traces de sang qu'ils laissaient derrière eux ; les types rentraient d'un côté du lycée, blessés et en guenilles, puis ressortaient à l'autre bout en fanfare, réparés, pansés, avec uniformes neufs et armes astiquées à la bretelle. C'est fou les hommes : tu mets un peu de musique ronflante et tapante dans leur poitrine, du matériel flatteur entre leurs mains, et ils repartent tête redressée, prêts pour la grande dézinguerie.

Autour de nous, ça partait. Des voisins nous quittaient sans savoir où aller ; n'importe où plutôt que vivre ici ; personne ne conseillait plus personne car personne ne savait quoi faire et aucune solution n'était mieux que les autres : on se regardait partir, on se regardait rester, on se regardait attendre que tout cesse dans un grand fracas de bombes.

Et les bombes sont arrivées. Par des bifuselages anglais. Comme d'habitude, elles ont explosé en même temps que les sirènes censées nous avertir ont retenti, on a vu un nuage de fumée noire au loin et senti une odeur de caramel écœurante remonter jusqu'à nous. Le lendemain, je suis allé voir avec mon frère. On n'en pouvait plus de rester bloqués dans notre gourbi en attendant qu'une bombe distraite nous souffle dans les bronches, alors on a filé tout droit vers la Seine qui fumait ; devant ce qui subsistait du Théâtre des Arts nous sommes restés muets, l'apocalypse s'étalait de l'autre côté, à perte de vue, à perte de sens, une désolation fumante faite d'hommes et de matériels, l'odeur de sucre venait d'un entrepôt en aval qui avait cramé sous les bombes incendiaires. Nous n'étions pas seuls à regarder ce grand massacre ; les Rouennais rappliquaient par groupes, dans le silence. De l'autre côté, on en voyait commencer à circuler dans ce cimetière militaire allemand qu'était devenue la rive gauche, pas de réjouissances, de la consternation. Et puis, en s'approchant de l'eau, sont apparus des morceaux de corps humains retenus par le foutoir qu'était devenue la Seine. Pierre, devant mes yeux fascinés, a sonné la retraite : il fallait rentrer retrouver nos parents, on allait se faire incendier.

Nous faisions partie de ceux qui restaient, avec comme seul abri notre maison. À force de bombes, chaque famille avait eu le temps de développer sa propre stratégie de survie ; moi je trouvais nos astuces pitoyables tant la guerre est tellement plus forte. J'avais le sentiment qu'on se rassurait à peu de frais avec nos systèmes, combien de pauvres gens se croyant protégés par des matelas se sont retrouvés écrasés, étouffés, brûlés jusqu'à l'os ? Combien de maisons aux murs solides, loin des ponts, des gares, des usines se sont vues soufflées par une bombe qui n'avait rien à faire là, juste à cause d'un zinc qui avait fait un écart de rien du tout, à cause d'une pichenette de soleil dans l'œil du pilote, d'une crotte au nez, d'une blague du copain qui fait secouer ses épaules ? Alors, avec nos carreaux de carton aux fenêtres, nos rideaux en dentelle, nos petites caves, que pouvait-on faire ?

Rouen ressemblait à une carcasse de bœuf suspendue par les pattes arrière, on distinguait ses entrailles, et comme une brutalité peut soulever la robe d'une femme respectueuse et digne, des béances de guerre laissaient voir de loin la cathédrale. J'avais honte de la découvrir ainsi exposée, meurtrie, éclaboussée de crachats métalliques, insultée de flammes, soufflée, sidérée… Comment allions-nous faire ? T'es là, debout, flageolant face aux ruines, Rouen était éradiquée, terminée, trop de destructions, on n'y arriverait jamais.

Les Canadiens sont apparus pour libérer nos ruines, on devait rester cantonnés à la maison ; attendre, encore et toujours attendre ; plus rien ne fonctionnait, les nouvelles nous parvenaient dans le désordre, grossies, déformées, contradictoires. Passé les embrassades aux libérateurs, les drapeaux et la distribution de chocolat depuis des engins blindés en sueur, il fallait tout déblayer, essayer de retrouver les routes sous les gravats. Mais, là, la mouscaille a pris le relais des vivats ; tout un tas de pauvres gens ont dû se mettre à vivre dehors, à travailler dehors – enfin « travailler », ça bricolait plutôt de la misère, ça étalait deux ou trois babioles poussiéreuses et tordues sur une planche et ça espérait en retour un peu de monnaie. Des gosses à poux régnaient en maîtres dans certains quartiers. Les ouvriers sortaient d'ateliers branlants et dangereux, sans toiture, des machines encore utilisables. Ça usinait de partout tandis que la pénurie continuait, que les gens faisaient la queue pour tout, que l'Administration était aux abonnés absents. Un foutoir pas possible.

Partir. Fuir. Quitter. J'étais content d'y penser, à ce possible. Content, c'est tout. Parce que la guerre avait gommé les « parce que », je n'avais pas de pensée, plus de projets, aucune idée derrière la tête, nulle stratégie : je voulais un départ et l'armée m'en offrait peut-être un. L'embryon de troupe qui se remettait sur pattes avait un côté rassurant. Je m'étais dit que ç'aurait été bien de partir et l'armée m'avait semblé la seule agence de voyages qui fonctionnait. L'armée a même dit qu'elle avait besoin de gars comme moi, et ça m'a plu. Bêtement. Simplement. Ça m'a plu qu'on me dise ça quand Rouen, elle, ne me disait plus rien. Rouen était foutue. Quand je suis parti, ça reconstruisait à tout-va, ma ville était affairée à se remettre d'aplomb. Les ferrailleurs faisaient fortune, pêchaient le panzer tordu dans la Seine car les bulldozers avaient tout poussé à la baille – c'était plus facile de les repêcher que de les soulever du sol. On s'apprêtait à reconstruire, à déchausser les ruines calcinées pour repartir de zéro, on tentait de rafistoler l'historique. Mais à mes yeux c'était peine perdue : ma ville était morte, elle ne s'en remettrait pas. Les bateaux sur les quais, les trams, les tonneaux, ce dédale de rues étroites, le bois, la brique et l'ardoise, tout allait être balayé par du pratique d'outre-Atlantique.

20

Ce que je fais en Indo, j'aurais pu le faire du côté de Notre-Dame-de-Gravenchon. Excepté le produit «N», comme on dit pudiquement. S'il n'entre pas dans mon rayon, en tout cas c'est chez nous qu'on le fabrique. Le principe du produit a commencé à être élaboré au dépôt d'essence numéro 68 de Bach Mai. Ensuite, dès janvier 52 a débuté la fabrication à grande échelle du napalm, cette fois au DE68. De Lattre l'a employé pendant la bataille de Vinh Yên, en janvier 51, juste avant mon arrivée. Grâce à cette essence gélifiée, les Viêts ont reculé. Mais faut bien avouer qu'à part le transport de cette bouillie d'enfer qui s'accroche à tout ce qu'elle touche pour le réduire en cendres, je suis militaire parce que j'ai un costume et des manières, sinon je fais un boulot de civil, ici.

Depuis que je suis arrivé en Indochine, on touche du nouveau matériel quasiment quotidiennement. Rossi n'arrête pas d'aller chercher des GMC et des jipes Willys, des camions-citernes, transformant notre dépôt en entreprise prospère. Au début pourtant il n'y avait qu'un bout de terrain et quelques bâtiments, plus deux villas pour les cadres à peu près correctes – à part des travaux pour l'eau et l'électricité et des trous de toitures à reboucher. Et rien de rien pour la troupe : les hommes dormaient sous des tentes et le ravitaillement s'obtenait grâce à la popote d'une compagnie voisine. Jusqu'au jour où notre propre cuisine a essayé de faire son nid sous un auvent de tôle en attendant de dénicher mieux. Dès le 16 décembre 51, la popote de la 730e a été opérationnelle, mais seulement inaugurée – en grande pompe – le 22 février 52 par l'ingénieur en chef de 2e classe Bardé, directeur des essences en Extrême-Orient, du sérieux ! Comme quoi, autant pour la guerre, par ici, on tâtonne, autant pour mettre sur pied une cuisine on aime faire ça dans les règles de l'art. Une commission a même été formée à cet effet, comme y disent, avec pour directeur et conseiller technique notre ingénieur 1re classe des travaux, Duverny, pour président l'adjudant Calisse et aussi trois membres : l'adjudant Devers, le maréchal des logis-chef Hervieux et le maréchal des logis Rémond. En voyant tout le tralala déployé pour un simple mess, je me suis dit que si l'état-major s'était montré aussi pointilleux un an plus tôt à Cao Bang, les pauvres gars laissés à eux-mêmes dans le désastre de la RC4 auraient été rapatriés correctement et l'armée n'aurait pas subi ce fiasco militaire dont on parlait en métropole et dont les détails me refroidissaient un peu, le soir, à Chalon, quand je me couchais. Mais une pensée en avait entraîné une autre et parce que « demain est un autre jour » et qu'il était trop tard pour reculer puisque j'étais engagé – en fait ça me plaisait de ne pas pouvoir reculer –, j'avais fini par conclure que c'était comme ça et puis c'est tout. Fataliste. Après tout, je n'avais aucune idée de ce qui nous attendait là-bas. Politiquement, je n'avais pas même d'avis sur la question. Je voyais bien que cette guerre en Extrême-Orient agitait la gauche communiste, mais je me disais que les communistes pratiquaient depuis longtemps l'indignation maîtrisée – je m'étais laissé rapporter qu'ils avaient commencé à bouger, en France, durant la guerre, seulement lorsque Hitler avait rompu son pacte avec Staline mais qu'avant ça y avait pas beaucoup de marteaux et de faucilles dans la clandestinité. Cette guerre des rizières ne leur plaisait pas, mais ils avaient l'indignation sélective. Pour autant, je n'avais pas la moindre idée de ce qui se jouait là-bas ; si j'avais les jetons, je mentirais en prétendant que je n'étais pas un peu content de sortir de ce pays en travaux. Voir ailleurs, autre chose.

En fait, ce que j'ai voulu en acceptant les grands horizons, ce n'est pas la paix, car la paix ça vient après une guerre. Ce que j'ai voulu, c'est la vie d'avant la guerre. Celle avec mon père… encore vivant.

21

Coincé à la maison, j'avais fini mes études en horticulture et je cherchais une place. Or à ce moment-là un ouvrier horticole n'était pas la denrée la plus recherchée, on manquait à peu près de tout sauf de ça. On reconstruisait surtout, et l'oncle Hector, le mari rital de la sœur de ma mère, qui habitait au 71 du boulevard, voulait m'embaucher pour manier la truelle. Ma sœur Thérèse était déjà dans les bras d'un de ses frères, Celio, un grand type qui s'était battu dans la Légion étrangère et avait été blessé au mont Sainte-Odile. Tous deux demeuraient au dernier étage, ils avaient une petite cuisine et de quoi se laver, moi je gardais le lit du premier puisque mon frère était parti s'installer avec sa femme ; il avait trouvé une place de jardinier à l'Hôtel-Dieu, cherchait à se mettre à son compte, visait un emplacement au Petit-Quevilly. Ma mère espérait qu'il me prenne avec lui une fois installé, mais il n'en était pas question ; je commençais donc à devenir une bouche inutile.

Mon père, lui, travaillait aux pompes funèbres ; il avait bossé quelque temps, durant l'Occupation, chez Belhembre, rue de Crosne, près de la place du Vieux-Marché, histoire de continuer dans le tissu, mais avait été remercié avant d'atterrir là. Une croix sur son métier de représentant de commerce, une croix que l'on décelait dans ses yeux. En vérité, mon père déclinait, s'ennuyait, et cela se voyait ; il avait perdu son allure conquérante et sympathique, il savait qu'il n'aurait plus jamais les moyens de s'acheter une nouvelle voiture, il parlait beaucoup de son père, un père qu'il n'avait presque pas connu, un père policier qui s'était suicidé dans la Seine à l'ancienne, avec une pierre attachée autour du cou. Chaque fois qu'il évoquait ce moment, ma mère se signait et embrayait sur un autre sujet, alors il se taisait.

Et puis un soir, j'étais sur mon lit, pas encore couché. Des cris. Ça hurlait ; des bruits de chaises qui se renversent ; ma petite sœur qui pleurait, ma mère qui criait : « André, André ! » Mon père, debout sur la pointe des pieds, il étouffait. Il cherchait de l'air, nous en demandait, nous suppliait de lui en donner, s'arrachait le poitrail de ses doigts crispés ; sa chemise était ouverte, s'il avait pu s'écarter le torse en deux il l'aurait fait ; il avait mal, il hurlait. Nous étions paniqués. Ça ressemblait à rien de connu ce mal. Ma mère a fait prévenir le médecin par un voisin. Fallait attendre, ça prendrait un peu de temps. Mais pouvait-il tenir ? Parfois la douleur le laissait en repos quelques minutes puis revenait comme un chat qui s'amuse avec une souris. Alors sa déambulation sur la pointe des pieds reprenait, on voulait qu'il se repose mais il angoissait, se coucher c'était la fin. J'avais le sentiment qu'il préférait tenir debout et j'étais d'accord avec lui. De temps en temps, j'allais dehors voir si le médecin apparaissait. Ça commençait à faire sacrément long.

Ses jambes ont lâché. Avec Celio, nous l'avons couché au plus près, sur mon lit. Mais le mal jouait encore avec lui. Sa poitrine se tordait. « C'est le cœur, je suis sûr que c'est le cœur. »

Alors le voisin est revenu. Blanc comme un linge. Sans le docteur qui refusait de se déplacer. « Trop tard trop loin, qu'il prenne de l'aspirine, ça attendra demain. »

Il tenait deux cachets dans sa main, il avait presque honte de nous les donner. Celio voulait aller chercher le toubib pour le ramener par la peau des fesses, mais mon père a calmé tout le monde en poussant un long râle, tellement long et tellement douloureux.

Sur le moment je n'ai pas pleuré, mon cerveau n'avait pas eu le temps de me faire comprendre ce qui venait de se passer ! Et puis, les éléments se sont imbriqués dans ma tête. D'abord la date, nous étions un mardi en soirée, au mois de février, avec un temps froid et humide, on attendait de la neige pour dans deux ou trois jours, ah oui nous étions en 1947, à 22 h 30 et mon père venait de mourir, oui c'est cela, il venait de mourir.

À peine avais-je eu le temps de comprendre que ma mère se retournait vers moi et me demandait d'aller prévenir André, installé dans une petite piaule avec sa femme Jeanne, j'en avais pour dix minutes, me dit-elle. Les premiers flocons tombaient et ces flocons participaient à l'irréalité de ce qui survenait. Je marchais vite mais ne sentais rien, ni le froid ni le bruit de mes pas sur les trottoirs. Ma tête devenait pointue et dure, j'avais l'impression de fendre l'air comme une étrave de bateau, je coupais la ville en deux, une part pour chaque côté de mon visage avec entre les deux le vide de mes pensées pour sillage. Monter les escaliers, n'entendre que mon cœur qui bat, passer le deuxième étage, deviner une houspillade plus haut. Je reconnus la voix de mon frère – je connaissais cette voix, c'était celle du buté ; depuis quelque temps le couple s'engueulait, elle travaillait chez un fourreur de Rouen et lui rongeait son frein comme jardinier chez les riches avant de pouvoir s'installer ; les mains blanches et propres de Jeanne avaient du mal à cohabiter avec les ongles noirs de mon frère ; alors les jeunes mariés se déchiraient et apparemment ce soir mon frère en « avait marre, marre, marre t'as compris ? ». C'est ce qui ressortait, étouffé, comme une trompette bouchée.

J'attends un peu, ce n'est pas que je veuille écouter, ni craigne de les interrompre, mais je n'arrive pas à concevoir ce que je vais, dois, leur dire.

— Qu'est-ce que tu fais, pourquoi tu prends ta veste ?

— Je vais fumer dehors, j'ai le droit ou même ça, ça t'emmerde ?

Il ouvre, sursaute, on se fait face.

— Dis-moi, qu'est-ce qu'y se passe ? Tu pleures ?

Je ne savais pas que je chialais, ça devait être le froid. C'est notre père. Quoi notre père ? Il faut que tu viennes. Mais dis. Parle bon Dieu. Qu'est-ce qu'y s'passe ? Il vient de mourir.

Jeanne pointe son nez rougi par les larmes de l'engueulade. Me voyant elle comprend que l'heure est à la peine.

— J'y vais, lui dit mon frère. Je vais sur le boulevard.

— Vas-y, je vous rejoins.

Sur le chemin du retour, il me pressait, il voulait savoir, comprendre. Mais, après chaque précision, il jurait sans crier. Les derniers mètres se sont arpentés dans un silence de mâchoires cadenassées. Thérèse est dehors, immobile. Elle, si exubérante d'ordinaire, est bien en peine de tamiser ses émotions ; la voilà dehors, une laine sur les épaules, avec son homme qui fume à côté d'elle. Si on ignorait ce qui venait de se jouer à l'intérieur, on aurait juste remarqué un jeune couple dans la gravité de l'amour. Celio nous voit et se met à marcher dans notre direction après avoir jeté un coup d'œil à notre sœur. Il serre mon frère contre lui qui, par la différence de tailles, devient immédiatement un petit garçon auquel il est arrivé un gros malheur. Je remarque un bandage sur sa main droite, celle qui tient sa cigarette :

— C'est ta sœur, j'ai voulu la calmer, elle m'a mordu.

En remontant l'escalier, un fol espoir me tenaillait. Je m'en voulais d'y croire, mais je ne pouvais rien faire contre : j'attendais une bonne nouvelle. Mais mon père est là, décevant d'immobilité. Il n'a pas bougé, il est devenu figé. Je laisse mon frère approcher. Élise se blottit dans les bras de notre mère, toutes deux pleurent en silence près de la fenêtre. André reste quelques instants au-dessus du père, puis rassemble sa sœur et sa mère dans ses bras. Je les regarde.

— Jacques, va chercher Thérèse, il faut qu'elle le voie. Tu m'as entendu?

Je ne pensais pas ne pas avoir bougé.

Une fois sur le trottoir, Thérèse m'accueille froidement. Elle ne veut pas le voir, c'est au-dessus de ses forces. J'ai beau lui expliquer que notre mère y tient, qu'il le faut pour elle, rien n'y fait. Je la sens déjà nerveuse, tendue, prête à en découdre. Finalement, aidé par Celio qui jugeait inconcevable que l'on puisse ne pas dire au revoir à son père sur son lit de mort, nous la traînons jusqu'au premier étage; elle ne hurle pas mais c'est pire, j'aurais préféré des tonnes de cris à sa tête malheureuse et au corps rétif que nous avons été obligés de faire grimper l'escalier. Évidemment, face au lit, elle s'est sentie mal et j'ai été chargé d'aller quérir le flacon d'eau de mélisse rangé en bas, dans un placard. Une fois remonté, je suis retourné m'engouffrer dans le souvenir du voyage en Celta ; maintenant que tout le monde s'affaire autour de ma sœur aînée, je peux m'absenter encore un peu, observer mes pensées errer sur le chemin du retour après le restaurant de Chartres, songer à l'angoisse qui m'avait étreint alors, retourner au plus vite sur le boulevard de mes années d'enfance. Il n'y avait pas que la guerre sur l'autre plateau de la balance ; pour faire bon poids le bon Dieu avait ajouté la mort de mon père.

Tu cherchais de l'air, tu as bousculé les meubles dans toutes les pièces en quête d'un peu de frais, tu es mort étouffé. Vois-tu, j'aurais préféré une bombe, j'aurais préféré que la guerre t'enlève dans sa terrible force, pas en tenant une crise cardiaque sous le bras et juste après les hostilités quand tout le monde pensait à reconstruire, quand tout allait redémarrer. C'était comme mourir au premier printemps après quatre hivers. J'aurais préféré que tout ça s'évapore, qu'il ne reste rien, qu'une bombe, une dernière bombe, une oubliée qui a raté son coup et qui, profitant d'une secousse, se redécouvre une puissance explosive, qu'un souffle d'air nous ait envoyés tous de l'autre côté.

La vie allait m'emmerder maintenant. Je m'en doutais un peu mais, là, c'était sûr et certain.

On était sortis indemnes du merdier mondialisé qui nous était tombé dessus, six au début six au bout, personne ne manquant à l'appel – à part la tante Léopoldine qui n'avait pas eu la patience d'attendre la fin de la guerre, il faut dire qu'elle en était à sa troisième, elle connaissait le processus et elle avait fini par se lasser puisque, dans les derniers temps, elle ne parlait que des avions qui rasaient ses fenêtres. Le compte était bon : notre toit avait tenu le coup, mais voilà que toi tu nous laissais tomber.

22

Certains, en Indochine, se sont recréé une famille, ils laissent une femme au bercail et s'entichent d'une autre, une gentille pas farouche qui leur donne une illusion de foyer. Ils baragouinent des phrases pour rien autour des boules de riz, ils font connaissance avec les parents de la fille, comme ça ils se battent pour une chimère de chez soi. Parce que se battre pour la France ici – ça n'engage que moi – faut avoir de l'imagination, alors s'amouracher d'une petite met un peu de conviction dans les ventres. C'est ce que je tournais dans ma tête quand on roulait sur cette route.

Moi j'avais l'encongayage platonique. Et pour cause, j'avais été fiancé. J'avais rencontré à Chalon – ma ville de garnison avant de partir en Indochine – une fille qui travaillait chez un fleuriste devant lequel je passais très souvent. Comme le végétal était un peu devenu mon rayon – après le certificat d'études, que j'avais fini par décrocher, j'avais suivi le chemin du grand frère jusqu'au Jardin des Plantes, où j'avais étudié l'horticulture en ayant l'impression que tout Rouen était occupé par les Allemands sauf ce parc, un oubli sans doute, on y trouvait même des entreprises qui avaient déménagé dans les bâtiments disponibles parce que l'endroit était sûr, que les arbres nous protégeaient – bref, en passant et repassant devant ses étalages de fleurs coupées sans jamais rien acheter, un jour elle s'était approchée et on avait parlé. Visiblement, mon uniforme de troufion en attente de départ lui plaisait. Et moi j'aimais bien son regard un peu vache, son je ne sais quoi d'acidulé qui me titillait. Alors j'ai acheté un bouquet, un beau, demandé un bristol, une enveloppe et griffonné un petit mot pour savoir si elle accepterait de sortir un soir en ville avec moi. J'ai pris un air le plus détaché possible en glissant le carton dans l'enveloppe, petit coup de langue discret sur la gomme collante, et j'ai suggéré d'épingler le tout sur le bouquet. Après, j'ai fait trois pas en direction de la porte comme si je partais, avant de me retourner, de lui dire : «C'est pour vous» et de filer sans demander mon reste. Quelques jours plus tard, petit mot au courrier de la caserne, Georgette était d'accord.

Pour notre première sortie, j'avais demandé à Ivo Rossi un coup de main : sa prestance et son regard sérieux rassureraient Georgette, avec laquelle on s'était donné rendez-vous dans une brasserie. Il était convenu que l'ami finirait vite son verre pour rejoindre un impératif quelque part en ville tout en plaçant, à l'occase, qu'il était marié et que sa femme lui manquait. Elle est arrivée en retard avec tout ce que la guerre avait laissé aux femmes pour être jolies, ça sentait la débrouille experte, j'étais impressionné ; j'avais offert un bouquet à une jolie fille au regard de fouine et je voyais débarquer une femme savante. J'aurais dû me méfier mais je suis tombé dans le panneau, et les deux pieds en avant. Elle disait que je la faisais rire, qu'elle me trouvait beau dans mon uniforme, j'étais heureux. Après quelque temps et de multiples allers et retours parsemés de stratégies amoureuses qui m'ont fait tourner en bourrique dans ma carrée en cherchant le sommeil, elle baissa enfin la garde. Je pus informer ma mère que j'avais trouvé ma belle, et l'avertir qu'il fallait qu'elle accepte que je garde un peu de ma solde pour lui acheter une bague car, désormais, j'étais fiancé ! Ou tout comme...

Mais, une fois en Indochine, le courrier amoureux a pris du plomb dans les ailes. Ses lettres contenaient de moins en moins de mots qui font du bien, elles se sont même espacées et la liaison a cessé. Un gars de Chalon a porté l'estocade en m'envoyant un mot emberlificoté pour me dire qu'il fallait que je lâche l'affaire, parce qu'il avait vu ma douce au bras d'un sergent du Génie, un soir, au bowling. Pendant un temps, j'ai regretté de ne pas être exposé au combat, j'en avais rien à foutre de rien, je me serais même vu tenir un fortin le long de la frontière chinoise avec mes supplétifs, histoire de défourailler tout ce qu'on pouvait ; mener des assauts inutiles dans une guerre perdue d'avance correspondait à ce que je trimbalais dans ma carcasse. Le seul qui s'inquiétait de mon état, le seul qui savait tout c'était Ivo. Si les autres ignoraient, chacun savait lire ces errances-là parce qu'on y passait tous ; tout en restant à distance, la camaraderie faisait ce qu'elle pouvait pour me réconforter, une bière pouvait se soulever au loin avec un clin d'œil en même temps qu'une autre atterrissait devant moi à la popote, une main se posait sur mon épaule en passant, une bourrade par-ci, un clin d'œil par-là. J'étais blessé, perdu, ailleurs. Un jour, tandis qu'on était à Hanoï en vadrouille, j'ai vu un mec emmerder une fille dans un bouge. Je n'aimais pas le regard de cette fille : elle avait peur, les pattes de l'animal ne lui plaisaient pas. Sans réfléchir je me suis levé, je suis allé le voir, lui ai dit de sortir et j'ai ajouté que s'il y tenait je pouvais l'accompagner. Le gars s'est dressé, il m'a regardé et balancé :

— Toi je t'aime bien.

— Eh ben, pas moi, dégage, ai-je répondu.

Lorsque je suis retourné m'asseoir, les copains se marraient comme des tordus : il paraît que le type me dépassait de deux bonnes têtes. J'avais même pas remarqué. J'étais presque déçu que ce lourdaud obtempère si facilement, j'avais envie qu'il se passe quelque chose, qu'il m'arrive du violent. Au lieu de ça, j'avais sur les bras la fille, qui voyait désormais en moi un preux chevalier et tenait à m'offrir à boire, et une bande de pieds nickelés qui se marraient. J'ai dû batailler pour les retenir ; ces cons à payer patentes voulaient me laisser seul pour conclure gentiment ! J'ai eu un mal de chien à me débarrasser de la collante.

Bientôt, un courrier de ma mère m'a demandé de récupérer la bague pour la faire fondre chez Lepage à Rouen. Ce que j'ai fait, la mort dans l'âme. Alors que j'avais envie d'oublier la gourgandine, ce sauvetage de bijou me faisait bégayer.

C'est pour ça que la petite cuisinière vietnamienne me fait du bien à l'âme. Mais je n'ai pas osé aller plus loin que le rayon d'action de mes sourires. Pour lui promettre quoi d'ailleurs ? Un avenir radieux dans un pays en ruine ?

Chaque jour passé ici nous prouve qu'on n'a rien à y foutre. Les effectifs et le matériel ont beau augmenter chaque mois, la cause est entendue : on peut se faire allumer n'importe quand, n'importe où, pour n'importe quoi. Même Hanoï se révèle dangereuse. Faut dire que, parmi la troupe, il y a de sacrés cons, des gars qui ne se sentent plus, qui prennent la population pour des larbins, qui paient mal – quand ils paient. Des types qui, lorsqu'ils traînent le soir avant de rentrer au camp, peuvent être retrouvés au matin la gorge fendue dans leur pousse-pousse.

Moi je prends toujours le même chauffeur ; je le paie normalement, je lui dis de revenir me chercher et il est toujours au rendez-vous ; quand il n'est pas libre, je ne sors pas. Je ne porte jamais d'arme, d'abord parce que je ne sais pas très bien m'en servir et puis parce que ça m'encombre. J'aime tirer pourtant, à la foire Saint-Romain je m'y entendais, mais Ivo m'a dit un jour, tandis qu'il me voyait m'entraîner en sortant le bout de ma langue pour viser, que le combat n'était pas du tir à la carabine :

— Le combat, c'est une envie de chier qui ne te lâche pas le ventre, tu ne comprends rien, t'entends rien, tu ne vois rien, t'as le souffle court, t'es une bête traquée, et tout ce que tu peux être amené à faire si c'est pas branché en prise directe avec ton putain d'instinct de survie, ça ne sert à rien, autant lever les pattes en l'air tout de suite.

Et pour joindre le geste à la parole, il m'avait dit d'épauler et de viser. Et ce con, au moment pile où j'allais appuyer sur la gâchette, a tiré en l'air juste à côté de moi; j'avais l'oreille en miettes, ma balle est allée se perdre dans les sacs de sable. Encore maintenant je ne sais pas comment il a fait pour sentir le moment où j'allais tirer : un quart de seconde avant ou après et sa démonstration tombait à l'eau.

Là j'ai compris que je ne serais pas un combattant; je n'ai jamais vraiment souhaité en être un mais disons que, cette fois, le problème était réglé.

23

Les bidasses se serrent sous des tentes pleines d'humidité mais le matériel, lui, a les honneurs d'un bâtiment de 12 mètres sur 45 avec toiture presque neuve. Le Génie avait reçu l'instruction urgente de bricoler un camp militaire digne de ce nom, tirer des lignes au plus vite, amener l'eau, mais faudra cracher dans nos mains pour que ça avance. Visiblement, nous sommes la clef de voûte d'un dispositif tactique qui oblige à bouger vite et à être partout. Le pays est grand, on a des soldats éparpillés qu'il faut alimenter, ravitailler, relever. Et pour ça, faut des véhicules et du fioul. Nous, on est là pour le fioul. Et pour qu'il y ait du fioul, tout un tas de matériel s'impose.

Toute la semaine en inventaire à faire coller la théorie du stock avec la réalité. C'est fou ce qu'on peut accumuler : contrôleur de pression, pompes Japy, marteau chaudronnier, remplisseur de pont, écarte-pneus hydraulique, appareil à manchonner les tubes, électro-pompe Neptune, extincteur à mousse, on a de quoi réparer les engins. On reçoit aussi, chaque jour, de quoi construire des bacs boulonnés, des milliers de jerricanes qu'il convient d'aligner et monter les uns sur les autres puisque, à un moment ou à un autre, l'essence finit toujours sa course dans ces petits bidons, alors ils arrivent par camions entiers. On les stocke comme on peut, on les aligne sur des dizaines de mètres, ils ressemblent à des bataillons romains qui font la tortue.

De la rigueur et de l'ordre, on nous en demande et il en faut; je ne dis pas le contraire, mais ici il est difficile de s'y retrouver. Tout se fait en même temps... Le plus dur est d'arriver à être compris par les autochtones. Les chefs parlent un peu le français mais c'est pénible de ne pas pouvoir s'adresser directement à l'un de tes bonshommes pour lui dire qu'il est en train de faire une connerie. Je passe mon temps à mimer, mais engueuler quelqu'un avec des mimiques et de grands moulinets de bras et de mains ça a forcément moins d'impact. Et puis il y a la valse des effectifs qui donne le tournis, entre ceux qui arrivent et ceux qui repartent, ceux qui se font virer pour incompétence et ceux qui ne reviennent pas en profitant d'un convoi pour disparaître dans la nature, les allers et retours des Français à l'hôpital de Lanessan ou Calbairac pour cause de ténias, d'ulcères, d'amibiase intestinale, de palu – le pays a ce qu'il faut pour vous retourner un homme –, toute cette circulation, ces ordres et contre-ordres, ces convois qui, chaque mois, deviennent plus importants – entre octobre et décembre 51, on est passé de vingt mille tonnes de produits transportés à plus de quarante mille. Chaque convoi qui part est consigné. Mais avec quel chauffeur ? Qui est de retour ? Qui se trouve à l'hôpital ? Qui doit être rapatrié ? Qui est cité ? Qui inspecte ? Qui se voit rétrogradé ? Qui installe quoi et où ? Je me dis que c'est compliqué une guerre. Alors, pour pas paniquer ni trop gamberger, je me suis spécialisé dans la résignation. Je fais ce qu'on me dit et je laisse venir !

Ici je suis le chef d'une équipe de gars gentils mais qui ne parlent pas comme moi. On installe des bacs, des réservoirs, on le fait sérieusement, scrupuleusement… mais je ne regarde pas plus loin car j'y comprends rien. Un autre est sur le même mode, Ivo. Un discret qui bosse et ferme sa gueule. Cette guerre, je ne vois pas trop comment on pourra la gagner. Ce pays est immense et nous ne sommes pas du coin, on aura beau engager du supplétif en veux-tu en voilà, ça n'y fera rien tant que c'est nous qui donnerons les ordres. C'est ce qui m'a frappé en arrivant ici : tout le monde disait que « C'était la France » mais tout le monde n'avait pas le droit à la France. Un brave gars du cru ne pouvait pas espérer monter bien haut : un local, tant que ça tire un pousse-pousse ça va, mais « faut pas abuser ». Et dans l'armée, c'est pareil, les différences sont impitoyables : pas la même solde, pas le même uniforme, pas les mêmes armes alors que le sang qui coule est le même. En face, ils veulent nous virer de leur terre et nous on veut y rester. Ça ne pèse pas pareil dans la balance.

Leclerc aurait pu faire quelque chose, mais d'Argenlieu et sa clique à particule ont pris le dessus et en font maintenant une histoire de principe. Ça sent pas bon le principe : quand on n'a plus que ça... Pour quelques faits d'armes en notre faveur, avec tout ce qu'il faut de panache et de bravoure, on apprend plein de petits riens qui ne paient pas de mine, dont l'état-major ne se vante pas, mais qui font comprendre que si les choses avancent, c'est pas du tout dans le sens qu'aimerait Paris. Le Nord nous est quasiment interdit, et chaque jour des escarmouches, des guets-apens surprennent les collègues ; aucune zone n'est plus vraiment sûre ni sous contrôle.

On s'est fait sonner pour aller dans le bureau du pitaine, un gros gars en short qui se balade toujours avec une canne, des lunettes rondes aux verres fumés, un casque colonial, grande famille de médecins à ce qu'il paraît, on voit ses yeux seulement lorsqu'il retire son folklore pour s'éponger le front. Et en les découvrant, on comprend pourquoi ses binocles sont bruns et pourquoi il ne s'en sépare jamais : des noyaux de cerises qui ont du mal à rester parallèles. Il nous a tendu une feuille en résumant mollement le topo, un coup de tampon histoire de dire qu'on n'est pas des branquignols et c'est parti pour la balade en jipe.

Bien content de laisser les copains jouer à l'épicerie avec le matériel, juste eu le temps de me précipiter dans la chambrée pour récupérer mon portefeuille. J'ai laissé une lettre de ma mère dans son enveloppe en me disant que la lire dans la jipe en plein vent n'était pas la meilleure idée. Je prendrai des nouvelles des frangines ce soir, au retour, en écoutant les autres roter leur bière et taper le carton.

Les lettres de ma mère se ressemblent comme une succession de jours fades. Écrits sur une toile cirée, un châle en laine sur le stylo et l'émotion sous un coin de lampe, ses mots n'ont qu'un sens. Ses phrases poussent les unes après les autres, comme les rangs de mailles d'un tricot de laine. Lire ses courriers est une épreuve mais ses mots utilitaires laissent quand même résonner les bruits de la maison. Derrière un «j'ai fait venir le médecin pour la voisine qui toussait», j'entends Élise dévaler l'escalier, passer une voiture sur le boulevard, tinter la cloche de la porte d'entrée. Je revois mon royaume, les devantures des commerçants qui, comme à la parade, défilent au garde-à-vous. Je cherche dans ses lettres des hurlements de douleur, je traque les allusions à l'absence, au vide laissé, je rêve qu'elle ose avouer que son mari lui manque, que mon départ pour l'Indochine suite au décès de papa rend son arthrose encore plus douloureuse, que l'après-guerre n'a aucun sens, que, que… mais non, sa page méticuleusement bleuie recto verso s'endeuille de propos simples décrivant des jours sans fièvre ni passion. Des cartes postales colorées vantant la douceur de vivre de l'Indochine lui répondent, avec mes mots échoués sur les mêmes rives mornes. Je me contente de lui assurer que tout va bien ici, que je fais attention à moi, que les copains sont gentils, que l'on ne manque de rien mais que vous me manquez tous.

Oui : vivement la jipe et le plein vent chaud et humide de ce pays dans la tourmente.

24

On roulait, sûrs de notre fait, je ne sais pas à quoi pensait Morin en conduisant, il avait insisté pour prendre le volant, moi je m'en fous, il peut conduire ça me va bien, j'ai passé mon permis à Chalon c'était tout frais et je n'aimais pas plus que ça, il n'y avait pas de concurrence, mais lui il insistait presque déçu que j'obtempère. Voilà c'est ça que je n'aime pas chez ce gars-là : cette façon qu'il a de vouloir marquer son territoire comme un clebs qui lève la patte tous les deux mètres, vas-y conduis mon gars ; tu sentais chez lui qu'il aurait aimé que je couine un peu, il te regardait après avoir formulé son impératif avec un air de défi. Moi j'ai un frère qui me passe devant depuis vingt ans, j'ai pris l'habitude de ramasser les miettes, alors vas-y conduis mon gars, je ne vais pas me battre pour un volant.

Une fois en route il s'est senti obligé de me raconter ses exploits en jipe, son apothéose, plus de cent kilomètres à travers champs pour rejoindre la caserne, Villefranche-Chalon sans prendre la route ;

je pensais à toutes ces clôtures qu'il avait dû défoncer ce couillon, et aux ornières dans les semences encore fraîches – c'est pour ça qu'il tient le volant comme un bâton de maréchal, t'inquiète pas mon gars, même si j'étais Pétoulet je te le laisserais le volant, tu peux y aller. Roule.

25

Il neigeait quand nous avions escorté le cercueil de notre père au cimetière du nord. Et ça grimpait drôlement pour l'atteindre. Les chevaux peinaient malgré leurs fers, alors on avait poussé le corbillard et la famille avait fait ce qu'elle pouvait pour faire nombre. Mon frère s'émancipait, il avait osé allumer une sèche devant ma mère. Les temps changeaient, c'était lui le patron désormais. Sa femme suivait de loin.

De temps en temps je regardais la ville depuis ma triste colline. Et j'avais pensé que c'était cela qu'il lui fallait à cet amoncellement de ruines et de chantiers : un beau manteau de neige. Pas la peine de reconstruire, la neige suffisait, une neige pour toujours.

26

Ma femme est collée à moi. À travers la grande baie vitrée, je vois derrière elle une neige épaisse qui dégringole. Elle me parle calmement. Je lui explique que je ne veux pas de curé ni de serment, ça ne sert à rien ; comme on se l'est déjà dit, juste de la cendre, à étaler dans l'herbe car c'est bon pour les plantes ; elle me répond qu'elle gardera mon urne à la maison jusqu'à ce que la sienne soit pleine à son tour et que nos enfants disperseront le tout au pied d'un camélia. Je suis d'accord.

Depuis que l'on sait, elle dort à côté de moi. Et ça me va bien. Les trucs qui se passent dans mon ventre m'effraient, plus rien ne fonctionne. J'ai peur d'exploser comme une outre, d'en mettre partout, j'aimerais mourir proprement si ce n'est pas trop demander. Demain, mon grand arrive d'Afrique du Sud, je les aurai alors tous les trois autour de moi. J'éteindrai bien la lumière à ce moment-là, nous nous tiendrons tous par la main. Pencher un peu la tête sur le côté puis laisser le vivant s'en aller, n'abandonner dans ce lit qu'une enveloppe vide, la peau sèche et translucide d'une naïade accrochée à une tige végétale. J'aimerais même voler un peu autour d'eux.

Mes yeux sont des sacs que j'essaie de remplir au maximum, car le voyage va être long. Une vision, celle de ma femme en train de remplir le coffre de la 204 lorsque nous partions en vacances; elle savait y faire, ma femme. Mon père aurait aimé sa méthode, il l'aurait aimée tout court je crois bien.

Je les regarde tous, mes pupilles ont le gosier ouvert, quelques rasades encore; même si j'ai battu tous les records de longévité paternelle de cette famille, je serais bien resté encore un peu auprès de ma femme. Mais mon corps prend l'eau à quelques encablures d'un arrière-petit-enfant qui va naître. Pas de tristesse, ça ne sert à rien, c'est comme ça de toute façon.

27

Celui que j'aime bien, dans la compagnie, c'est Ivo, le Corse. Et si je suis là, en Indochine, c'est à cause de lui.

Un jour qu'il me voyait à la peine à tenter de faire marcher au pas un peloton de novices – nous étions en Allemagne et c'était mon tour de leur expliquer les us et coutumes de la présence française sur place comme les règlements militaires ; rang par deux, arme à l'épaule, etc. ; j'en bafouillais, la dyslexie et le commandement font pas bon ménage –, il m'avait reluqué depuis un bout de temps et dit, le soir après le repas :

— Jacquot, t'es un gentil, toi. Quand tu dis garde-à-vous, ce n'est pas une banale demande de ta part, mais un ordre. Et un ordre, ça se gueule !

— J'entends bien, mais t'as vu ce que la nature m'a donné ? Je suis épais comme un carrelet et, droit comme un i sous la toise, je ne dépasse pas le mètre soixante-trois.

— Ça n'a rien à voir, qu'il me répond. Quand tu leur gueules dessus, pense que c'est l'armée qui gueule, pas toi. Toi t'es juste un intermédiaire, un maillon. Demain, retournes-y en pensant à ça; gueule Jacquot. Tu verras, on y prend goût.

Conclusion exprimée en riant, et moi j'avais adoré son rire, un rire feutré, presque doux, un rire du Sud, mais sans gouaille. Un berger aurait pu rire ainsi.

Le lendemain, après avoir rassemblé mes ouailles, j'avais gonflé mes poumons, bloqué ma mâchoire et tenté d'appliquer la méthode Ivo. Avec ce que je croyais être le même ton. Mais j'avais beau prendre un air sévère, ça collait pas. Ivo a rappliqué, clope au bec, il m'a murmuré :

— On va pas y passer la journée, Jacquot. Vas-y, gueule, je t'écoute. Pense à un truc qui t'énerve.

Les troufions regardaient la scène, je me sentais observé de partout, j'étais en sueur malgré une température qui avait du mal à rester au-dessus de zéro. Et puis, un couillon du lot a dû raconter une connerie, poilade générale de la troupe. Ivo m'a regardé et... j'ai explosé. J'ai sorti le comique du rang, lui ai ordonné de faire des pompes devant moi et dit aux autres que tant que le groupe ne filerait pas droit, le bouffon continuerait de pomper.

— Et maintenant, garde-à-vous, demi-tour droite et en avant marche un deux un deux.

Ça n'a pas moufté et tout le monde a filé droit. Ivo s'est marré.

— Tu vois, qu'y m'dit : à l'armée faut gueuler. Mais le coup des pompes, c'est pas bête je retiens.

Ivo est un sacré mélange. Yeux bleus, tignasse blonde, il pourrait être du Piémont comme le fiancé de ma sœur Thérèse mais il est né de parents corses en Algérie ; un bordel ses origines, rien que son pedigree me fascine. Bien que bon gars, il est solitaire et n'a pas bonne presse au sein des militaires français d'occupation. Tout ça parce qu'il a rencontré une Allemande et qu'en cette sortie de guerre ce n'est pas bien vu – c'est moins grave que dans l'autre sens, mais quand même. Lorsque je suis arrivé à Kehl, il était sur place depuis un bout et s'était déjà amouraché. Une belle femme y a pas à dire, au regard triste et presque mort, ses yeux me mettaient mal à l'aise. Dedans on voyait la destruction de son pays, les hordes de soldats revanchards faisant sauter les barrières compassionnelles pour écraser les nazis. Elles avaient dû en voir des vertes et des pas mûres ses mirettes saturées de ruines, de corps sous les gravats, de dépouilles calcinées, de pendues aux balcons avec des pancartes. Belle comme elle est, comment imaginer qu'elle ait pu échapper à l'ignominie ? Ivo l'avait épousée comme ça, simplement, en mélangeant leurs guerres et en laissant braire les ânes.

Ivo n'avait rien à prouver à personne. Le Monte Cassino, il l'avait pris à pattes avec ses collègues d'Afrique du Nord. « Déguisé en moine », avait-il précisé un soir devant une bière teutonne. Et d'ajouter : « Les Anglais et les Ricains peinaient avec leur matériel tout neuf ; enlisés ils avaient oublié qu'en Italie ça peut tomber en trombes. »

Alors lui et ses potes du Maghreb, à pleins mollets, dans la montagne, les FM et les mortiers en bandoulière, avaient réussi à percer la ligne Gustave. Quand il parlait du lieutenant Jordy et de sa 11e compagnie, rien que des Tunisiens aux deux tiers restés sur le carreau mais qui avaient quand même pris ce putain de Belvédère, « même qu'après les regards des Ricains sur cet embryon d'armée française avaient changé », une larme perlait à ses paupières. Au passage de relais avec les G.I., ils avaient été applaudis !

Alors les commentaires des trous-du-cul sur son mariage lui passaient un peu au-dessus de la caboche ; il avait vu suffisamment de supplétifs tomber pour la France pour se marier avec qui il voulait.

Sans lui, après avoir enduré Chalon, l'Allemagne, la troupe, les ordres, l'ambiance, sûr que je serais rentré au bercail définitivement. Mais il a quelques années de plus que moi, suffisamment d'années pour développer une autre philosophie de la vie, pour se montrer rassurant. Il n'y a qu'à lui que j'avais confié que mon père était mort, avoué que la vie avait du mal à me faire sourire, osé admettre que je n'arrivais pas à m'exciter comme le tout-venant, à crier pour monter dans un train, à parler fort et fumer tout en puissance des cigarettes pincées entre le pouce et l'index, à aborder des filles qui ne nous demandaient rien, à faire le paon, le con, à trouver un surnom à tout, à rebaptiser le monde en trois lettres idiotes.

— Je te jure que je les envie, des fois, je lui ai dit. J'aimerais avoir une autonomie de conscience de trois pas en avant ou trois pas en arrière, être fantastiquement installé dans le présent pour toujours, mais la mort de mon père m'a fait voir le monde avec un masque emmerdant. Avant, je pouvais avoir des lubies, des petits trépignements, de l'emballement morveux ! Gosse, j'avais la foire Saint-Romain, tout son clinquant, ses lumières ; ce tapage coloré ça m'allait. Elle venait prendre ses aises sur mon boulevard gris comme une vieille folle excentrique qui se moque des convenances ; à tous ces crucifix, à tous ces buffets Henri IV, ces chaises lourdes, ces carillons qui nous récitaient le temps comme une conjugaison qu'on n'emploiera jamais, dans toutes les maisons ordonnées qui lui faisaient face, la foire étalait ses frous-frous éphémères, sa musique mécanisée crachée sur nos vitres, son toc, son bric et son broc, son bringuebalant sonore et entoilé... et j'aimais. La foire, pour moi, c'était une intempérie joyeuse qui s'impose insolemment sur des trottoirs honnêtes, une michetonneuse qui parle trop fort de sa bouche crayonnée, du provisoire emperlousé qui sucrait les bouches, du flatteur qui rabotait un peu, pendant quelques instants, le contondant de nos intérieurs enchristés... et j'aimais. Je regardais les forains s'installer en chantant ou en s'engueulant – de toute façon, fallait que ce soit sonore –, mes yeux faisaient un pas de plus chaque saison et comme mes forains, telles les hirondelles, retrouvaient leur emplacement d'une année sur l'autre, il n'y avait que la mort de l'un d'eux ou le changement de manège qui pouvait bousculer ces habitudes. Bref, un jour, fatalement je me suis retrouvé invité à filer un coup de main. Et j'étais fier.

« Vois-tu, Ivo, la place du Boulingrin avait son cirque. On n'y allait jamais, on n'avait pas le sou et ce n'était pas du goût de ma mère ce genre de distractions. Mais moi, de le savoir à côté ce cirque, ça me rassurait. C'était comme un port ; même si je n'ai pas le pied marin et que je nage comme une clef à bougie, j'aimais bien l'idée du port, si ça tourne mal tu peux toujours t'enfuir par là. Deux trous de serrure me faisaient voir le monde, le vrai monde, depuis mon boulevard : les quais et les forains. Mais la guerre m'a soufflé tout ça. Et comme la lecture n'était pas mon point fort, j'avais pas d'évasion de ce côté-là. Je remisais donc tout. Avec mon copain Pierrot, il nous restait que le silence et le raisonnable, le pas trop loin et en plein jour pour faire gambader nos rêves. Et on s'est retrouvé tout secs à la Libération. Deux maigrelets intimidés et fatalistes ayant pas eu le temps d'être des gamins.

« Mon frère – et son cirque permanent – me distrayait lui aussi, mais ce n'était ni la même scène, ni les mêmes rires, ni la même magie, ni le même parfum d'évasion. Comme lui se dirigeait vers les plantes, on m'a poussé à le suivre sur ce chemin vert. C'est lui qui m'a appris que boulingrin venait de boule-verd, un terrain de boule en gazon que les Anglais appelaient bowling-green – je sais pas d'où il sortait ça, il avait le chic pour dénicher ce genre d'informations. Et il avait raison mon frère, pour moi qui rêvais de partir, de m'évader autrement, les plantes c'était un bon ticket d'embarquement. Avec elles, rien qu'à travers les noms et provenances, tu voyages. Elles nous apprennent qu'on peut s'acclimater ailleurs, étaler ses branches sous d'autres latitudes, que le soleil est toujours au-dessus, et que c'est ça qui compte. Elles nous font réaliser qu'un arbre n'est ni de droite ni de gauche, qu'il regarde les hommes se bouffer la rate et s'en fout. Moi, sur le boulevard j'ai vu défiler tout le monde, même le Front populaire – j'avais sept ans –, avec plein d'oncles Damerval qui portaient des pancartes, de moustaches à chapeau accrochées aux arbres, de poings levés partout, de poitrails médaillés, j'ai vu la garde mobile, postée sur la rampe Saint-Hilaire, soudainement attaquer à cheval les manifestants qui s'éparpillaient dans tous les sens ; ça criait, on se battait dans nos rues, des visages sanguinolents filaient devant nos fenêtres, des bruits sourds de corps s'abritant quelques instants contre notre porte fermée à double tour nous faisaient sursauter. Et puis j'ai vu les Allemands faire tomber les ridelles de leurs camions bâchés et descendre à coups de crosse des tirailleurs sénégalais qui, sitôt passé le porche du lycée en face de nos fenêtres, se faisaient mitrailler… J'ai vu tout ça Ivo, et aussi que les arbres, eux, n'avaient pas bougé et que certains avaient même échappé aux bombardements. Que l'homme pouvait commettre le pire, que le bonheur ne dure jamais longtemps. Comme la mort de mon père me l'a fait comprendre elle aussi. Alors, être ici, aller ailleurs, je m'en fous. Tu vois le pétrin, Ivo ?

J'avais jamais autant parlé. Ivo ne s'était jamais aussi longtemps tu. Il a juste souri, d'un sourire impossible à oublier, plein de bonté et de reconnaissance. Il m'a tapé sur l'épaule. Tout était dit.

28

Un an et demi après la mort de mon père sonna l'heure du service militaire. Et je dois reconnaître que l'appel sous les drapeaux m'arrangeait bien : il venait mettre fin aux balbutiements d'une vie hésitante qui commençait à me peser. D'ici quelques semaines, j'allais porter l'uniforme et vivre dix-huit mois bien tracés. Après, on réfléchirait. Un locataire menuisier de ma mère m'avait fabriqué une belle boîte en bois pour l'occasion.

Nous sommes partis à pied de la caserne Pélissier, près de la prison Bonne-Nouvelle, pour atteindre la gare. Sur les trottoirs, les badauds s'arrêtaient pour regarder passer notre troupe ; ça applaudissait ; certains d'entre nous en profitaient pour faire les marioles, déjà héros avant d'avoir touché le barda puisque pour l'instant nous étions juste une masse de civils maigrichons. Arrivés près de la gare, j'ai découvert dans la foule ma sœur Élise, qui depuis quelque temps travaillait comme vendeuse chez Picard, un grainetier installé au coin des rues Beauvoisine et Thiers. On s'est fait un petit signe.

Si, dans Rouen, les engins civils avaient pris le relais des blindés militaires pour réparer ce que ceux peints en vert-de-gris avaient foutu par terre, pour moi tous ces travaux c'était encore la guerre qui n'en finissait pas de s'en aller, collante et poisseuse comme un invité importun qui s'attarde. Dans la gare, nous étions donc des dizaines à vouloir quitter la casse à ciel ouvert qu'était devenue notre ville, sans penser à la perspective probable d'une guerre au loin.

Dès les premiers rassemblements dans la caserne Pélissier, sitôt les poignées de main secouées, les clopes et trois banalités d'usage échangées, la guerre s'invitait, pointant son nez goutteux entre les épaules ; en quelques minutes, des gars qui habitaient des coins paumés dont ils n'auraient jamais dû sortir, des paisibles qui avaient sans doute pas une seconde songé à décaniller de leurs bourgs anonymes devenaient, par la simple évocation de leur adresse, l'objet de commisérations simples, une commisération de connaisseurs. Dans cette caserne, lorsqu'on parlait de la guerre – mais parlait-on d'autre chose ? –, tout le monde s'y connaissait. Pas besoin d'adjectifs colorés, pas besoin de mimer les scènes ni de faire du bruit avec sa bouche, non, il suffisait de dire : « Je m'appelle Jules, mes parents tenaient un estaminet près de la gare de triage de Sotteville » ou « Moi c'est Raoul, j'habitais derrière les quais rive gauche », voire « Moi c'est Henri, mes parents avaient un appartement rue aux Juifs » pour que chacun comprenne.

Derrière chaque paire d'yeux s'agglutinait une moisissure de trouille, y compris chez les plus volontaires. Ça me faisait du bien d'être entouré de troufions en herbe ; puisque la guerre est là, encore et toujours, autant ne pas faire semblant de se croire en paix. Puisque, de toute façon, nos têtes étaient pleines de bruits trop forts, puisque nos yeux avaient vu l'immensité destructrice à l'œuvre, puisqu'il était facile de souffler ce qui avait mis des siècles à se construire, puisque nos jeunes années ne pourraient plus jamais arpenter les mêmes trottoirs, puisque ça ne servait à rien de rêver… autant être là, ensemble, dans la même maigreur, avec nos petites têtes de nuits de cauchemars, avec nos sourires tendus de manque de père ; autant rester groupés. J'étais presque rassuré d'être là, dans cette caserne : on savait qu'on allait prendre un train direction l'est, puis sûrement l'Allemagne, qu'on allait l'occuper et la surveiller de près. À mes yeux, peu importait la mission : j'étais entouré de comme moi, qui avaient faim pareil. Je n'ai jamais autant parlé que durant ce premier jour en caserne.

29

Avant le grand départ, on avait dû poireauter plusieurs jours dans la caserne rouennaise. Et, bon Dieu, que j'avais faim. Les gradés se relayaient pour clamer qu'ils étaient fiers de nous, mais la fierté de l'armée française ne s'accompagnait pas d'un bon repas destiné à ses jeunes appelés ! Les tickets de rationnement sévissaient encore et on n'en pouvait plus de cette survie organisée. Si certains, comme toujours, savaient y faire pour trouver leur mangeaille, le marché noir continuait de fonctionner à plein et chacun se doutait que certains BOF, grâce à quatre années d'Occupation et cette vacherie de Libération qui tardait à nous faire sourire, continuaient à prospérer, mais nous on en avait marre d'avoir le ventre vide et la tête pleine de rancœurs.

C'est aussi pour cela que, dans le fond, je n'étais pas plus mal entre ces murs militaires : quitter le monde commerçant de la débrouille et de la magouille, ces pas de porte de la honte, ces tabliers de bouchers qui s'étaient vite transformés en manteaux d'hermine pour madame parce que les maris tenaient la population en respect avec un bout de macreuse noircie, relevait de la question de survie. L'écœurement et la gamberge y poussaient.

Bien sûr, à Rouen, comme partout, on avait arrêté les polichinelles de la collaboration, mais c'était surtout les voyants, les illuminés qui se seraient rendus si on ne les avait pas interpellés. Les lâches, eux, s'étaient évanouis dans la nature. Quant à la grosse masse de foireux, la sale engeance du quotidien, les gagne-petit de la honte, pour eux aucun coup de trique ni de semonce, pas même de mise au pilori. RAS. La vie reprenait son cours comme avant, sur le même pas de porte. Des fois même ils osaient se pavaner. On avait quand même rattrapé par le col un inspecteur particulièrement vachard, un certain Louis Alie, zélé de la cause collabo qui avait arrêté plein de pauvres types ; il était parti se réfugier en Allemagne avec ses dossiers sous le bras puis était revenu espérant négocier ; il a été fusillé très vite, en décembre, mais comment oublier ? Comment oublier le reste ? Les fourbes, les délateurs, les profiteurs ? Comment ? Fallait faire comme si ? Rien dire ? Mêmes poignées de main et mêmes sourires ? Personnellement j'aurais bien poussé le ménage plus loin, je ne me serais pas contenté de deux ou trois coups de balai. Des gens avaient disparu, évaporés comme des ombres qui, trois ans plus tard, n'étaient pas revenues, preuves que ce qui circulait, à voix basse, pendant la guerre, les rumeurs sur ces familles qui s'en allaient entourées de miliciens, de policiers et de soldats allemands étaient terriblement vraies, ils n'allaient pas travailler en Allemagne mais y étaient poussés par convois pour mourir en masse. Comprendre qu'il y avait eu des camps pensés comme des usines dont la matière première était de l'être humain juif exterminé par le gaz et brûlé dans les fours et commencer sa vie de jeune homme avec ça. Pas grand monde ne voulait s'attarder sur le sujet. Les informations là-dessus, aux lendemains de l'horreur, se distillaient comme une liqueur interdite. Parce que l'heure était à la reconstruction, parce qu'il fallait s'organiser, revivre, le pays des morts ne restait pas longtemps en une des journaux. Comment avancer avec cette ombre immense? J'aurais volontiers gratté un peu plus les fonds de casserole de notre pays pour raviver la mémoire de ces hommes et femmes que l'on ne reverrait plus, pour cet élève que j'avais vu traverser la cour entouré de miliciens, pour ce directeur qui arrachait les étoiles fraîchement cousues à l'entrée de l'école en martelant, les mâchoires serrées : «Ici c'est l'école de la République» et qui lui aussi devait quelques jours plus tard traverser cette même cour, cerné des mêmes miliciens, sous nos regards déchirés à jamais, pour ce marchand de tissu qui arborait son étoile jaune droit comme un i devant son pas de porte, même que si le gouvernement de Vichy avait prévu plusieurs tailles il aurait choisi la plus grande, fier de la montrer aux passants, gênés, en leur jetant à la figure : «Regardez-moi, je suis juif, vous avez vu mon étoile?», fiérot doigt d'honneur à la résignation.

Son rideau de fer tombera quelques jours plus tard. Dans notre famille, il n'y avait pas de juifs, mais un monsieur que je ne connaissais pas, beau-frère du mari de Charlotte, la sœur de mon père, fut arrêté une nuit de juillet par la Sipo-SD, la police de sûreté allemande, parce qu'il était en train d'ouvrir un wagon. Condamné à mort, il avait été fusillé au petit matin, un jour du mois de mars suivant, au Madrillet; on avait seulement su plus tard qu'il était résistant. J'aurais bien hurlé tout ça. Mais je ne savais pas parler.

Pour quelques héros et braves gens par-ci par-là il y a eu de la sale engeance un peu partout; pas des criminels, juste du merdeux qui profite, du salopard qui abuse, qui parle mal à la misère, qui envoyait promener la femme épuisée, alourdie d'enfants efflanqués, en éructant: «Qu'est-ce qu'elle nous vient quémander encore celle-là?» J'aimerais retrouver cet officier de police que ma mère m'avait ordonné d'aller voir un jour où j'étais revenu de l'école avec un portefeuille épais, rempli de papiers, de documents d'identité, de tickets de rationnement et d'argent, ramassé dans la rue; avec une telle trouvaille, je me disais que maman serait contente et qu'on aurait enfin du positif à savourer, du bon à prendre; perdu pour perdu autant que ça profite à tous; la guerre nous avait bien volé notre voiture, puis là ce n'était pas du vol. Eh bien, je m'étais fait houspiller, c'était tout juste si je ne ramenais pas la criminalité à la maison! Et me voilà dehors, direction le commissariat du quartier, pour remettre ma conscience dans le droit chemin. Derrière le guichet une face rougeaude prenait un air occupé ; en face de moi, un jeune homme attendait. Il tenta un clin d'œil mais ses paupières gonflées et bleutées empêchèrent la manœuvre. L'agent me fit comprendre que je pouvais approcher.

— J'ai trouvé ça dans la rue en sortant de l'école.

— Quelle école ?

Comme si connaître son nom était une information primordiale pour la suite de l'affaire ; dedans il y avait le nom de la dame, son adresse, il suffisait de lire, de prendre le portefeuille et de le mettre dans un coin en attendant que la dame vienne le récupérer. Il inspecta la chose, sortit l'argent, les tickets d'alimentation, la carte d'identité.

— T'es pas un peu simplet, gamin ? Pourquoi t'as pas gardé ça pour toi ?

Il s'adressa au garçon coquardé qui avait suivi la conversation depuis son banc :

— Y en a j'te jure...

Et je l'ai vu empocher le tout et me faire signe de déguerpir.

Une fois sur le trottoir, j'ai eu envie de chialer.

Toute cette mauvaise herbe qui se tient à distance lorsque la vie normale suit son cours mais qui prend ses aises quand la guerre laisse l'homme en friche, j'en pouvais plus. La guerre, c'était comme voir l'arrière-cuisine d'un restaurant négligé, ça ne donnait plus jamais envie d'y prendre ses repas. Elle avait soulevé les jupes de la grande populace et les dessous n'étaient pas rutilants. Je ne supportais plus d'être là, les pieds dans les flaques de cette eau de conflit qui suintait de partout. Comment se remettre d'aplomb après un tel déballage ?

Alors, au bout du compte, le militaire, avec son grand système, ses règles, ses ordres, ça m'allait bien. Chacun s'y retrouve logé à la même enseigne ; t'es grand, t'es p'tit, enfile ça, marche droit et après on verra. Je n'y voyais pas un avenir, juste une pause, une sieste après un repas indigeste de quatre ans. Comme un boxeur fatigué, les jambes en guimauve, les gants trop lourds pour ses petits bras, je me suis accroché au cou de la guerre pour éviter ses directs du droit. C'était bel et bien ça, pour moi, le service : reprendre mon souffle.

30

Bon Dieu qu'on avait faim, tous autant que nous étions. Chacun y allait de sa théorie sur la perspective d'un repas qu'on rêvait correct. Certains étaient convaincus qu'on toucherait rien, ici, à Rouen, qu'il fallait attendre la destination finale où, à coup sûr, « ils » seraient mieux organisés. D'autres affirmaient que ce serait partout pareil. D'aucuns se demandaient si, en Allemagne, grâce aux Américains, on ne serait pas mieux lotis :

— Il paraît que des péniches partent régulièrement pour l'Allemagne, avec du sucre ricain, racontait un informé. Même que certaines se sont fait bloquer près de Verdun par la CGT l'année dernière et que l'armée a été envoyée pour transbahuter le chargement dans des camions.

Des péniches de sucre. Je ne savais pas que l'on pouvait en rassembler autant. Je me voyais plonger mes bras dans cette poudre, en prendre à pleines mains jointes, les porter à ma bouche et rattraper en plusieurs lampées cinq années d'acerbité.

Car la guerre ne nous avait laissé que le fade, l'amer et le fibreux. Elle s'était goinfrée comme une voleuse, avait rempli ses poches de tout ce qui rend la vie plus douce. Sur les étals des marchés, le cageot était léger et les commerçants s'emmerdaient à répondre la même chose : «J'en ai plus», «J'en aurai peut-être demain». Ces phrases-là avaient remplacé les harangues ventrues d'avant-guerre. Faire les commissions s'était transformé en chemin de croix, en longue peine et longue plainte. La honte sortait des portefeuilles en petite monnaie et tickets dentelés, les mères ne nourrissaient plus leurs petits, on les voyait s'aligner devant les commerces, leur courage se transformait en piétinement, attente et résignation. Elles se métamorphosaient en choses grises et immobiles, s'emboîtaient les unes aux autres sur les trottoirs en espérant le miracle d'un pain restant, scolopendre accablé et affamé, long truc à plein de pattes qui avance par ondulation, chaque mouvement se perpétuant par la scission de l'une d'elles sortie piteuse de l'échoppe en pénurie. Nous, les enfants, allions les relever comme on relève une sentinelle; elles allaient faire leurs besoins et revenaient prendre leur place dans la file. La guerre rendait nos mères grises et laides, la guerre rapiéçait nos vies…

31

Sous les applaudissements et parfois même des bouts de *Marseillaise* improvisés par les badauds, la classe 48 était partie. Pour faire son service militaire. Direction Kehl. Une kyrielle de convois. Ça avançait, ça reculait, ça décrochait des wagons, ça reprenait dans l'autre sens, le ferroviaire d'après-guerre était aussi chaotique que durant l'Occupation. Le pays était envahi de matériel militaire. Le grand déblayage-nettoyage avait beau être entamé depuis plus de deux ans, on avait l'impression qu'ils s'y étaient mis hier soir. Pour autant on roulait. Depuis la fenêtre du compartiment brinquebalant, je regardais les paysages du Nord qui défilaient lentement. On lambinait, mais rien que de bouger un peu, juste un peu, de voir deux bouts de rails et des traverses, un picotement dans mes joues se faisait sentir. Ce n'était pas bien riant, et nous étions en novembre, mais même si le voyage s'était terminé ici, en pleine campagne, du côté de Valenciennes où le convoi se trouvait maintenant, qu'on nous avait fait descendre pour prendre un train dans l'autre sens, je n'aurais jamais été aussi loin de ma vie.

« On va passer par la Belgique. » La nouvelle circulait dans les wagons. Il était étonnant de voir combien certains cherchaient toujours à passer pour des initiés. Ce qui nous rassemblait, c'était notre âge, notre sexe et notre virginité militaire, mais à entendre les braillards on aurait pu penser qu'ils avaient arpenté le pays déjà une bonne douzaine de fois. Je la ramenais pas, je regardais défiler les décors. La terre était plate par ici, un livre ouvert, un couloir venteux qui laissait passer les armées. Avec moi dedans.

Dans le wagon enfumé et bruyant, je répondais mécaniquement aux questions et ne relançais pas beaucoup, chaque conversation empêchant de me goberger du paysage. Cela faisait six heures qu'on roulait et j'avais déjà repéré deux ou trois endroits où je m'installerais bien plus tard. Ma tête est contente dans ce train ; mes yeux qui se perdent dans la plaine immense lui font du bien, elle déplie une jambe, puis deux, s'apprivoise au lointain des choses qui filent ; si j'avais pu, je serais resté comme ça, le front bloqué dans son élan par une vitre et les yeux projetés en avant.

Mais j'avais faim. Au prochain arrêt, fallait essayer de trouver un bout de quelque chose qui se mange.

Nous avions mis deux jours pour atteindre Kehl. Et, une fois sur place, on avait enfin mangé. Un vrai repas. Il y avait même du pain – noir, mais du pain. Je n'arrivais pas à me rassasier. On nous a servi une sorte de purée un peu fade avec un bout de bidoche plutôt nerveuse, mais je tartinais cette pâte comme s'il s'agissait d'un bonheur gastronomique, chaque bouchée devait jouer des coudes pour filer dans mon gosier de jeune coq efflanqué. C'était plus fort que moi, j'avais une faim méchante, et mastiquer comme un clébard calmait un peu mon angoisse.

La cohue de la troupe me donnait le tournis, jamais auparavant je n'avais partagé un repas dans un espace aussi vaste et avec autant de monde. Moi qui rentrais déjeuner tranquillement à la maison avec mes frère et sœurs lorsque j'allais à l'école, je me trouvais en Allemagne dans la cohue militaire. Si l'incendie devait repartir, j'étais à côté des braises.

32

À quatre pattes toujours, ça commence à me lancer dans la main. En fait, elle me rassure un peu cette douleur qui s'éveille ; le calme blanc m'inquiétait, là on dirait que le normal reprend ses droits. La douleur qui monte veut dire qu'il reste encore suffisamment de circuits qui fonctionnent pour faire ressentir la mouise dans laquelle tu te traînes ; ça veut dire que ton cerveau a jugé qu'il valait le coup de pousser encore un peu la bécane, trop amoché, il te fout dans les vapes, débranche tout ce qu'il peut pour te laisser tranquille et pour que tu ne te rendes pas compte du foutoir que t'es devenu. C'est bien fait le corps humain. La douleur est bon signe – et là je commence à jongler.

Je sens un engourdissement dans la main, mais ça n'a pas l'air de vouloir en rester là, il doit y avoir une mixture sur leurs bambous, c'est pas possible autrement. C'est vicieux quand même ou faut avoir la dalle, ils n'ont pas tellement envie qu'il s'en sorte le gibier par ici.

— Ça va Jacquot ?

Je ne dois pas être seul à quatre pattes, voilà qu'on m'appelle. Je vais attendre que ça recause avant de répondre, on ne sait jamais ; quitte à parler tout seul, autant confirmer la demande. Je vois une paire de brodequins et des chaussettes jusqu'aux genoux qui se plantent devant mes yeux et puis, quelque part, là-haut, une voix qui insiste.

— Jacquot ? Ça va ?

Quand on répète la question en inversant l'ordre des mots, c'est qu'il y a de l'inquiétude ou de l'énervement. Je lève la tête et tout se remet dans l'ordre. Ça va, ça va, à part que je me suis planté la main sur une pique en bambou.

— Fais voir.

Je fais voir. Comme Morin n'est pas médecin, son inspection est vite troussée. Il voulait voir et son diagnostic tombe.

— Les enfants de putain, qu'il dit, c'est vraiment du vicieux ou je m'y connais pas.

C'est étrange, c'est moi le plus concerné par la chose et je n'arrive pas à formuler du viril. Mon bras commence à me lancer et il n'y a que ça qui me préoccupe ; ça doit servir à ça un binôme, à fournir le matériel sonore et philosophique quand l'autre est dans l'angoisse de crever.

— Tu crois qu'ils mettent un poison sur leur affaire ? que je lui dis.

— Pourquoi, ça te lance ?

— Oui ça me lance.

— Les enfants de salope…

Mon médecin de campagne improvisé confirme son diagnostic.

33

Quelques centaines de mètres à faire avec mon baluchon à l'épaule, en uniforme. Les gens me souriaient, on aimait le soldat, le jeune soldat de ce pays meurtri mais qui se relevait – la preuve, le Tour de France avait repris, il était même passé par la côte de Bonsecours, un signe.

La maison était là, identique, sauf que dedans il n'y avait plus de père. J'avais regardé toutes les autres, y compris celles fêlées par les bombes, et je les avais jalousées. Dans cinq minutes on allait m'étreindre, serrer dans les bras le jeune soldat qui revenait au bercail service militaire en poche, une fiancée à rapatrier en Normandie et un boulot à trouver dans les plantes, puisqu'on avait décidé pour moi que ce seraient les plantes.

Durant un an, je n'avais fait que marcher au pas, virer à gauche à droite, présenter mon arme ; pendant des semaines je m'étais entraîné à n'être qu'un synchronisme, une chose qui bouge quand on lui dit de bouger qui s'arrête quand on lui dit de s'arrêter : on appelait ça les classes, ce n'était pas bien gratifiant mais au moins je me couchais le soir éreinté et le ventre plein de purée ; ça m'allait. Et puis, une fois intégré, j'avais enseigné les mêmes consignes aux nouveaux, du côté d'Épinal cette fois, avant de rejoindre Chalon-sur-Saône nanti d'un grade sur l'épaule : maréchal des logis ; j'aime bien ce titre, il sonnait rassurant, me donnait l'impression de garder les écuries. Dans les autres régiments, j'aurais eu celui de sergent, mais dans la logistique c'était maréchal des logis.

Finalement, au sortir des heures de train et de manœuvres, les braillards s'étaient retrouvés avec les braillards et les taiseux avec les taiseux. À quelques-uns, on s'était rassemblé et parlé gentiment, à dévoiler petit à petit nos fonds de poches au gré des corvées et des repos militaires, à soupirer ensemble dans la mousse de nos premières bières. Kehl n'était pas une bourgade particulièrement riante, la caserne une sorte d'immense entrepôt à troufions aux murs vaguement orangés et où on n'avait rien fait de très gratifiant mais je m'y étais senti bien – à mon aise serait beaucoup dire, mais bien. Ensuite direction Chalon, et la 750e compagnie essence. Où j'avais fini mon service. Le jour du départ, le capitaine Duverny m'avait dit que si je voulais m'engager, l'armée me tendait les bras : « On a besoin de gars comme toi. » Content de l'entendre. Comme je ne savais pas quoi faire, j'avais failli répondre « oui » tout de suite, mais ma carte perforée me faisait chanter toujours le même refrain et la perspective d'un emploi dans les plantes continuait à pousser dans mon ciboulot. N'osant pas lui révéler cette envie végétale, il avait mis un terme à mon bredouillage en assenant que ma place était là et qu'elle m'attendrait. Rompez.

Encore quelques dizaines de pas et j'allais arriver chez nous. Un jeune homme se tenait devant la maison; c'était fou ce qu'il ressemblait au père. Mon frère allumait une sèche sur le pas de porte; depuis l'enterrement il grille cigarette sur cigarette, ses doigts sentent la terre et le tabac.

— Ça te va bien l'uniforme mon Jacquot, qu'y m'a dit.

Et on a pleuré. Pas chialé, non, juste les yeux qui suintent. C'était pas la joie des retrouvailles. On devait penser la même chose : sans doute qu'en me voyant marcher au loin il s'était pris une bouffée d'absence, moi qui reviens et le père qui manque, il avait emmêlé tout ça. J'étais content de le retrouver, la distance nous remettait à égalité.

— Ça va toi?

Il allait. Travaillant comme jardinier avec le frère de sa femme chez de riches bourgeois de Gremonville – finalement, Jeanne l'avait suivi – il rêvait de se mettre à son compte et prospectait des établissements. Il en avait repéré un du côté de Petit-Quevilly, rue Jean-Baptiste-Clément, un bel espace entouré de murs, avec des serres, un atelier et un magasin, donc il s'était mis sur les rangs mais le propriétaire voulait encore travailler quelque temps avant de passer le relais. Il avait l'air content.

Se mettre à son compte, je ne savais même pas comment on faisait, c'était tellement loin de mes envies, moi je voulais juste trouver un travail, un bon travail qu'on pouvait aimer, et aussi une femme, une simple, pas un truc compliqué comme lui. Il me demanda si j'avais fait une conquête, j'osais pas lui parler de ma petite vendeuse de fleurs; sous prétexte qu'il s'y «connaissait», il m'aurait fatigué avec ça. C'était son truc les filles. Lui qui pétochait pour aller se coucher avait été capable durant la guerre de se relever la nuit en plein couvre-feu pour aller retrouver des gentilles et des pas farouches qui l'attendaient quelque part derrière des volets, il risquait de se faire pincer par les Allemands à n'importe quel moment mais l'appel du bas-ventre était plus fort, un vrai possédé, et moi jusqu'à son retour je ne dormais plus, je calais un traversin sous les draps pour faire croire à la mère qu'on était deux tandis que lui descendait et remontait par le réverbère qui semblait installé là exprès, la manœuvre n'était pas dangereuse mais il pouvait se faire pincer à tout moment. Quand il revenait, je fermais les yeux sans rien demander. Parfois, il ne restait qu'une poignée d'heures à la nuit pour devenir matin, je constatais que certains effluves duraient plus longtemps que d'autres, je le voyais s'endormir en respirant le dessus de ses doigts.

Donc, je ne lui ai pas raconté Georgette; pas tout de suite; ça viendra quand je serais plus avancé.

On devait se fiancer, enfin en principe car je ne savais jamais trop bien ce qu'elle voulait dire, ça aurait dû être simple mais de sa bouche ou dans ses lettres tout sortait compliqué, et comme elle terminait toujours ses diatribes par un « Tu vois ce que je veux dire ? » je répondais oui avec un air entendu, alors que non. Mais elle me plaisait et je lui avais écrit que si elle voulait de moi c'était parti, je ne voyais pas pourquoi on dandinerait autant – je comprendrais plus tard, plus loin.

La gestion de ma mère avait fait des miracles. L'immuable perdurait, elle avait tenu la maison, comme si mon père était encore sur les routes avec sa Celta, aucun meuble, napperon, bibelot n'avait été vendu ou changé de place ; comme avant, l'immobile, le figé.

J'avais répondu aux questions simples d'une mère qui s'inquiétait pour l'avenir de son rejeton. « Oui tout va bien, là-bas. » En fait c'était être ici qui était dur. Mais cette vérité, d'abord, il aurait fallu qu'elle me saute au visage, ensuite à quoi aurait-il servi de lui faire de la peine ? Elle faisait ce qu'elle pouvait. « Oui, promis, on ira au cimetière demain avec les filles. » Elle m'avait préparé un bon repas, ayant touché des pommes de terre et du lard. C'était cette odeur que j'avais sentie en entrant : celle de viande grillée. Et le repas avait eu lieu. Et les petits riens, les souvenirs, les nouvelles des uns et des autres, de la famille comme des amis s'étaient égrainés. J'avais tout eu dans les lettres de ma mère, mais fallait bien recommencer et meubler d'un bourdonnement de mots le grand silence de l'absent.

— André revient de temps en temps à la maison avec sa femme, parfois ils restent dormir au troisième, racontait ma mère. Il aimerait que tu ailles le voir à Grémonville. C'est cinq hectares de jardin à la française à deux, du boulot donc. Pas possible de dire non. Il y a aussi le boulot chez Basil, comme lui n'en veut pas, si ça te disait...

Présenté ainsi, ça donnait envie.

Pierre me manquait, j'avais hâte de le retrouver cet animal. Il était venu habiter près de chez nous après les bombardements de 1940. Comme sa maison avait été soufflée, au retour de l'abri, après l'alerte, sa famille s'était retrouvée sans rien, une main devant une main derrière, alors ils avaient emménagé rue de la Cage, juste à côté. Pierre était apprenti tourneur ajusteur, et je l'avais rencontré grâce à un copain, scout avec lui. Nous deux, ça avait collé tout de suite, dans le silence et la retenue. Très vite, l'habitude s'était nouée de se rejoindre après le travail, lui venant de son usine pas loin et moi de l'école puisque après le certificat d'études j'avais rempilé pour un an, ensuite au retour des cours d'horticulture reçus au Jardin des Plantes. La journée finie, on attendait l'heure du rutabaga en s'emmerdant de concert. Pierre ne possédait plus rien de ce qui avait fait sa vie – tout était parti en fumée; il était héroïque de poursuivre son chemin sans rien derrière lui. Un jour, j'étais venu chez eux avec mon train, que je voulais lui donner pour qu'il ait un jouet, au moins un. Il l'avait regardé, trouvé beau, dit que c'était gentil de ma part mais qu'il ne l'accepterait pas. Il ne savait plus jouer, il n'y arrivait plus, cette part d'enfance avait été soufflée par les bombes ; je me suis senti bête. Mes parents, eux, ne voyaient pas d'un très bon œil cette amitié naissante avec un réfugié ; ma mère devait penser que ça nous attirerait le malheur et la pauvreté, mon père la suivait en silence sur ce terrain-là. Pierrot le sentait, et j'avais un peu honte.

Le lendemain matin, après une visite au cimetière, j'étais donc allé l'attendre rue Beauvoisine. En me voyant, il avait souri.

— Ça te change l'armée, on dirait un monsieur, qu'il me déclare. Raconte-moi ça.

Je lui ai raconté. En marchant sur les mêmes trottoirs, en s'arrêtant aux mêmes endroits, ponctuant nos haltes des mêmes silences qu'autrefois ; nous étions sans excès, dans une déambulation n'ayant aucun but précis, nos éducations respectives ajoutées aux privations de la guerre avaient fait de nous deux jeunes hommes sans rêves, animés du seul désir de vivre tranquillement. Deux braves types qui rapportent les portefeuilles trouvés par terre, des gentils qui ont eu peur, qui n'ont pas eu l'aisance de gratter leur jeunesse sur le côté marron de la boîte, deux « comme il faut » ayant courbé l'échine et baissé la tête à l'âge où l'on se redresse en crachant à dix pas, deux maigrelets qui n'avaient donné à leurs canines adolescentes que du fibreux cuit à l'eau. On marchait rue Beauvoisine, sans rien, sans un sou, lui donnait sa paie à son pauvre père – qui me passait le bonjour – car sa mère avait succombé à une maladie qu'elle traînait depuis notre première rencontre, Pierrot ne m'en avait jamais rien dit. Et moi je donnais ma solde ridicule à ma mère – qui l'embrassait. Nos poches ne s'alourdissaient que de nos mains propres. Pierre et moi avions d'ailleurs toujours pris soin de nos mains ; quand mon copain quittait l'atelier, il gardait un temps considérable pour se nettoyer les pinceaux, ne plaçant pas sa fierté d'ouvrier dans la noirceur du travail qui s'incruste, si bien que la pogne qu'il tendait en fin de journée aurait pu sortir d'une étude de notaire. Pendant la guerre, lui comme moi essayions toujours d'être propres et bien arrangés ; pour lui c'était plus dur, il n'avait rien, et ses parents le couvraient de vêtements donnés mais il avait le chic pour se les approprier ; son instinct de survie passait par l'élégance, grandement aidé en cela par sa mère – qui s'y connaissait pour tailler et repriser le tissu – si bien qu'en le voyant arpenter le quartier, impossible de penser que ce garçon était en exil. À la maison, on changeait de linge de corps une fois par semaine ; le matin je m'astiquais à la cuvette dans la cuisine, chacun son tour, les filles d'abord, les hommes ensuite ; je grattais ma peau avec mes ongles pour économiser le savon et ensuite je passais un temps fou, avec un petit bout de bois, à les curer pour ôter la saleté. Ça occupait, et chaque fois que je nettoyais mes ongles je repensais au marchand de beignets de la foire qui récurait les siens au-dessus de sa bassine de pâte.

34

Cela fait plus de dix jours maintenant que je suis dans ce lit. Et je me sens bien parti pour y rester encore et bientôt basculer de l'autre côté à bord du même rafiot. Les visites s'enchaînent, tout le monde vient dire au revoir au tonton, au p'tit tonton, au beau-frère, au papi. Les jours se suivent et perdent leurs noms, qui ne servent plus à rien. Ils peuvent s'appeler lundi ou vendredi, peu m'importe; ce qui compte maintenant ce sont les visages, les têtes qui se penchent dans l'embrasure de la grande porte de ma chambre d'hôpital; ce qui compte c'est le son d'une voix qui n'ose pas rentrer; ce qui compte c'est l'air de ma femme qui découvre les arrivants avant moi et fait les présentations, qui s'assure que mes yeux sont disposés à recevoir de la visite.

En ce jour ordinaire, étale comme un brin de mer par temps de curé, on toque à la porte. Alors mes têtes chéries se retournent et celle de mon épouse s'illumine : « Regarde Jacques, qui vient te voir ? »

C'est toi mon Pierrot. Ton fils t'a accompagné, on va pouvoir se promener encore un peu tous les deux sans rien se dire. Mon dernier, qui me tient la main avec ses yeux qui s'empêchent, va te céder sa place. Viens t'asseoir près de moi, Pierrot, pour entamer notre dernière promenade; tu le sais ça n'est-ce pas? Viens t'asseoir près de moi. C'est con, mais j'aimerais que tu me tiennes la main, mon ami. Et voilà que, naturellement, instinctivement, tu poses ta main propre sur la mienne, noircie du sang qui se répand sous ma peau vitreuse comme des bulles d'air sous la glace, une main bardée de scotch pour maintenir l'aiguille de la perfusion en place.

T'as compris en lisant dans mes yeux, Pierrot : voilà, on y est. Toutes les époques défilent entre nous; ça se croise ça avance et recule; c'est le tout pour le tout de la mémoire ce désordre, son bouquet final. Et on va regarder cette apothéose, ce feu d'artifice de souvenirs sans mot dire tous les deux, depuis notre côte de Bonsecours. Viens mon Robic, viens, allons nous asseoir là-haut et contemplons nos vies.

Ma femme nous observe, inquiète de notre silence. « Vous ne vous dites rien », s'étonne-t-elle. Pierrot redresse sa bouille de timide et murmure que ce n'est pas nécessaire : « Pas besoin de se parler, on sait bien ce qu'on a dans la tête. »

T'as encore un bon coup de pédale mon Pierrot, je n'aurais pas dit mieux.

35

J'avais promis à Pierre que je passerais lui dire au revoir avant de repartir. Chose faite. Avec silences, pudeur et quelques questions. Il m'avait demandé ce que je comptais faire maintenant, mes semelles lui avaient répondu en traînant un peu.

Normalement j'avais une place chez Basil, mais ce n'était pas sûr. Avant de faire mon service, il me parlait que de mon frère, me posait des questions uniquement sur lui : « Et qu'est-ce qu'il fait ? Où est-ce qu'il est maintenant ? Est-ce qu'il veut se mettre à son compte ? » À moi, il ne demandait jamais rien. Quand ça n'allait pas j'entendais le son de sa voix sinon… que dalle. Il voulait bien me reprendre mais du bout des lèvres. J'avais expliqué aussi à Pierre que j'aurais pu travailler chez l'oncle Hector avec la smala italienne et devenir maçon, mais que j'aurais aimé pousser encore un peu dans l'horticulture car j'aimais les plantes.

— Tu sais, Pierrot, malgré la distance, les Allemands et les alertes, durant la guerre je me rendais souvent au Jardin des Plantes, je traversais la Seine sur le pont de péniches construit par les Boches en face du Palais des Consuls – il y en avait un deuxième face à la rue d'Harcourt en attente d'un pont en dur, tu te souviens. C'était aussi le seul vrai point de contact physique avec un Allemand, là qu'il pouvait toucher un bras pour dire de passer ou d'attendre car fallait montrer patte blanche. Parfois, je traversais en barque avec un dénommé Pradel qui travaillait au Jardin, mais un jour j'avais aperçu des fusils dans le fond de sa coque, un bout de toile s'étant soulevé par le vent ; il m'avait regardé, souri et, du pied, avait repoussé le tissu récalcitrant sur le chargement. Arrivés rive gauche, j'étais sûr que la police allemande allait nous pincer. Ce fut la dernière fois pour moi avec lui. Étudier l'horticulture, en ce temps-là, c'était donc une expédition, tu t'en souviens. Mais une fois dans le Jardin, je me sentais bien. Les plantes poussent toujours, quels que soient le terrain, les occupants, les individus, les nouvelles dans les journaux. D'une façon ou d'une autre, ça se resème, marcotte, il y avait des arbres avant les hommes il y en aura après. S'il tenait qu'à moi, Pierrot, je n'aurais pas reconstruit tant de bâtiments après les bombes ; j'aurais fait des jardins, plein de jardins, j'aurais gardé ce qui tient encore debout et tout le reste je l'aurais dédié aux plantes. Sur les quais, autour de la cathédrale partout ! T'imagines une cathédrale au milieu des arbres, des quartiers entiers redevenus des friches arborées ? Autant penser verdure et parc puisqu'on retrouvera jamais les bâtisses de torchis et colombages incendiés, les Logis des Caradas et ses copines gothiques de la rue de la Ganterie, de la rue Socrate, de la rue de l'Écureuil, de la rue aux Juifs. Autant laisser la terre reprendre la main, et nous indiquer le chemin de la paix. Bref, moi je me verrais bien au service de dame nature, ouvrier à tout faire armé d'une brouette et d'un râteau. Je lui aurais donné ma vie. Au lieu de ça, on va parer au plus pressé pour que notre champ de ruines ressemble à une ville. On va faire vite et mal. Déjà ça construit dans tous les sens, sans vision d'ensemble, ça relève par-ci, ça déplace par-là, on perce des rues. L'après-guerre c'est encore des murs qui tombent.

Mais de tout ce silence n'est sorti pour toute réponse qu'un « je ne sais pas ».

— Et l'armée ? m'avait alors dit Pierrot.

— Quoi l'armée ?

— J'ai l'impression que tu hésites à la quitter ou à t'engager.

Pierrot avait raison. Dans le fond rien ne me retenait ici. Les plantes, je pourrais les retrouver un autre jour mais l'armée c'était maintenant ou jamais. Je tournais la question depuis mes dix mois à Épinal ; le ronron militaire à l'abri des hauts murs d'une caserne m'allait mais avais-je la fibre ? Ça sert, un ami : mettre les pieds dans le plat. Un ami un vrai te regarde dans les yeux et formule ce qui s'emmêle les pinceaux dans ta caboche.

— Si je m'engage, je suis sûr de partir pour l'Indochine.

— Tu me dis ça mais c'est une phrase pour les autres, Jacquot. Des petites prudences pour ta mère et tes sœurs. Mais dans le fond, tu serais content de partir, même là-bas, surtout là-bas ! Hein qu't'es heureux mon Jacquot ? Moi je ne suis pas bâti pour ça ; je suis tout seul. Si je partais, même pour un ailleurs en France, je tuerais mon pauvre père. Alors je reste. J'irai voir ta mère, sois certain de ça. Tu sais ce qu'on y fait, en Indochine ?

— Non, j'ai juste entendu que c'était le foutoir mais aussi que c'était beau. Une chose m'paraît certaine : si je ne pars pas maintenant je ne partirai plus jamais et ce sera réglé. En fait, j'ai pas d'avis, Pierrot. Il y a une guerre en Extrême-Orient mais au fond, tu sais quoi ? Je m'en fous. Ici, certains gueulent contre et je m'en fous aussi. La France envoie un corps expéditionnaire, alors je me tâte pour profiter du rafiot et me carapater, devenir un passager clandestin de cette bataille. Ma seule certitude, c'est de n'avoir aucune envie de tuer des gens. Le reste, je t'assure : pas d'avis !

36

Je suis reparti. Ma mère avait pleuré, ne comprenant pas pourquoi je ne voulais pas débuter ma vie de jeune homme à Rouen, en Normandie, ici comme tous les autres, mon frère, mon ami Pierre. Je ne lui avais rien répondu. Mais dans tous les trains pris pour rejoindre l'Allemagne, je n'avais cessé de ruminer les explications possibles sur les banquettes en bois. En vérité, c'est une lettre du capitaine Duverny qui avait mis un terme à mes atermoiements, un courrier apporté par elle un matin juste après le passage du facteur. Elle avait vu le nom de l'expéditeur, le cachet de la poste et par instinct se tenait à côté de moi; son sixième sens lui dictait de rester, cette lettre était mauvaise. J'avais été contraint de l'ouvrir devant elle. Il était impossible de me lever pour la lire plus tard, j'avais décacheté l'enveloppe et déplié le courrier; de l'encre bleue, une écriture serrée et très peu de mots mais qui disaient l'essentiel : de revenir, que l'offre tenait toujours, qu'on m'engagerait à mon grade, qu'il avait besoin de gars comme moi – il ne parlait ni de la France, ni de patrie, ni de devoir, ni d'empire colonial; il avait besoin d'un coup de main, il avait besoin de moi. Il venait d'emporter le morceau.

Ma mère m'avait dit au revoir comme à un homme. Mes sœurs pleuraient. Je me suis surpris à apprécier cette gravité, à aimer leurs larmes, car quelque chose tremblait enfin en nous tous : nous étions fils, frères, sœurs, mère et cette fois on le vivait vraiment, comme il y avait longtemps qu'on ne l'avait ressenti. L'un de nous s'en allait et cela faisait gonfler les yeux de tous. Rien que pour avoir vécu ce moment-là, j'étais heureux de partir. Mais je ne les quittais pas, j'allais juste retrouver quelqu'un là-bas : un autre Jacques. J'allais voir ce que cela ferait de mettre des milliers de kilomètres entre une enfance en ruine et un nouveau moi-même.

37

Une mine, c'était donc ça. On s'est fait souffler dans les bronches. Morin me file un coup de main pour me remettre à la verticale.

— T'as vu l'état de la jipe ?

Je vois. Je vois aussi ma main qui gonfle, je n'arrive plus à distinguer les bosses et les creux qui servent à reconnaître les mois en 31 : sept mois ont disparu, plus de relief. Maintenant, la douleur gagne l'épaule. Une pensée me vient : l'arrêt cardiaque, mon père en est mort il y a cinq ans, terrassé d'un coup et si ça se trouve je fais la même chose mais au ralenti, une crise cardiaque d'une extrême lenteur, celle qu'on voit venir de loin, qui ne cherche surtout pas à te surprendre, elle connaît le chemin. Je sens que la boursouflure va grimper le long de mon bras comme une barcasse remontant la rivière, qu'elle va se retrouver sous l'aisselle tout à l'heure, que ça va me pincer juste avant le grand saut dans la cage thoracique pour saisir le cœur.

Je m'avance vers la jipe, histoire de penser à autre chose. Je n'y connais rien en mécanique mais je fais comme si : je pose ma main indemne sur le capot et je lâche un petit sifflement d'expert, pas besoin de s'y connaître pour voir que notre engin va terminer sa guerre ici, sur cette route coloniale, les roues avant ont envoyé chier le parallélisme et le moteur bave une huile suspecte.

— Qu'est-ce qu'on fait, que j'dis.

— Bah on va y aller à patte, qu'y me répond.

— Mais par où ?

Un par là et l'autre par-là. Et le voilà qui bricole un truc avec deux allumettes. Il en casse une pour la rendre plus petite que l'autre ; la minus pour revenir sur nos pas et la grande pour aller de l'avant. Aussitôt dit aussitôt fait, et je reprends la route dans l'autre sens. Lui se fout la trouille à gauche et moi je frôle les ennuis à droite, chacun sa part de rizières et de plaines à zieuter, chacun sa part de pétoche.

Je marche sur le bord de la route, on ne sait jamais, maintenant que je n'ai plus de jipe pour amortir la pétarade !

38

Engagé, pour six mois, le 24 novembre 49 à Chalon au 750e technique distribution essence. Puis, pour un an, au titre du SEA 750 CTOC, le 4 avril 1950. Et ensuite le grand saut pour quatre ans au titre de la 750 CTE. Dès l'engagement, le capitaine Duverny m'avait donné la couleur : l'Indochine. Départ probable l'été suivant. Ça m'allait. Pour être franc, s'il m'avait annoncé que je restais à Chalon, j'aurais pris la nouvelle comme une défiance.

En attendant le départ on s'entraînait avec du matériel tout neuf, on boulonnait des bacs, on dépliait des réservoirs en caoutchouc, on manipulait du jerricane, du bidon – plein –, on transvasait, on chargeait et déchargeait, on éteignait de faux incendies, on enfilait des gants, des masques, on mesurait des indices… et de temps en temps on se redressait comme des i au son du clairon, histoire de se remettre dans le citron qu'on n'était pas qu'une bande de copains ayant tout juste ouvert une énorme station-service.

Plus l'été approchait, plus on s'activait, les rumeurs circulaient avec la force et le ventre creux des on-dit : un coup on allait être peinards dans le sud du Vietnam, un autre on serait envoyés au nord près de la frontière chinoise, là où ça se peignait – Saigon, Hanoï, qui dit mieux? Le soir, nos chambrées se transformaient en office du tourisme, chacun y balançait ce qu'il croyait savoir. Et on brodait plus qu'autre chose, sans que le canevas soit très clair sinon qu'on retrouverait la guerre.

Militairement tout demeurait évasif. La presse nous livrait uniquement des récits de bravoure et d'abnégation. Il n'y en avait que pour les paras de la Légion, avec force reportages dans *Paris Match*, que pour des assauts salués, des pacifications applaudies. Personnellement, je me méfiais de ce que claironnaient les journaux, me souvenant des assurances dont ils nous abreuvaient en 40 sur le front qui devait se stabiliser vite; résultat des courses, les Allemands nous étaient tombés sur le râble quinze jours après. Et puis je comprenais bien que nous avions mis le doigt dans un engrenage incertain; mois après mois, des régiments partaient, du matériel arrivait en masse avant de les suivre, l'opposition donnait de la voix. C'était bel et bien une autre guerre qui tonnait là-bas, et pas du désordre nationaliste à calmer avec une simple reprise en main nerveuse et ferme! La RC4, la route sanglante, qui avait vu le corps expéditionnaire fourailler contre les forces du Viêt Minh avec défaite à la clef et cinq mille hommes tués, blessés ou prisonniers, était dans toutes les têtes. Il paraissait qu'on avait sauvé Hanoï de justesse. Comme quoi, la virée tournait au fiasco. Le grand boss s'appelait de Lattre de Tassigny, son fils Bernard avait été transpercé de balles près de Minh Binh, au Tonkin. Voir le journal *Radar* mettre cette mort en une avec plein de détails avait eu un double effet sur moi : ça m'avait refroidi et, en même temps, voir un gars – fils unique du grand patron, c'est vrai – se retrouver lieutenant à titre posthume avec des funérailles en grande pompe aux Invalides, les dépouilles de ses deux collègues tués à ses côtés, m'avait fait écarquiller les mirettes. Cette terre d'Extrême-Orient était un accélérateur : que tu reviennes vivant ou mort, tu auras fait un bout de chemin dans l'estime de ta pauvre carcasse.

Tout était possible là-bas – surtout la mort visiblement – et le petit Jacquot allait mettre ses semelles dans l'histoire. Cette fois, il ne serait pas blotti dans le fond d'un abri en attendant qu'une bombe vienne le transformer en victime civile de plus et que des mineurs, arrivés spécialement du Nord, sont contraints d'extraire des décombres avant de jeter son corps démembré dans une charrette, non il serait actif, le petit Jacques à la santé fragile, il serait debout, il allait cracher dans ses mains et installer ses bacs et ses jerricanes partout où on lui dirait d'en mettre – et s'il fallait se rendre dans le Nord-Vietnam, il irait dans le Nord-Vietnam ! En Indochine il ferait le boulot pour lequel il s'était entraîné, il serait compétent. Ce qu'il voulait c'était qu'on lui dise : va par là ! Chercher le chemin seul, il ne savait pas faire, ça ne signifiait rien. Jacquot s'était pris la grande claque mondiale tout seul, avait essayé de comprendre tout seul, avait tenté de lire les visages fermés des adultes tout seul. Cette fois le destin lui donnait la possibilité d'avancer, réfléchir, avec une trame, un cadre, de l'aide, les autres. Je vais serrer les fesses mais je vais y aller sans broncher, qu'il se disait ; je n'y pars pas pour l'Empire colonial français, ni pour l'honneur, ni pour la patrie, mais parce qu'on m'a dit d'y aller – et ce qui plaît là-dedans, c'est précisément ce « on » qui m'a regardé et qui m'a dit « viens » !

39

Les permissions commençaient à pleuvoir, signe que le départ approchait. On nous parlait d'une étape à Marseille ou Fréjus avant de rejoindre l'Algérie. Je m'en serais bien passé des permissions, quand on y va on y va et je n'aimais pas que ça traîne.

À Chalon, Georgette se montrait gentille mais en faisait trop avec moi. À l'entendre, on aurait presque pensé que je ne reviendrais pas. À plusieurs reprises elle avait eu des sorties bizarres ; elle avait parlé, par exemple, des « salauds de Viêt Minh » – mais qu'est-ce qu'elle en savait ? Moi je n'avais rien contre eux ! Ils se battaient, mais avaient leurs raisons et nous les nôtres. Lorsqu'on était en groupe, elle jouait à la fiancée délaissée qui attendrait le retour de son héros avec abnégation, telle une sainte. Des minauderies gênantes qui agaçaient Ivo. Chaque fois qu'elle nous remettait ce disque, il en profitait pour aller pisser ou se rendre au bar et commander une autre bière. Son théâtre, entouré d'uniformes, m'énervait, mais son petit air vachard, son nez à la retrousse et ses taches de rousseur, eux, me plaisaient. Lorsque je l'embrassais j'avais un peu l'impression de gagner un match ; un susucre au chienchien qui avait levé la patte, elle me tenait par là.

Elle voulait aussi beaucoup de choses. Que je lui écrive le plus possible. Que je prenne soin de moi. Que je sois prudent. Me revoir. Et même le mariage et tout et tout. Pour les phrases, c'est sûr, j'avais mon compte, mais c'était le fond qui manquait.

40

Décidément, tout le monde vient me voir. Chacun sait bien ce qu'il en est, mais personne ne me dit adieu. À la place on me bredouille une petite formule cousue de larmes et de nez qui coulent mais jamais on ne prononce le mot « adieu ». Certains osent l'espoir d'un « ça va aller », mais non ça ne va pas aller ; on en est tous conscients ; ça n'ira pas en s'arrangeant, j'irai même de mal en pis. Mes fils, lorsqu'ils partent, y vont d'un « à demain ». Le deuxième, lorsqu'il retourne sur Paris en milieu d'après-midi pour jouer sa pièce de théâtre, me gratifie aussi d'un « à demain », l'air de dire « fais pas le con » ; je prends mon regard le plus sûr et lui envoie une grimace ; je n'aime pas la peine que je leur fais, le dérangement que je crée dans leur vie et qui les oblige à venir visiter cette vieille chose qui s'est coincée dans les ronces. Mon dernier a pris un congé, l'aîné est revenu d'Afrique du Sud, sa fille arrivera de Guyane avec mon arrière-petite-fille dans le ventre, mes belles-filles, mes petits-enfants, ma femme qui dort à côté de moi, les neveux, les nièces, les amis, tous se sont organisés pour m'entourer.

Pour l'instant je peux encore tenir quelques «au revoir», mais je sens qu'il faudra bientôt passer à l'étape suivante. Car, un jour prochain, je ne suis pas sûr de pouvoir demander à mon acteur si sa pièce s'est bien passée la veille au soir; un de ces quatre matins – et si c'est quatre, j'aurai de la veine – je ne serai peut-être même pas capable d'y aller d'une grimace qui dédouane ou d'une petite vacherie qui fait rire.

À part le tintouin médical qui me laisse sur le flanc, la douleur et le flagada qui s'ensuivent, j'arriverais presque à me sentir bien, une fois que tu sais, tu sais. C'est comme ça, le chemin est tracé, c'est par là et t'y vas. De toute façon que faire d'autre? Gueuler contre qui? En vouloir à qui?

41

Encore des trains toujours des trains. Finalement, destination Fréjus. Certains connaissaient pour y avoir débarqué avec les troupes coloniales. Le départ pour l'Algérie aurait lieu ensuite à Marseille, et par avion ! J'allais prendre l'avion, mes poumons s'en dilataient d'appréhension autant que d'excitation.

Nous cantonnions dans une caserne. Comme en principe on ne devait pas y moisir longtemps, j'avais opté pour déballer le moins d'affaires possible, n'aimant pas ranger à la hâte ; la spécialité de l'armée est de laisser le troufion sans information et, tout à coup, de lui aboyer une ondée d'ordres à exécuter en urgence. Avec deux ou trois collègues, après avoir ingurgité un repas rationné, une balade s'était improvisée pour aller notamment voir, dans une caserne un peu plus loin, la mosquée de Missiri construite une vingtaine d'années auparavant afin que les troupes coloniales s'y ressourcent. Les consignes interdisaient de sortir dans Fréjus, mieux valait rester groupés, discrets, et à l'intérieur du camp. Finalement, pas de balade.

C'est vrai que, depuis quelque temps, la tension montait autour des départs militaires vers l'Indochine. Des soldats se faisaient insulter dans les bars, il y avait des bagarres dès que le sujet émergeait, les embarquements sur le port de Marseille se déroulaient sous escorte de la garde mobile pour empêcher les manifestants, et notamment les dockers cégétistes remontés à bloc, de paralyser la procédure. Au moins, nous, on devrait éviter les insultes et les projectiles en prenant l'avion.

Ça discutait ferme dans les chambrées et au mess là-dessus. J'aurais aimé avoir un avis, mais je n'en avais pas. Vraiment pas. Tout ce que je savais, c'était n'être ni un sanguinaire ni un violeur, que je ne me rendais pas en Indochine pour tuer du Viêt Minh ou brutaliser les filles. Je pensais que, là-bas, il devait y avoir quand même pas mal de gens soulagés de voir arriver la troupe pour les protéger, que des soldats étaient engagés et attendaient du matériel et des renforts. Mais, à vrai dire, ces pensées-là n'étaient pas honnêtes : j'y allais parce que j'ignorais quoi faire d'autre, j'y allais parce que tout m'emmerdait, parce qu'on m'avait volé mon enfance à coups de bombardements, parce qu'on avait détruit ma ville, mon panorama, mes rêves. Je les comprenais, ceux qui gueulaient, eux au moins avaient la chance d'afficher un avis tranché, moi, nada, rien. Tout juste si je ne me perdais pas dans les arguments éructés par les uns et les autres. À certains moments, je me disais aussi que ce qui se jouait là-bas n'était sans doute pas que notre seule présence et la suprématie de la France, que s'il n'y avait pas la Chine derrière ce pataquès, la CGT ne nous aurait sans doute pas lancé des boulons ! Est-ce que je mélangeais tout ? Et puis, si on lâchait le Tonkin, on ne le ferait pas en deux coups de cuillère à pot : cela prendrait du temps, s'organiserait, il faudrait des hommes beaucoup d'hommes car y avait plein de civils en Indochine, des familles entières qu'on pouvait pas laisser en plein vent de panique et de représailles… Alors je gambergeais, je pesais le pour et le contre, j'hésitais. Face à ceux qui affichaient des convictions très ancrées, je restais dans la coquille de mon silence, fatigué par ces débats-là, pas équipé pour puisqu'on ne m'en avait pas laissé le temps. Je me sentais plutôt à gauche et en plus j'aimais plutôt bien cet Hô Chi Minh – il avait une bonne tête, je le trouvais courageux, je pensais que si on avait laissé la main à Leclerc, ces deux-là auraient pondu un arrangement politique. Mais de Gaulle avait envoyé son moine soldat et maintenant il n'y avait de solution que dans la guerre. Or, la guerre, c'était tout ce qu'on m'avait donné pour l'instant.

42

J'allais devoir poireauter une semaine dans ce cantonnement. Une semaine de glande et d'exercices pour rien, les avions ne courant pas les tarmacs. Tous les jours on nous promettait le décollage pour le lendemain, et rien. Aussi, quand on avait annoncé qu'un avion de ligne nous attendait, c'est tout juste si on y avait cru.

Mais cette fois c'était vrai.

Cette fois, je quittais mon sol natal direction l'Algérie. Et Oran. Et en civil.

Comme dans le train qui avait laissé Rouen s'éloigner derrière nous, j'avais collé la tête au hublot de l'appareil et regardé, les yeux écarquillés, la Méditerranée s'étendre sous moi.

Pour Ivo, c'était un retour au bercail. Il connaissait la ville ; j'aurais donc un guide si on devait y séjourner un bout de temps. Y avait une bizarre impression en moi : plus je me rapprochais de la guerre, plus je me sentais bien ; enfin bien, je sentais que j'avais raison, raison de me barrer et de voir la guerre comme seule combine pour réussir la grande évasion. Je n'avais pas beaucoup cherché, pour être franc, j'avais juste l'âge, un pays qui avait besoin de garçons et voilà, le destin qui ne tortille pas du croupion m'avait expédié au-delà des mers. Et si nous on s'agitait, on se posait deux ou trois questions sur nos avenirs histoire de croire que l'on tenait quand même un peu la barre du rafiot, si on jouait des coudes dans la grande mêlée de la vie qui va, dans le fond on maîtrisait que dalle : une grande main nous avait ramassés sur la toile cirée comme l'on rafle la mise et nous envoyait direct en avant. Je tournais en rond avec ça dans ma tête tandis qu'on volait au-dessus de la Méditerranée ; c'est fou ce que ça fait aux méninges de voyager !

Des méninges qui carburaient d'autant plus qu'on allait se poser en Algérie, où ça commençait à tourner vinaigre. D'ici à ce que le département devienne la prochaine Indochine il n'y avait pas loin. La grande guerre mondiale avait décidément foutu le bazar partout, les cartes étaient rebattues et tout le monde voulait une bonne main.

Nous voilà casernés à Oran. Poireauter, toujours. Un bateau nous attendait à Mers el-Kébir, un navire américain appelé le *General Mann* ; restait à connaître la date du départ qui, pour l'instant, entre nous faisait débat. Ivo m'emmena visiter sa ville.

Lui y était comme un poisson dans l'eau, moi ça m'aurait plutôt soûlé de vivre là, avec du monde partout, qui circule, qui te bouscule ; j'ai passé mon temps à m'excuser lorsque mes épaules rencontraient d'autres épaules. Lui, ça le faisait marrer. J'aurais bien aimé acheter deux ou trois bricoles, mais je n'avais pas trop de sous, le peu qui tentait d'épaissir mon portefeuille je le gardais pour ma mère, et puis, au vrai, j'avais pas envie d'accoster en Indochine avec des souvenirs, certain que ça me porterait la poisse, je préférais revenir en France les mains vides plutôt que de rester dans la jungle à pourrir sous une croix, avec mes babioles entassées dans une cantine, expédiées à Rouen pour faire jolies sur un buffet.

— Toi qu'aimes bien les plantes, je vais t'emmener voir un coin de maraîchage, Ras el-Aïn, un oued comblé par les Français, avait annoncé Ivo à un moment. Tout est parti de là, qu'il avait ajouté. C'est pauvre mais ils s'y connaissent pour faire pousser. Ils n'ont rien mais savent s'en servir.

Et c'est vrai que ça m'avait étonné. En découvrant ce ravin d'où Oran avait grandi, j'imaginais mon frère ici, il aurait été fou.

On se racontait nos virées. Chacun montrait les trouvailles qui s'amoncelaient dans les sacs, racontait le marchandage : tout le monde avait fait de bonnes affaires alors que tout le monde s'était fait avoir. Une excursion avait été organisée pour aller voir Mers el-Kébir et ce qui restait des navires français coulés par les Anglais en juillet 40. Visiblement, il y avait des clients. Pas moi. Ivo avait prévu autre chose, les ruines, j'en venais !

Le 13 août, grand départ. Direction Mers el-Kébir encore, mais le port en activité pas le cimetière de la France de Vichy. Sur le *General Mann*, dès le pied à bord j'avais compris que j'allais pas faire le fier. Mon corps s'était tout de suite retrouvé ballotté. Un mélange d'excitation et de pincement me grisait. Jusqu'ici, on se baladait entre troufions du même tonneau d'une caserne à une autre, un coup en Allemagne un coup en France puis un coup en Algérie, mais sur ce port c'était bien une guerre qu'on embarquait. Jamais vu autant de bonshommes rassemblés, et aussi de sacs, de matériel, avec la police militaire qu'essayait de contrôler tout ça, nerveusement car elle le faisait sous les yeux des Ricains qui, visiblement, n'avaient pas l'air d'apprécier la désinvolture à la française. Pas d'alcool à bord, tous les sacs avaient été fouillés, des tas de bouteilles se voyaient jetées à la baille sans pitié ; certains, on les aurait dégradés en place publique qu'ils n'auraient pas plus mal pris la chose ! On a vu des centaines de bouteilles de pastis et d'alcools en tout genre flotter, pour la plus grande joie des gamins d'Oran qui plongeaient aussitôt dans les eaux huileuses du port et les repêchaient. Y en a eu des coups de gueule et des colères rentrées ! Et une cohue invraisemblable quand les Ricains avaient décidé aussi de contrôler ce qui se passait dans la flotte et d'écarter les gosses chapardeurs ; j'ai vu le moment où des coups de feu allaient partir, ça gueulait de partout.

Quand la Légion est arrivée, tout a failli exploser. Les Amerloques voulaient que les hommes enlèvent leurs godasses à clous et enfilent une paire d'espadrilles. Y en a qui avaient refusé de mettre ces péniches en corde, préférant embarquer en chaussettes trouées ou carrément pieds nus plutôt que de s'humilier ainsi ; j'en ai même vu un les balancer par-dessus bord en regardant le marin qui les lui avait données droit dans les yeux.

Et puis c'était notre tour. En tant que sous-offs, on avait droit à une cabine tandis que la troupe et la Légion se retrouvaient logées en bas, dans les cales. À un moment, le bruit sourd et les vibrations du *General Mann* s'étaient amplifiés, le monstre s'éveillait, le bateau allait larguer les amarres. Dehors, dans la foule sur le quai, les mains s'agitaient, au bout des bras des tissus flottaient ; les marins préposés à l'appareillage couraient partout.

Dans ce bateau de deux cents mètres de tôle rivetée et vingt-deux mètres de large pour presque deux mille tonnes, la France avait empilé plusieurs milliers de soldats, de la tête brûlée de légionnaire partie faire une guerre de plus au petit binoclard qui allait taper tout ça à la machine sur du papier fin double carbone. Avec, entre les deux, nous, les quelques-uns qui venaient de Chalon et étaient formés au ravitaillement essence, et parmi eux il y avait moi, collé au hublot massif de la paroi métallique d'un navire américain, moi qui partais pour une longue traversée me conduisant de l'Algérie jusqu'au Cap Saint-Jacques.

«Font chier ces Amerloques» : cette phrase se déclinait sur toutes les coursives tant l'obsession de la propreté de l'équipage en agaçait plus d'un. À cette contrainte s'ajoutaient les horaires au carré, les consignes de sécurité au millimètre près, rien n'était laissé au hasard. J'avais l'impression d'entrer dans un autre monde, de passer d'une ville en foutoir qui s'injecte du béton dans ses artères à la propreté clinique d'un navire de fer et de peinture neuve; ici tout était à sa place, accroché, suspendu, tout tenait, tout était indiqué, précis, briqué, clinique presque. Une horde de matelots philippins traquaient nos déjections, on se sentait sales, pouilleux qui avaient subi la guerre, ses privations, et qui avaient oublié l'odeur du savon et les bonnes manières. Même leur nourriture était passée à l'eau bouillante ! Légumes, viande, tout se voyait lavé à grandes eaux; si bien que ça arrivait fumant et fade sur nos tables, à nous d'ajouter tout un tas de saveurs fournies par les US et hermétiquement protégées par des tubes de couleurs vives, le seul point commun de ces sauces étant d'être sucrées; certaines avaient un goût de médicament, mais je m'en foutais : je mangeais tout ce qu'on me donnait et rendais mon assiette vide. Ce qui me manquait, en revanche, c'était le pain. J'aurais donné ma solde pour une baguette. À chaque repas, Ivo faisait la gueule en voyant les mixtures de l'Oncle Sam et préférait sortir ses épices; il en mettait partout; j'avais essayé une fois mais après j'avais dû me rincer le gosier à l'eau claire pendant des heures, je préférais encore le bouilli à l'état pur.

À bord, rien d'autre à faire que de regarder le bateau voguer, se les tourner en voyant les Philippins trimer. La seule distraction était l'immense salon où tout le monde se retrouvait pour fumer et discuter; là, certains jouaient avec de grandes cartes toutes bariolées, le tarot, qu'un gars avait ramené, jeu qui passait de table en table. Moi, je regardais les autres, et puis un jour, à force de reluquer par-dessus les épaules, un sergent m'a laissé sa place. Quand j'ai compris que c'était une belote qui fait des manières, ça m'a plu.

43

Pas facile de trouver un truc à dire quand tout est dit, quand plus rien ne sert à rien. C'est pour ça que j'aime bien tenir des mains. Mes fils s'activent au bout de chacun de mes bras; comme j'en ai trois et moi que deux mains, ils alternent en faisant attention à ne pas coincer les tuyaux qui dépassent des draps. À coup sûr, jamais on ne se sera fait autant de caresses et de baisers.

Je les revois dans notre lit, le matin, prendre le premier café avec nous, avec un petit gâteau sec pour faire trempette; même mariés, ils ont continué ce rituel. Le lit d'hôpital ne permet pas ce genre d'effusions familiales, la famille est à l'étroit mais le cœur y est.

Les manteaux de février s'accumulent sur une table à roulettes ou sont posés à même le sol. Les fleurs, les bonnes choses à manger qui, en d'autres temps, m'auraient fait du bien, je les regarde juste. Car maintenant rien ne passe; je n'ai plus d'appétit, le peu que j'avale se retrouve coincé quelque part en moi, tout est déglingué, je suis une outre pleine.

Je ne sais pas qui a eu l'idée, mais ça nous a fait sourire un brin : quelqu'un a envoyé chier le silence en proposant de faire un tarot. Mais comme une évidence, chacun a vite constaté qu'on n'avait pas de jeu sous la main et que, surtout, ce serait ma dernière partie de cartes. Alors on a laissé revenir le silence qui attendait dans le couloir.

44

Au canal de Suez, tout le monde s'était activé. On voulait la voir, cette tranchée en plein désert, cette ligne droite de flotte entre deux océans de sable. Sur le pont, nous étions moins nombreux que prévu, ordre ayant été donné à la Légion de rester à fond de cale : l'état-major craignait des désertions depuis que, lors de transports précédents, des légionnaires allemands, la tête encore bien farcie de délires antisémites, avaient profité de l'occasion pour sauter par-dessus bord et rejoindre les forces arabes coalisées contre le jeune État hébreu. En tout cas c'est ce qu'on racontait. Y avait pas mal de bateaux en attente de franchir le canal. Notre cargo avait fait comme les autres : il s'était immobilisé à Port-Saïd. À peine à l'arrêt, la coque avait été ceinturée de dizaines de barcasses venues vendre leur camelote. Avant que le service d'ordre n'écarte les assaillants souriants à coups de lance à incendie, certains soldats avaient eu le temps de négocier un prix, de balancer l'argent et de faire remonter au bout d'une corde un souvenir impérissable !

Enfin, ç'avait été à nous. Le navire avait fait machine avant et l'engin, au vu de l'étroitesse du canal qui approchait, semblait doubler de volume. L'inactivité à bord nous autorisait au moins ça : passer des heures à regarder cette cicatrice de mer en plein désert, ce long ruban de bitume bleu et salé sur lequel roulait le *General Mann*, et je dis bien roulait car on avait peine à croire qu'il puisse flotter dans cette flaque rectiligne. De chaque côté, des gravures de livre d'école se déployaient. Quelques-uns regardaient le paysage à travers un appareil photo qu'ils tenaient sanglé autour du cou, se penchant au-dessus de leurs boîtiers avec des yeux pour plus tard. Tout ce sable qui se répandait et s'étendait de part et d'autre... Une guerre, par ici, ne fait que des trous dans le sable, met une dune là où il n'y en a pas, elle ne fait pas s'écrouler tout un Moyen-Âge à colombages.

À cause de la tôle du bateau brûlante, j'étais obligé de changer de place toutes les cinq minutes mais heureux de m'en mettre plein les mirettes, curieux de voir, de confronter les images idéalisées des livres d'enfant à la réalité. Je restai sur le pont jusqu'à Ismaïlia, un petit village de pêcheurs transformé en ville moderne pendant le percement du canal. Comme à Port-Saïd, des barcasses avaient tenté d'accoster pour nous vendre des babioles, des fruits, n'importe quoi, mais les pompes à eau les en avaient à nouveau dissuadées sévèrement.

Possibilité de courrier, nous a-t-on avertis à un moment. Tout le monde s'était alors activé pour terminer des missives. Moi, après avoir hésité, je m'étais dit que j'écrirais plus tard, à quoi bon bafouiller avec mes maigres mots ce qui venait de m'imprimer si joliment la rétine ? L'écrire c'était mettre ça au passé alors que je baignais encore dedans et voulais y rester.

Après Ismaïlia, l'océan Indien nous attendait.

Je faisais la sieste, le ventre plein, bien calé dans ma couchette. À peine les pensées en vadrouille du côté où tout devient flou que des gros boums ont fait trembler la carlingue, et nous de sursauter. Du canon ! Le bateau pétaradait. Nous voilà debout, à essayer de rejoindre l'extérieur. Très vite on a appris que c'était un exercice. L'aurait fallu prévenir car ce bruit de guerre en avait surpris plus d'un ; alors que normalement il y avait encore des jours de mer avant la guerre, l'affolement général prouvait que je n'étais pas le seul à ruminer notre destination sans rien moufter, à me coucher le soir avec ces pensées, à me réveiller le matin avec ce goût dans la bouche ; cette guerre, pour laquelle chacun à bord s'était préparé, en apprenant à tirer, à jouer du couteau, à sauter en parachute, à conduire un camion ou un engin blindé, en apprenant à monter et démonter des bacs à essence, à éteindre des incendies, à soigner les blessés, à taper des rapports à la machine, à servir un frichti, cette guerre hantait toutes les têtes et chacun l'avait bien vissée sous le calot; on l'estimait, on en appréciait la distance, chacun y allait de ses prévisions, ceux du Sud qui seraient apparemment mieux lotis que ceux affectés dans le Nord-Vietnam, chacun devait secrètement calculer le nombre de jours de tranquillité qui lui restaient avant la plongée dans le grand tohu-bohu, surtout les novices comme moi – et nous étions une palanquée dans ce cas-là. Alors cet exercice d'alerte en plein océan Indien, histoire de dessaler les fûts, était apparu à tous comme un avertissement, une cruelle piqûre de rappel, du genre : « Vous allez au combat les gars, et les jours filent. »

Effectivement après cette frousse passagère le temps s'était brusquement accéléré. Il y eut d'autres exercices de tir, ce qui m'a fait penser qu'on débarquerait peut-être en plein merdier, que la guerre en Indochine devait être partout, sinon pourquoi les Ricains se seraient-ils entraînés à tirer ? Si ça se trouvait, rien là-bas n'était sûr, ni port, ni rivière. Je m'étais fait la même réflexion lorsqu'on nous avait vaccinés contre tout un tas de choses en expliquant le pays, la jungle, les bestioles qui rampent, qui tombent des arbres comme un fruit mûr et t'envoient rejoindre tes aïeux avec deux minuscules trous dans le cou, les filles infectées pour filer la chtouille, les pièges sur la route, les piques, les trous, les objets piégés, tout un tas de vicieusetés qu'il faudrait avoir en tête une fois débarqués ; je ressortais de ces séances en songeant qu'on n'allait vraiment pas nous envoyer dans le connu, ce connu qui pour moi restait la Grande Guerre, les tranchées, avec deux armées qui se font face – la petite dernière n'avait pas échappé à la règle, que ce soit sur le front russe ou normand, le même schéma s'imposait avec ses finasseries –, mais là on s'aventurait dans la filouterie, la ruse amère et le guet-apens. Et, d'après ceux qui en revenaient, on avait du mal à appréhender la chose en haut lieu ; pour l'instant, les troupes françaises battaient celles du Viêt Minh lorsqu'elles se retrouvaient par hasard – ou par erreur – dans nos stratégies d'écolier, mais quand la guerre faisait sa buissonnière nous on y laissait du bonhomme.

La dernière portion du voyage avait pris un tour plus concentré. On nous avait tous mis la boule à zéro, ça sentait la rentrée des classes. Il y avait d'ailleurs moins de clients au tarot – moi-même j'avais déserté la table. Je préférais rester au calme dans la cabine ou sur le pont à renifler l'horizon.

Et puis l'Indochine est montée à bord. Un bateau, venu de Saigon et chargé d'officiels, avait accosté à notre flanc bâbord. Nous allions enfin apprendre où nous nous rendions, qui descendrait au sud et qui continuerait vers Hanoï.

Pour nous, ce fut le Nord-Vietnam. Là où ça cognait, là où on ne savait plus très bien qui faisait quoi, là où les choses changeaient d'un jour à l'autre suivant les initiatives militaires. Nous allions rejoindre une base et déployer notre savoir-faire dans le grand bordel.

Le bateau avait poursuivi le voyage avec un chargement de gars qui, dorénavant, savaient à quoi s'en tenir. Les discussions s'étaient resserrées, le propos devenait moins évasif, tout le monde se mettait à écrire car enfin on pouvait livrer une information précise aux familles. Moi-même j'y suis allé de « ma chère maman ». Un petit mot pour chacun, le plus gros de la bafouille était consacré à Françoise, la petite de ma sœur Thérèse que j'avais tenue dans mes bras avant de partir, je lui avais même donné le biberon. Une petite fille, pour ma mère, c'était parfait : les garçons, elle savait pas y faire.

45

Ma petite-fille, la première, revient de Guyane avec son ventre rond. Dedans il y a une petiote, j'allais devenir arrière-grand-père. À peine arrivée, elle enlève son manteau et me tend son ventre pour que je l'embrasse, un genou posé sur le lit. Derrière ses carreaux, ses yeux se mouillent.

Ça va continuer à tourner tout ça; c'est marrant, moi qui en coinçais une facilement lorsque je leur disais au revoir chaque fois que je déplaçais mes vieux jours jusqu'à leurs voitures chargées et déjà fumantes, là, rien, pas de larmes. Tout le monde y va sauf moi.

On s'accroche toujours à quelque chose, même engoncé dans un fauteuil articulé, même reclus dans un corps qui prend l'eau de toutes parts. Tant que j'étais chez moi, avec ma femme, j'avais envie de continuer et cette envie-là me faisait encore espérer un matin de plus, une visite, un repas, un apéro supplémentaires. On espère l'été prochain puis l'automne qui suit, et tant qu'on y est un autre Noël et une bise du jour de l'an. Mais une fois qu'on a remplacé le gros sablier de la vie par le petit qui sert à cuire les œufs durs, tous ces rendez-vous, ces fragiles espérances s'évaporent d'un coup.

Je ne suis qu'une tête qui regarde, qu'une main qui attend une autre main, maintenant je sais.

46

J'ai vu du militaire quelques kilomètres avant l'explosion. Avec un peu de chance, y seront toujours là. On ne s'est même pas souhaité bonne chance, avec Morin, trop déboussolés pour y penser. On ne s'entend pas plus que ça, lui et moi, il ne m'a rien fait et je ne lui ai rien fait non plus, mais dès le début ça c'est positionné dans la distance.

La première fois que je l'ai vu, c'était à Chalon, à la 750e. Je me souviens de lui, il avait une façon de tenir son sac que je trouvais étudiée ; il se regardait en militaire, genre le type qui sera toujours bien sur les photos. Pas se sentir, ça se commande pas ces trucs-là ! Lui comme moi, en tout cas, on ne se serait jamais dit : « Tiens si on allait s'en jeter un en ville. » Un autre truc m'avait agacé : avant de partir en Indochine, une photo de groupe s'organise, avec rangée debout et rangée assise, plus un fanion pour faire beau et voilà pour la mise en scène. Eh bien, le seul qui est arrivé à être ni assis ni debout, le buste légèrement en avant, c'est lui !

Là, en ce début de nuit indochinoise, on s'est séparés pour trouver du secours sans se dire un petit mot sympa. On roulait en silence et on va marcher chacun de son côté en silence. On s'est juste promis que le premier qui tombe sur du militaire français ou du supplétif revient chercher l'autre. Une évidence.

47

Le Nord nous attendait. Arrivés au Cap Saint-Jacques, le *Saint Michel*, un cargo civil en mauvais état, était venu à notre rencontre, chargé de récupérer tous les affectés dans le Sud – pour eux, ce serait Saigon, ses environs, et l'obligation de remonter une rivière avec les risques et la trouille que cela comportait. Les copains s'étaient dit au revoir avant de filer, plus ou moins habiles, sur les passerelles installées entre les deux bateaux.

Au vu des effectifs demeurés sur le *General Mann*, on se doutait que nous allions vers les combats ; la Légion était restée à fond de cale, un signe qui ne trompait pas. À bord, on devait écouter les laïus des gradés sur le pourquoi du comment nous étions là, on citait du « roi Jean » à chaque intervention parce que depuis que de Lattre était aux commandes, la machine française se remettait à y croire. Bref, on nous expliquait ce qu'il fallait en penser. Entendre le nom du maréchal m'avait fait réaliser que j'allais côtoyer l'Histoire ; mon grand chef, ce serait lui,

Tassigny, l'homme de la campagne du «Rhin et Danube», le seul Français qui avait commandé de grandes unités américaines. Une statue du Commandeur qui nous foutait le trac. En tout cas, depuis qu'il était en poste il accumulait les victoires : Vinh Yen, Dong Trien, Mao Khê, Minh Binh, la bataille du Day... avec lui le Tonkin se redressait un peu du col. Pas la peine de l'attendre à la descente du bateau, il était parti aux États-Unis demander des rallonges. En définitive, à bien réfléchir, ces causeries chargées de nous faire débarquer le torse en avant nous apprenaient que la situation militaire, malgré les victoires du début d'année, nécessitait toujours plus d'hommes et de matériel – et moi je n'arrivais vraiment pas à trouver ça encourageant.

Nous naviguons maintenant dans le golfe du Tonkin. La baie de Ha Long est en vue. Notre énorme bateau, à cause de son tirant d'eau, nous laissera à bonne distance; à nous d'embarquer dans des LCI, des chaloupes, pour rejoindre la côte, une plage et débarquer à la hussarde. Nous espérions un port et une échelle de coupée, mais ce sont des engins rappelant d'autres souvenirs qui surgissaient, et de grands filets disposés à flanc de navire qu'on devrait descendre. Jamais fait ça avant. Comme les autres, je me suis fait étriller, je m'efforçais de rester digne mais, franchement, cet exercice imprévu n'était pas du tout ma spécialité. Une fois entassés dans les boîtes de sardines, une odeur de vieux vomi passait de narine en narine, et pour parfaire ça puait l'huile, le fuel et la mer. Dès que le compte y était, le moteur crachait sa fumée noire et l'embarcation s'écartait de la falaise d'acier : adieu le *General Mann* ; m'était d'avis qu'il y aurait plus de places à bord, au retour.

On nous avait ordonné de garder le casque ; les premiers impacts de balles avaient évité les pourquoi car à peine entamait-on notre slalom entre les îles que nous étions déjà pris pour cibles par des tirs sporadiques qui nous canardaient de partout ; pas d'armes lourdes, mais des pétoires à répétition ; c'était con car il était beau, le paysage ; j'essayais de regarder, c'était plus fort que moi, jamais vu un truc pareil, une forêt d'îles tordues et ciselées recouvertes de végétation qui s'accrochait comme elle pouvait. C'est fou la nature, n'importe où tu vas il y aura toujours un bout de plante qui trouvera le coin parfait pour elle, qui se contentera d'une fissure, d'une crotte d'oiseau pour étendre ses racines et prospérer. Régulièrement, des tac tac tac sur la tôle blindée de notre caisse à savon me faisaient rentrer la tête dans les épaules et revenir à la réalité. Des marins répliquaient avec de grosses bécanes meurtrières mais au hasard ; et le boucan que ça occasionnait était plus désagréable que les balles en fin de course expédiées en signe de bienvenue par ce qu'on croyait être des Viêt Minh mais qui n'étaient en fait que des partisans isolés.

Finalement, c'est la beauté qui l'avait emporté. Les tirs s'étaient essoufflés, les épaules détendues, la suite de la traversée se déroula gentiment jusqu'à la plage de Do Son.

Là on s'échoue en s'écrasant les uns sur les autres, malgré les consignes de se tenir et d'anticiper le choc ; la porte avant s'ouvre – petite pensée, au passage, pour les mecs qui se faisaient arroser du côté de Colleville-sur-Mer le 6 juin 44. « Notre » plage est en fait un lieu de villégiature ! Nous débarquions au milieu de Français qui se baignaient et profitaient du soleil ; en quelques instants nous étions passés des tirs des Du Kik volant de partout à une baie magnifique où le militaire en permission se prélassait entouré de filles souriantes. Nous étions bel et bien en Indochine, mélange bordélique de civils, de militaires, de paix et de guerre, où tout semblait imbriqué intimement jusqu'à l'absurde. C'était le 2 septembre 1951.

48

Tandis que les camions débâchés démarraient et quittaient la plage, des gamins nous suivaient et tendaient vers nous leurs petits bras quémandeurs et affamés. Certains leur avaient lancé des biscuits et jeté des bouts de chocolat ; il y a cinq ans, ça faisait pareil avec les Canadiens qui arrivaient sur Rouen, les mêmes bras pour le même chocolat. À chaque arrêt, des grappes de gosses sortaient de nulle part et nous cernaient ! Moi je n'avais rien, et même si j'avais eu je ne savais pas si j'aurais osé balancer un truc par-dessus la ridelle pour les voir se disputer une friandise poussiéreuse ; ça en faisait marrer, pas moi.

Arrivée dans une caserne, prise de possession des chambrées, vétustes mais relativement propres. Je ressens encore les sensations de la mer qui bouge, vingt jours qui se sont ancrés dans mon cerveau. Ici on doit remplir des paperasses, se faire tamponner des fiches et toucher le paquetage. Cette fois j'allais me montrer plus regardant sur l'état des groles ; lorsque j'ai reçu mon équipement pour le service militaire, on avait eu droit à une paire de chaussures usagées et à une paire de neuves ; dans celles ayant déjà servi les semelles étaient dures et recroquevillées ; je les ai rapportées au magasin ; le gars m'avait regardé et lancé : « Qu'est-ce que tu veux que ça me foute ? » Total, au bout de quelques jours, je m'étais chopé des verrues plantaires ; hospitalisé. Heureusement cette fois les chaussures paraissaient correctes. Je suis ressorti de là avec un chapeau de brousse, un treillis modèle 47, des chemisettes, un imperméable – d'après ce qu'on m'a dit, il allait servir –, une Sten et un pistolet automatique, privilège des sous-officiers. Le peu de temps passé à l'armurerie durant le service m'a tout de suite fait comprendre que la mitraillette ne datait pas d'hier, le fût du canon avait été changé ; je m'étais demandé s'il n'était pas plus dangereux de la tenir que de se retrouver en face.

Deux jours plus tard, direction Hanoï et la base aérienne de Bach Mai où nous attendait la 730e.

49

Un aller et retour Haiphong-Hanoï pour rien ! L'administratif militaire nous a fait retourner comme on est venu : « Pas au courant, pas de matériel, pas que ça à foutre, merci messieurs. » Demi-tour et retournez d'où vous venez !

Nous sommes à Bach Mai depuis quelque temps, et ce genre d'expéditions, on évite de les multiplier et surtout de les faire pour peau de balle. Donc avec Morin, on est reparti et c'est au retour que ça a fait boum.

Dans un pays où la guerre s'est mouchée dans les persiennes de chaque maison, un pays où la sœur peut tendre un piège au frère, rouler autant de kilomètres est un luxe dont l'armée française n'a pas les moyens… mais, présentement, l'armée française et son manque de moyens dans cette jipe, c'est nous.

C'est con une explosion, ça surprend tellement que le cerveau prend du recul, tu te vois sauter en l'air et retomber. T'as le temps de savourer la pirouette, de distinguer l'endroit où tu vas t'affaler en désordre, tu peux même anticiper la douleur qui va avec.

Une fois nos esprits remis d'équerre y avait pas trente-six solutions : fallait chercher du secours. Droite ou gauche? Les deux. Il y avait un village tout près, ce qui en d'autres circonstances aurait pu être une bonne nouvelle mais, là, on penche plutôt pour s'en éloigner au plus vite puisque à l'aller il m'a semblé apercevoir un poste de contrôle tenu par des Vietnamiens. C'est pour cela que la droite m'est réservée et que l'adjudant, lui, va rejoindre, par la gauche, un poste avancé qu'il soupçonne ne plus être très loin. Reste qu'avec la nuit qui pointe tous ces à-peu-près deviennent des certitudes sur le chemin des emmerdes.

Aucun de nous deux n'a voulu rester près du véhicule pour garder le matériel; normalement on aurait dû, un qui garde et l'autre qui va au secours. Mais demeurer à côté de la Willys alors que la pétarade a fait office d'alarme pour tous les Viêts du coin se révèle aussi réjouissant que de se transformer en chèvre attachée à un piquet lors d'une chasse au tigre. Crapahuter comme deux cons sur la piste pendant une heure en se persuadant que, derrière chaque talus, il y a une tête combattante qui n'attend qu'un ordre pour nous descendre ne transforme pas la marche en promenade digestive mais au moins chacun s'éloigne un peu de l'appeau à problèmes.

A priori, nous sommes dans une partie sûre du patelin, une zone pacifiée qu'on nous a certifiée, mais c'est une notion bien de chez nous ça, comme devaient y croire les officiers allemands qui se prenaient une balle clandestine en plein cœur d'une de nos villes occupées. Je les imagine déjà se répartir le tir : « Tu prends le grand con à gauche, et moi je me fais le petit qui part sur la droite. » Deux pipes en plâtre attendant le plomb gagnant de la foire de Saint-Romain.

Je ne suis pas très grand, ici ça compte pas, je me fonds dans la moyenne. Dans certains coins je peux même passer pour un Viking. En revanche, chez moi, à Rouen, le compte n'y était pas tout à fait, manquait une bonne dizaine de centimètres pour bien faire. Dans la famille, question centimètres, on est plutôt chiches et la guerre, avec sa longue liste de rationnements et de privations, m'a pas arrosé suffisamment, donc Jacquot est plutôt du genre maigriot. Ce qui m'a rassuré, c'est que la première fois où l'armée nous a foutus à poil, lorsqu'elle voulait voir si le service trois pièces de ses appelés était apte au combat, j'ai constaté que j'étais pas le seul à avoir manqué de beurre dans les épinards. Aux trois jours, on ressemblait à une troupe de jeunes coqs aux flancs secs et côtes saillantes. Faut dire que lorsque l'Occupation est venue s'installer chez moi, je suis passé de jeune Français qui ne manquait de rien à J3, comme c'était écrit sur les tickets de rationnement – que j'aurais bien bouffés des fois, sans sel sans rien, juste pour ravaler la honte qu'il y avait derrière ce papier tendu, fraîchement déchiré, et le regard du commerçant qui au lieu de commercer en la bouclant croyait bon de revêtir sa casquette d'inspecteur du service économique, et le vérifiait pour voir si c'était pas un faux comme si sa vie en dépendait. Chaque miséreux qui sortait ses tickets de rationnement devenait suspect ; un pays tout entier perçait des trous à l'Opinel sur ses ceintures mais une tripotée de graisseux trônant derrière leurs comptoirs regardaient la population défiler en faisant résonner ses semelles de bois sur leurs carrelages en pavés de ciment. Un troupeau en os et en carences. Plus que le manque, c'est la morgue, le sourire de satisfaction hideux de ces bien-portants bien achalandés et fournis au marché noir – quand ils ne trafiquaient pas eux-mêmes – qui me faisaient mal. Pour une gentille qui t'adressait un clin d'œil en déclarant fort que tu lui avais bien donné le ticket, combien de repus méprisants à en gerber ? Quand j'aurais mon gosse, plus tard, j'aimerais le regarder manger, puis en reprendre ; et je lui en donnerais et je voudrais qu'il profite, qu'il finisse son assiette avec plaisir quitte à passer un coup de langue gourmande plutôt que de saucer à la hâte les faïences familiales dont les motifs peints à la main venaient au secours du spongieux qu'elles contenaient comme je l'ai fait des centaines et des centaines de fois. Je sais déjà que je l'envierais un peu. Mais je serais heureux qu'on ne lui donne pas du «petit» comme moi j'y ai eu droit. «Petit Jacques, Jacquot», tout le monde y allait du Jacquot bien comme y faut, sage, taiseux et le ventre creux. Et ici aussi le «petit Jacquot» me colle à la peau.

50

Se faire péter sur une mine antipersonnel à quelques dizaines de bornes de la grande ville, sur le retour – à peine deux heures plus tôt, nous avions fait la route dans l'autre sens sans pépins –, juste une poignée de kilomètres avant les nems et la binouze, c'est pas de veine. Je suis passé directement du rutabaga aux nems, à peine eu le temps de mâchouiller un chewing-gum américain.

On revenait sur Hanoï, où on était censé récupérer du matériel pour préparer la logistique essence d'un poste avancé dans le Nord. Comme là-bas ils doivent recevoir du monde et de l'engin mécanisé, il fallait renforcer les positions, alors la France renforçait. Membre de la 730e compagnie essence, mon boulot est de faire le plein à la guerre, de lui nettoyer le pare-brise, de causer un peu avec les gars qui roulent et trinquent en espérant revenir à la cantine avec des infos de première main. Le plus souvent on est pépère à Bach Mai mais de temps en temps on bouge vers la chicore.

Jusqu'à maintenant, on a plus à déplorer des accidents de la route que des embuscades, on n'a pas eu le temps de former les chauffeurs, qui détalent avec une bombe géante dans le dos et conduisent comme des cinglés. La semaine passée, un de nos gusses a écrasé une jeune fille à vélo, depuis le zigue est au mitard. En plus, les routes sont mauvaises. En vérité, le plus emmerdant pour nous c'est Hanoï, à cause du trafic. Une fois dans la campagne, il suffit de faire attention aux nids-de-poule. Reste que la guerre fait tout pour nous surprendre, avec des embuscades, des mines, des pièges un peu partout. Mais si on commence à y penser, on ne part pas, et comme on est obligé de partir, on n'y pense pas. De temps en temps on voit ou on apprend des choses pas belles. On rapplique par exemple sur des postes paumés en pleine cambrousse venimeuse, avec nos réservoirs en caoutchouc, nos pompes à cliquets et nos camions-citernes. On installe, on explique et vite on se tire, mais il arrive qu'on soit bloqué le temps d'une pétarade, piqûres de rappel des Viêt Minh pour tester nos défenses et jauger nos effectifs. En réplique nos troufions sont passés maître dans l'art de faire croire que la France a ce qu'il faut pour résister à l'émancipation. On colporte des exploits terribles, une poignée de légionnaires tenant des positions en repoussant des charges de centaines de Viêts à coups de clairon pour faire croire que le gros de l'effectif n'est pas encore sur zone, passant d'une ligne de fortification à une autre en tirant jusqu'à plus soif dans l'espoir de faire surnombre et tuant systématiquement les assaillants qui réussissent à franchir les défenses avant de se rendre compte, éberlués, que la troupe ennemie se compose seulement de quelques bonshommes courageux et tenaces. La Légion sait bomber le torse, faire la roue, et parfois ça marche.

Faut dire que la France était si pauvre, en ce temps-là, qu'elle ne se montrait pas bégueule dans le recrutement. Quand les légionnaires faisaient leur toilette torse poil, on distinguait bien chez certains le tatouage SS sous les aisselles ; l'armée recycle, pas de pertes. Je me suis souvent demandé si l'un de ces chiens de guerre était passé par Tulle ou Oradour avant de venir compléter ses points retraite chez nous. Dans certains bataillons, les Allemands sont si nombreux que les ordres sont gueulés directement en teuton. Ça ne rend pas fier de côtoyer ces aisselles tatouées, mais pas grand-chose rend fier ici, de toute façon. J'admire quand même le courage des gars sur le terrain : il faut aimer, tous les jours, faire la soustraction entre les ordres qui paraissent logiques sur une carte d'état-major avec les petits drapeaux et la réalité quotidienne de cette guerre imprévisible. Le résultat de la soustraction a un nom : il s'appelle le courage au feu.

Pour l'instant, notre présence tient parce qu'il y a une tripotée de types arrivés de partout qui se battent comme des lions. C'est leur courage et leur abnégation qui transforment l'à-peu-près en sortie honorable. Mais combien de temps vont-ils tenir ? Et nous avec ? Et moi sur cette route pas sûre, avec ma main gonflée et mon bras raide ?

51

Il paraît qu'ils allaient sauter, les paras. Trois bataillons. Loin, sur une plaine au nord-ouest. Trois bataillons. Qui devaient sécuriser une zone avant qu'on y largue la piétaille et le matériel. Depuis novembre, ça remuait dans les compagnies. Quelque chose devait se mettre en place.

En octobre, j'ai prolongé de six mois. Normalement, en mars je dois rembarquer, j'ai dit banco à une période supplémentaire parce que je me sens utile ici. En tout cas, on me l'a fait savoir. Comme je travaille bien, que la compagnie est agréable, que mon corps s'est enfin habitué à la chaleur humide, aux pluies, au froid et aux maladies – j'ai eu droit aux amibes, à la fièvre –, je me suis amariné.

À quoi bon retourner en métropole de toute façon? Là-bas ma fiancée m'a lâché; c'est pas que j'y tenais plus que ça, mais elle m'ouvrait un chemin possible, un petit moellon qui dépasse dans la grande plaine sur lequel on peut bâtir, un commencement puisqu'il faut bien commencer. Repiquer au jeu est pratique ; ici, dans ce foutoir de guerre, tout est facilité ; la guerre est une grande simplificatrice de vie ; dans son merdier intime tout est parfaitement organisé, il y a des rapports, des missions, une comptabilité, des congés, des formations ; même au cœur de la mêlée on peut se retrouver à devoir faire un stage, une visite médicale. La guerre c'est une bureaucratie qui se termine par du feu et de la fumée. À Rouen on n'avait rien de tout ça, fallait se démerder avec la trouille, les ruines et la misère, mais de ce côté-ci on prévoit, t'es suivi. Pour un gars comme moi, c'est parfait. Si on m'ordonnait d'arrêter l'essence pour crapahuter dans la jungle, peut-être que je penserais autrement, mais si c'était à faire je le ferais. En serrant les dents et les fesses, mais je le ferais. Alors j'ai prolongé.

À Rouen, y sauront pas, se diront que la guerre est longue. Ils attendront encore un peu le retour du soldat, ça me fera quelques lettres en plus à écrire. Je me donne six mois.

D'après le capitaine, on devrait y aller sur cette zone ; Castor, c'est le nom de code de l'opération. On doit y installer un dépôt d'essence. On devrait prendre un zinc chargé de bidons et de jerricanes et croiser les doigts pour que ça n'explose pas en route, à charge pour nous, sur le terrain, de construire un remblai sûr à l'écart des tirs ennemis pour entreposer le tout.

Je ne sais pas ce qui se trame vraiment de ce côté-là, mais ça s'agite et on veut y mettre les moyens. Pour l'instant, à la 730e, on ne sait pas qui sera désigné pour y aller.

52

On se regarde s'éloigner… Je m'arrête et je m'accroupis, car mon acolyte vient de s'arrêter et de s'accroupir. J'écoute avec les yeux et scrute avec les oreilles ; rien, la campagne est tranquille. J'ai beau orienter mes esgourdes l'une après l'autre vers le large, rien ne les affole. Il a dû entendre un bruit qui fait s'accroupir, accélère le cœur et donne envie d'en finir tout de suite, un bruit qui fait des tresses avec nos viscères. Il me regarde enfin, avec sur sa mine déconfite l'air sceptique et navré du gars qui n'a pas d'autres infos à donner que « j'ai cru entendre un truc qui m'a foutu les jetons ».

Alors chacun se redresse et c'est reparti jusqu'à la prochaine alerte de nos sens mis à mal par le tambourin de la peur.

On va s'accroupir encore et encore, comme des filles qui veulent pisser, à chaque trémolo de cette campagne en guerre… Sauf que, dans peu de temps, on sera séparés par la distance et l'obscurité.

La guerre c'est quand même un peu con ; ce jour-là, elle se résume à marcher le long d'une piste en short trop grand et sans armes. Mais même si j'avais ma Sten en pogne, vu les circonstances, ce serait à peu près aussi rassurant que d'avoir un parapluie sous le bras lorsqu'on tombe à la baille.

Ici, je m'en suis jamais servi, sauf une fois, pour faire revenir à la raison un de nos gars, un sale con ; un soir de beuverie il s'acharnait sur un petit prisonnier dont on avait la garde. Il le tapait et le menaçait de son arme ; il y avait un attroupement de voyeurs silencieux – comme toujours dans ces cas-là –, ça gueulait aussi ; j'ai pris ma Sten, je me suis campé devant lui et je lui ai dit :

— Si tu le buttes, t'es le suivant.

Il a baissé son arme et deux gars l'ont ceinturé.

Quelques jours plus tard, j'ai vu qu'il manquait des balles dans mon chargeur. En fouillant le prisonnier, je les ai retrouvées, soigneusement enroulées dans un chiffon.

— T'es con, pourquoi tu fais ça ?

— Parce que moi voler balles, après moi voler fusil, et après moi tuer toi…

Ben, mon colon.

Mon bras gauche me lance. Il fait nuit maintenant, mais de jour la situation serait la même. Quitte à se faire allumer par un embusqué, autant profiter d'une dernière lueur avant la grande obscurité. À croire que le petit Jacquot qui servait la messe tous les dimanches commence à douter de la clarté de l'au-delà.

53

L'endroit en question se nomme Diên Biên Phu, traduction littérale de « chef-lieu de l'administration frontalière ». À l'origine, le bled s'appelait Muong Thenh qui, d'après ce qu'on m'a dit, signifie en thaï : « la ville du ciel ». Personnellement je préfère. L'armée française veut bloquer les Viêts, les empêcher d'aller vers le Laos. C'est comme si on voulait bloquer la mer avec un filet de pêche, les Viêts sont partout, passent partout. Même sur la plage de Do Son, ils envoyaient leurs soldats en repos à côté de nous et dans les bordels ça grimpait les mêmes filles.

Depuis que l'on sait on ne parle plus que de ça. Tous les soirs, chacun y va de son avis. Certains affirment que c'est le grand combat qui se prépare, celui qui décidera de l'issue du conflit, d'autres prétendent que c'est un point de départ pour des actions de rayonnement, que Diên Biên Phu serait une base aéroterrestre et non un camp retranché.

Toujours est-il que ces trois mots occupent maintenant nos esprits.

Début décembre, nous sommes convoqués : nous serons une dizaine à partir là-bas. À nous de préparer le matériel, le carburant et de faire tenir le tout dans un Dakota. Au dernier moment, le capitaine m'avertit que je ne serai pas de la partie ; il a besoin de moi ici, il lui faut de l'encadrant sérieux qui connaît le boulot. Merde, ça me disait pourtant d'aller voir de près à quoi peut bien ressembler l'armée française quand elle décide d'y mettre les formes ; je ne suis jamais parti très loin, toujours une clef à la main et des boulons dans l'autre à vérifier que les gars nous serraient tout ça proprement.

Veillée d'armes, première fois que des bonshommes de Bach Mai vont partir aussi loin de la base avec l'infanterie qui a déjà pris position là-bas. Au cœur de la mêlée. Leur avion sera une véritable bombe volante. Comme si on avait flanqué deux ailes et des hélices à un réservoir plein de fuel : le moindre projectile qui transperce la carlingue peut les éparpiller en plein vol.

Le matin du départ, aucune nouvelle du maréchal des logis Trouvé. Un supplétif nous apprend qu'il se tord le bide dans sa couche. Un ordre claque : c'est à moi de m'y coller. « Même pas le temps de récupérer deux ou trois affaires, ce sera un aller et retour » ; « Monte là-dessus tu verras Montmartre ». Pas le temps de dire ouf, me voilà embarqué en urgence.

Sans être prévu ni consigné. Je connais le boulot, ce n'est pas le problème, mais je ne devrais pas en être et là j'en suis. J'essaie de prendre un air dégagé mais, en dedans, ça s'agite drôlement : partir les mains dans les poches vers le summum de l'organisation militaire, je vais me faire engueuler c'est sûr. On en plaisante cinq minutes lorsque l'avion se met en position pour la partance mais très vite la réalité du chargement et sa destination nous rappellent à l'ordre, saisissant chacun dans sa solitude sanglée. Notre zinc est un C119 Packet, l'équipage est américain, des anciens du général Chenault, empennage bipoutre, les types nous prennent pour des billes, ils nous parlent comme si on était du même patelin. On les croirait tout droit sortis d'un film. J'aime pas ça.

54

Je n'ai plus rien à faire dans le service Urologie. J'occupe un lit qui peut servir à quelqu'un qui devra se faire soigner et, qui sait, guérir alors que moi mes soins consisteront à faire en sorte que la mort arrive poliment. On va me diriger en palliatif, dans un bâtiment à côté.

Mes fils sont partis en repérage. Il y a un problème de place, me racontent-ils : douze chambres seulement et du monde en attente. Finalement, on va m'en trouver une ; à croire que je n'en ai pas pour très longtemps ; un ou deux jours et je libérerai l'espace pour un autre agonisant. Au fond du couloir, à gauche, se trouve donc ma dernière demeure.

55

Dans le vacarme de l'avion, chacun est dans sa bulle, j'ai le sentiment d'être chez moi, ici. Une femme, des gosses, des problèmes de Français moyen avec la moiteur en plus, je me verrais bien à la tête d'une petite affaire – j'ignore encore quoi –, un commerce ou un atelier, embaucher deux ou trois gars qui bossent bien et qui, en souriant, me donneraient du « chef ». Et moi qui leur dirais sur tous les tons de m'appeler Jacques, « c'est pas compliqué bon sang de bois ». Une belle femme d'ici, gentille, discrète et travailleuse. Nous serions installés au-dessus de la boutique ou de l'atelier, je la verrais tout le temps, nos mômes courraient partout en riant. Je suis sûr qu'avec une fille du coin je ferais des gosses beaux comme des miracles. Je resterais avec eux, je ferais tout avec eux, j'ai trop vu mon père prendre sa valise et sa voiture pour gagner sa croûte avec un métier d'allers et retours. On ne le voyait pas, on s'éclairait à la bougie pendant la semaine et quand il revenait il apportait l'électricité, il manquait à tout le monde. À ma mère d'abord, toujours inquiète et qui noyait ses craintes de maîtresses et de duperies en se rendant chaque jour à l'église ; un cierge devait brûler en permanence à Saint-Maclou pour lui ramener son homme. À toute la portée aussi, car notre père c'étaient des fenêtres qui s'ouvrent, l'ailleurs qui revenait, un bout d'horizon sur le boulevard, une ligne de chance, la promesse d'un petit quelque chose dans ses affaires pour la marmaille, la certitude de paroles qui pulvériseraient les mots de tous les jours. Grâce à sa présence, on pouvait dessiner l'avenir, le modèle revenait pour prendre la pose.

Durant ses absences, l'immobilité de ma mère faisait son œuvre. S'il n'avait tenu qu'à elle, on aurait pris racine sur le boulevard avec des grilles de fonte en guise de semelles !

Mais là, je vole.

56

S'ils mettent des mines sur cette route, c'est qu'ils sont partout. De fait ils sont partout. Et c'est le problème de cette guerre : on est chez eux. Pour bien faire, il faudrait agir comme eux, disparaître, cogner fort et s'évanouir, guerre d'usure pour rusés. Aussi quand je vois notre matériel qui s'accumule, nos camions, nos blindés, toute cette quincaillerie américaine, j'ai bien peur que ça nous reste sur les bras au moment de repartir.

L'obscurité s'étend. La nuit tombe vite ici. Et toujours à la même heure, hiver comme été; d'ailleurs il n'y a pas d'hiver ni d'été ça règle le problème. Alors je marche courbé quelques minutes avant de réaliser que ça ne sert à rien d'avancer discrètement; d'abord je n'ai pas que ça à foutre vu mon bras qui ressemble de plus en plus aux jambes de madame Pinel, la voisine de droite sur le boulevard; ensuite, avec le bruit de l'explosion sur la route, si les Viêt Minh étaient en planque ils m'auraient déjà cartonné ou fait prisonnier. Donc autant se redresser.

M'inquiète plus la substance mise sur ce bambou. Je sens déjà une douleur sous mon aisselle, j'espère qu'elle va s'arrêter là car après c'est la cage thoracique, le cœur. Si ça se trouve je vais calancher sur cette route indochinoise avec la poitrine écrasée dans un étau. Cet abruti de médecin qui avait autre chose à faire et ne s'est pas douté un seul instant que son mal pouvait venir du cœur en train de lâcher prise. Et nous, nous étions là à le regarder mourir, juste armés de nos serviettes chaudes et de nos verres d'eau ! Et puis, un dernier coup de bélier sur la porte et tout s'était arrêté brusquement : notre père venait de mourir. Le soir il mangeait sa soupe avec nous et quelques heures plus tard on n'avait plus de père, la vie heureuse s'arrêtait là.

Une balle de Viêt Minh tirée vers les dix-huit heures, si elle pouvait m'éviter un tel calvaire, je ne m'en plaindrais pas. J'aurais les honneurs de la compagnie et du pays reconnaissant ; on désignerait deux sous-offs pour représenter la 730e – ça leur ferait une petite pause dans le train-train du pétrole à livrer, et ils en profiteraient pour boire un coup en ville et acheter des souvenirs. Ma mère mettrait une photo de moi sous verre dans le salon à côté de celle du père. Avec un mort pour la France, chacun pourrait brandir mon exemple en argument final dans les conversations de fin de repas où tout se mélange. Sous verre, on n'a que des qualités, de la promesse facile, on déçoit personne.

57

Ce pays est beau. Depuis mon arrivée, je le pense. Mais là, vu du ciel, il met les petits plats dans les grands. À peine débarqué du bateau, je me suis dit ça : malgré ma caboche affolée par toutes ces premières fois, malgré l'organisation militaire, la beauté était là, dès le sable de la plage où j'ai foulé le sol indochinois. Les gosses de ce pays ont la beauté pure et naturelle comme du lait; les adultes perdent un truc en route, les femmes sont belles, en général, mais pour moi ce sont les gamins qui ont raison. Miséreux, tout nus, fragiles et déjà débrouillards, ils incarnent la beauté de ce pays; lorsqu'ils te regardent, ils ne font pas semblant, leurs yeux sont rien que pour toi, deux petits yeux qui comprennent tout sans poser de questions, qui te font sentir combien tu arrives inutilement équipé et bardé de principes du vieux monde en déclin. Combien de fois, je me suis senti couillon face à eux, couillon mais étrangement rassuré, leur dénuement me faisait du bien : j'avais des petits frères d'infortune, désolés, c'est dans leurs regards que je puisais cette eau sombre ; sur ces faces, le colon de base ne voit qu'un rictus figé dans la bienveillance, une gentillesse souriante, soumise et même béate, mais moi j'y décèle surtout une terrible force, une force de nerfs, une force qui reste quand les muscles ont fondu, qui fait que le costaud va tomber et que le petit sec restera debout. Je ne connais pas leurs histoires, mais chaque fois que je les croise je me dis qu'ils ont dû en baver pour en arriver à cet affûtage. En les regardant, ces gamins, je comprends qu'ils sont prêts à tout, que le pire est déjà inscrit dans leurs yeux, qu'il ne sera pas une surprise. Leur sérieux me fait du bien. À l'âge où on a le droit d'avoir la tête dans les nuages, moi j'y ai vu des avions et des bombes incendiaires, depuis j'en ai le sourcil froncé et le regard noir.

On survole des forêts, des rivières qui font ce qu'elles peuvent pour se la couler douce entre les reliefs, des villages, des rizières, de la beauté partout. On cherche en vain des traces de guerre ; aucun champ de bataille, pas de villes en flammes, pas de colonnes de réfugiés, que de la beauté. Et pourtant, dans cette splendeur des hommes se déchirent chaque jour. Depuis l'avion, on survole une guerre invisible, une guerre sous les arbres, à l'ombre, une guerre qui ne s'affiche pas, qui ne parade pas, une guerre travailleuse, besogneuse, à coups de milliers d'hommes et de femmes, à la pelle et la pioche, parce qu'on sait que les Viêt Minh sont partout et que la grande plaine vers laquelle nous nous dirigeons ne tardera pas à être cernée de toutes parts comme une charogne de buffle noire envahie de fourmis.

Dans la carlingue, le matériel, pourtant bien arrimé, est constamment inspecté par l'un d'entre nous ; de quoi calmer les nerfs et dégourdir les jambes. Les besoins en essence ne s'annoncent pas énormes : peu d'engins, quelques chars – des Chaffee M 24 –, livrés en pièces détachées et remontés sur place, des véhicules de liaison, pas un gros dépôt opérationnel. Nous ne sommes que trois Français, le reste de l'équipe est vietnamien. En ce qui me concerne, je dois repartir le lendemain sur Bach Mai. Je supervise ; c'est la première fois que je me retrouve dans un dispositif guerrier. Ce qui va se jouer là-bas sera déterminant.

58

— Nam Youn, me dit un collègue vietnamien en désignant une rivière qui serpente en dessous du C119. Jamais pris avion avant, joli, joli.

Oui c'est joli en effet. Mais l'appareil perd soudainement de l'altitude comme s'il voulait mettre un terme à la discussion. Il s'agit de descendre au plus vite après les collines cernant la vallée verdoyante pour se mettre en position d'atterrir. L'équipage crache des recommandations que nous ne comprenons pas, mais les premières secousses ressenties assurent la traduction simultanée. On nous a avertis qu'il y a déjà eu des tirs sur les avions de liaison, moi-même j'ai vu quelques trous sur la carlingue avant d'y grimper qui n'ont pas été percés au lance-pierres.

Le panorama est incroyable. Le site est immense. On me parlait d'une cuvette mais j'ai sous les yeux une plaine, des kilomètres de plaine étirés du nord au sud, une grande ellipse traversée par une rivière. J'aperçois les travaux de terrassement, des barbelés, des hectares de barbelés, des trous dans le sol, des couloirs de liaison. Dans une poignée de secondes, nous serons au ras du sol, entourés de ces hautes collines qu'il faut appeler «points d'appui» et auxquels le général de Castries a donné des noms de femmes – Éliane, Béatrice, Gabrielle, Claudine, Anne-Marie, Isabelle, Huguette et Dominique –, espérant sans doute créer un lien sentimental, que ses troupes défendent les positions comme leurs épouses, mères et filles laissées au pays.

Une fois sur le plancher des buffles, ça ne traîne pas. L'emplacement où l'on doit entasser notre matériel est déjà balisé, en bout de piste. À nous de peaufiner le travail. La météo est bonne – pas de flotte –, idéale pour camper. Pas le temps de profiter du site, ça s'active de toutes parts, les atterrissages se succèdent, déversant hommes et matériels. J'aurais pu rester là des heures à regarder cette organisation militaire; les collines à la ronde nous surplombent, toutes occupées et fortifiées. Malgré l'appréhension des jours, des semaines, des mois à venir, j'aurais aimé rester là, filer un coup de main, creuser, remplir des sacs, étaler des barbelés, planter des pieux, me rendre utile, le site est si vaste et il y a tant de choses à y faire. J'ai pensé à Hector et ses frangins : ils t'auraient coulé du béton en veux-tu en voilà! Mais il n'y a pas de toupies en action; visiblement, le béton n'est pas de mise. Pourtant, ici, j'en aurais mis partout.

Le lendemain, je dois repartir. Cette fois c'est un Dakota qui est censé nous ramener à Bach Mai, nous sommes quatre à retourner à la compagnie.

Je quitte la cuvette à regret. Car c'était beau là-bas, beau comme la guerre peut être belle, comme le frisson, l'excitation de l'inconnu est beau, beau comme les prémices d'un grand quelque chose. Tout ce matériel, ces avions qui s'ouvrent par l'arrière pour déverser une force en devenir, c'est la première fois que je voyais ça ; tous ces hommes aux visages affûtés comme des lames, aux épaules cousues de devises définitives, ces légionnaires qui ont sauté partout, qui y vont à la pogne quand il n'y a plus que ça à faire, je me sentais auprès de ces gars-là, j'avais une tendresse pour eux et j'aurais aimé les aider, moi le petit Jacquot de Rouen !

Sur cette plaine armée flottait un parfum de point final au bout d'une longue phrase cafouilleuse, et ça me plaisait d'en être. Quelle que soit l'issue, se dire que ça se terminera là, regarder la cuvette, les collines, et se répéter cette perspective de fin du monde chaque soir, parce qu'il suffit de recouper les infos sur l'ennemi distillées çà et là, humer chaque matin comme s'il était l'un des derniers. Cette guerre, vous me l'avez collée dans les bras depuis que j'ai douze ans, eh bien, moi, je me la termine ici, dans la victoire ou la défaite, je m'en fous, mais ici, à Diên Biên Phu. À neuf mille kilomètres de Rouen, j'organise mon bouquet final. Je me vois déjà rédiger une ultime lettre à ma mère pour lui écrire que « c'est pour demain », que la grande bataille arrive, qu'il ne faut pas qu'elle pleure et tout et tout, que je ne suis pas coincé ici, à Diên Biên Phu, mais libre au milieu des costauds, entouré de bravoure et de dévouement, que ma faible poitrine pourra se remplir d'un air d'acier, qu'ici je me suis fait des bras, des petits bras secs et nerveux, qu'ici mon regard est vif et que je parle droit, que bientôt elle sera fière de moi et que sinon ce n'est pas grave.

Au cas où cela tournerait mal, je me vois bien courir pour remplacer des gars, évacuer des blessés, enfourner des obus de 105 dans des fûts chauffés au rouge, tirer, tirer, tirer, en hurlant, en chantant ma trouille, ivre de guerre, rassasié d'une puissance vaine, ponctuer le moindre de mes gestes d'un «foutu pour foutu», nous regarder nous faire submerger par une marée humaine et ne pas lever les bras, mais arrêter le combat par manque de munitions et parce que l'ennemi est tellement là.

Je suis monté dans le Dakota à reculons.

Au retour, nous avons dû répondre à une forêt de questions. Un simple petit aller et retour sur ces terres du Nord-Ouest vous auréolait d'une puissance inconnue; tout le monde veut savoir, mais ma plaine je tiens à la garder pour moi. J'ai fait le pragmatique :

— Rien à dire, j'ai fait la même chose qu'ici mais là-bas.

Mais tout est dans ce «là-bas».

59

Ça fait bien une heure que je marche avec mon bras gonflé à l'hélium. Il fait nuit maintenant, y a pas âme qui vive dans le coin. C'est à croire que cette guerre est allée s'installer ailleurs. Heureusement que le bord de la route est légèrement plus lumineux que la nuit autour, car j'arrive à suivre un fil de clarté. Mais je commence à avoir la frousse. À cause du bras et parce que je ne vois rien ; si on a sauté sur une mine c'est qu'il y en a d'autres ou ce serait vraiment pas de veine que d'avoir roulé sur la seule de la contrée !

Chaque pas est une sorte de roulette russe, j'essaie de ne pas y penser mais c'est plus fort que moi ; ça me fait même ralentir. Quand je peux distinguer le sol j'évite de poser mes semelles sur de la terre fraîchement remuée ; et quand j'en ai marre de faire le précautionneux, je me mets à arpenter la route comme un facteur à pied avant que la trouille me ressaisisse et que je recommence ma déambulation sur des œufs.

60

Les semaines passaient ; la présence française à Diên Biên Phu se renforçait puissamment. Des gars étaient repartis, sans moi. Il semblait évident que la fin de la guerre approchait, que des négociations se préparaient où chaque camp voudrait s'installer à la grande table des pourparlers avec les reliques de l'armée ennemie posées devant lui. Et moi, je m'emmerdais à cent sous de l'heure ! Car c'était désormais certain : j'y retournerais pas. Celui qui y allait était un brave gars, courageux et pas bégueule. Il ferait du bon boulot dans la cuvette. Reste que ce n'était pas moi.

Les nouvelles de la plaine n'étaient pas très bonnes. Diên Biên Phu allait se replier sur elle-même, se recroqueviller en forteresse espérée imprenable. À mon avis, ils allaient regretter de ne pas avoir bétonné leurs abris ! Dans quelques semaines je devais donner ma réponse : j'hésitais. Six mois de plus ? Six mois de bacs à boulonner, d'essence à transvaser, d'intendance, ou revenir au bercail, retrouver les siens et tenter de les faire miens ? Je crois qu'ici c'est plié. De deux choses l'une : soit on touche le gros lot à Diên Biên Phu et on prend le dessus sur l'oncle Hô, soit on se paie une raclée et ç'en sera fini de l'Indochine française. D'après les bouteillons, c'est une question de semaines. Les avions commencent à se faire allumer. Je ne sais même pas si je dois rester dans l'armée, pour bien faire il faudrait que je retourne à l'école, que je passe des concours, mais question études j'avais déjà le pied au plancher.

Puis Ivo est parti. Et sans lui, ce n'était plus pareil. Il me manquait ce con-là ! Fin décembre, il m'a dit qu'il pliait les gaules, qu'il était dans l'active depuis presque dix ans et voulait retrouver son Allemande, faire des gosses au soleil – « si elle veut bien me laisser le passage car, depuis la Libération, ses jambes sont fermées », il m'a dit ça comme ça. « Il faut que je la protège et ici je ne fais rien de bon pour elle. »

Moi j'aimerais trouver une gentille, une simple, belle comme une promesse sincère, se retrouver, flirter, lui prendre la main en début de séance et nous marier à la fin du film. Je vais avoir vingt-six ans et il serait temps qu'une douceur m'arrive ; je n'ai à lui donner que mon courage, je suis parti sans rien dans le ventre et reviens avec une fièvre ; je n'ai pas de médaille, n'en ai jamais cherché, ce qu'on demandait de faire je l'ai fait – et pas forcément sous les yeux qu'il fallait. À l'armée ça compte, il faut être vu, si t'es pas vu tu passes au travers, et ça c'est bon du troufion de base jusqu'aux étoilés qui prenaient la pose dans *Paris Match* ou dans le *Combattant d'Indochine;* l'armée c'est comme partout, il faut savoir y faire, jouer des coudes et tout le bastringue. Et moi je ne savais pas, je crois aux actes ; s'il y a un numéro à faire je le laisse aux comiques ; je n'aime pas le théâtre.

J'aimerais que ma chérie comprenne ça, qu'elle ait besoin d'un homme et pas d'un mariole, que l'on puisse avancer ensemble sans se regarder du coin de l'œil. Si je la trouvais en rentrant, je lui dirais : «Je t'emmènerai pas très haut, mais je serai brave, on fera ce qu'on pourra ; je prendrai le travail qui se présentera, je te ramènerai ma paie chaque semaine et tu verras qu'il ne manquera rien ; en comptant les billets tu pourras compter mes heures et ça tombera juste.» Il y aura de la guerre en elle, forcément, mais sa guerre à elle me fera oublier la mienne ; je prendrai ses bombes, ses Allemands, ses morts et je les rangerai avec les miens – il me reste de la place. J'aimerais qu'elle puisse compter sur moi. Si j'ai une exigence, juste une, ce serait de mourir avant elle ; je ne me vois pas tourner en rond sur mes vieux jours. Et puis, je ne saurais pas y faire avec les papiers, les trucs à remplir et les choses à penser ; moi je suis un outil.

61

Je manque de crier en me prenant les pieds dans un truc posé à même le sol. Une sorte de masse sombre. Un sac. La frousse me tord les tripes lorsque le sac se met à remuer en parlant vietnamien. Mon cœur est en suspens, l'épicentre de ma stupeur se trouve là, précisément là, je sais désormais que quoi qu'il arrive dans ma vie, je n'aurai jamais autant le trouillomètre à zéro qu'à cet instant précis.

L'inconnu se relève. J'attends la mort. Il va sortir un couteau, une baïonnette, un coupe-choux, c'est sûr, et moi, paralysé, cloué, je le regarde faire. Mes yeux se remettent à fonctionner normalement et je distingue sur lui un uniforme. C'est un gars de chez nous !

Un supplétif. Il enchaîne plein de mots très vite, je ne comprends rien, je lui montre mon bras, je mime le volant d'une voiture, je fais boum et j'indique une direction : « Là-bas, là-bas, boum. » Il pige, veut me soutenir mais ça va. Nous voilà deux maintenant. Et au moins, lui, il sait où aller.

62

Tout est calme au service des soins palliatifs. Pas de brancards affolés, pas de chariots qui couinent, ici le temps est suspendu. C'est l'œil du cyclone, la petite pause avant la grande morsure.

Je fais ce que je peux pour garder les yeux ouverts. Il paraît qu'ici on s'y connaît pour éviter la souffrance, la morphine coule à flots dans les tuyaux. Je suppose que les doses augmentent régulièrement. Mon ventre est tendu comme une outre pleine. Ma seule crainte, exploser.

63

Il y a un poste pas loin. Où ils sont à peine trois pour garder un bout de Tonkin nocturne. Ils sortent deux ou trois bricoles de leurs sacoches pour me soigner ; visiblement ils connaissent le processus. Comme les gusses n'ont pas de radio, faut attendre, espérer que quelqu'un vienne me chercher une fois l'alerte de ma disparition donnée.

L'un des gars me tapote le genou ; toi guérir, rien du tout ; tant mieux. Des phares surgissent au loin. Ils agitent une lampe. Le véhicule ralentit.

C'est Morin.

— Ça va Jacquot ?

— Oui ça va.

— Tu t'es fait des copains à ce que je vois !

Il m'énerve.

64

Ils avaient insisté un peu… mais ma décision était prise. Ils pensaient justement à me faire passer chef; je m'en doutais qu'on parlerait d'amour au moment de la rupture. On avait bu un coup pour fêter le départ, sans mettre les petits plats dans les grands puisque nous n'étions plus très nombreux, des «hommes à Duverny». Les festivités de 51 n'avaient plus cours, les repas à rallonge avec menu écrit à la main, œufs mimosa et crabe chaud, les cigares et les chansons, tout ça avait été remisé; ça sentait le roussi aussi en cuisine, on parait au plus pressé. Comme tout le monde avait la tête du côté de Diên Biên Phu, faire les gugusses à la popote pendant que les autres attendaient le grand soir, personnellement je n'aurais pas pu. Et puis y avait un bout de moi avec eux, là-bas, un curieux bout mais un bout quand même.

Le 13 mars 54, la grande bataille commença. Giap ouvrit le bal en cherchant à s'emparer du point d'appui Béatrice… et il l'emporta. On découvrit alors qu'il avait quand même trouvé le moyen de faire grimper, jusque sur ses hauteurs forestières, l'artillerie, à coups de milliers de pieds nus sur des semelles en pneu – un gars m'avait montré une de ces chaussures improvisées. Ça m'avait marqué : un ennemi qui pense à ce genre de petites choses pensera à tout tout le temps ; fallait pas s'étonner, après, qu'il ramasse ses morts et les armes qui traînent, qu'il achève ses blessés intransportables ; un ennemi comme ça nous surprendra sans cesse, on le croit à droite, il trouvera le moyen de nous arriver sur la gauche ; il avalera les kilomètres, fera des routes là où il n'y en a pas, creusera, piochera ; ce n'est pas un ennemi c'est une force. Non seulement il a des canons, mais il paraît que c'est du gros calibre ; la Légion étrangère, postée sur Béatrice et Gabrielle, en a pris plein la gueule.

Les soldats Viêt Minh étaient partout maintenant. Et pas que les soldats, il y avait des actions de sabotage au cœur même de notre zone de sécurité, jusque dans Hanoï. Le trajet en train jusqu'à Haiphong est devenu compliqué. On s'est même fait tirer dessus ; devraient pourtant être contents : un convoi de troufions vers Haiphong, c'était du départ, pas de l'arrivage de troupes fraîches. Logiquement, ils auraient même dû nous faciliter le transit.

Le 17, veille de l'embarquement, j'apprends que la piste d'aviation de Diên Biên Phu est devenue inutilisable. Je pense à nos gars sur place, bloqués maintenant. Je regrette mon départ. J'aimerais annuler. Je suis partagé : je pars au moment le plus crucial, je pars en laissant des copains coincés dans la cuvette. Mais je ferais quoi en restant? À part charger et décharger du fioul? Me voilà en deux, deux extrêmes en plus : l'instinct de survie et l'instinct de mort. Être là-bas m'irait bien, c'est tellement plus fort que moi. La cuvette c'est une destinée, un machin immense qui pense pour toi. Prendre le bateau, c'est penser à moi, à ma vie, ma petite vie qui m'attend.

Dans les baraquements où nous cantonnons avant d'embarquer s'entassent des blessés, par centaines; la priorité, on cherche de la place : ils débordent de partout, il y en a dehors quand le dedans est plein, alors on installe des tentes, des soins sont donnés dans une cohue d'hommes et de matériels inimaginable, le sol est jonché de pansements rouges et jaunâtres, des gars sont escortés en se tenant par l'épaule, un bandage sur les yeux, des bonshommes sur des brancards, tas de types avec des bouts en moins.

Le 18, embarquement. Personne ne sait où se rendre, chacun se débrouille avec le peu d'informations glanées à droite et à gauche. Sur le quai encombré de misères d'hommes en souffrances, je remarque un petit jeune qui me regarde. J'ai mon baluchon sur l'épaule et, comme beaucoup d'autres, je ne sais pas où aller. Je me sens merdeux, ni soldat ni infirmier, alors qu'ici il faudrait que je sois l'un ou l'autre mais pas cette carcasse habillée en militaire qui se pose des questions. Le garçon me fait de la peine avec son air de gamin perdu sans sa mère ; il fume une cigarette trop grosse pour lui, il ne lui manque rien – il a ses bras, ses jambes, pas de bandeau sur la tête –, pourtant il est allongé sur une civière en attente sur deux fûts ; il me demande si je rentre ; je m'approche, je lui dis que « oui » et je crois bon de préciser que j'ignore si j'ai raison de le faire : il me propose une sèche et, va savoir pourquoi, celle-ci je la prends. J'essaie de ne pas tousser en l'allumant ; on se regarde drôlement, un truc va se dire mais c'est comme si personne sait quoi et qui le dira. Finalement, c'est lui qui commence :

— Bien sûr que t'as raison, qu'y m'a dit en recrachant sa fumée. Tu ferais quoi, ici, à part regarder les autres se battre ?

Il doit avoir remarqué mon insigne avec les deux torches qui se croisent. Il me demande ce que je compte faire en rentrant.

— Pas grand-chose de rare que je lui réponds.

Il veut savoir mon petit nom ; je le lui dis et il se le répète tandis que je me fais bousculer par des va-et-vient d'éclopés – je me retrouve dans le passage, j'arrête pas de pousser mon baluchon avec mes guiboles pour le ranger du mieux possible.

— Je vais te dire ce que tu vas faire, Jacques. Tu vas prendre ce putain de rafiot qui nous attend et tu vas retourner chez toi. Et là-bas, tu feras un truc pour moi. T'habites où ?

— À Rouen, chez ma mère.

— Eh bien, tu vas retourner chez ta mère, travailler, et tu vas rencontrer une petite qui t'ira bien et tu lui feras des gosses. T'en auras un ou deux pour toi, et pis un pour moi. Un gars, une fille, peu importe, mais un gosse. Si c'est un gars, tu l'appelleras Benjamin et si c'est une poulette, Nathalie. Regarde-moi, Jacques : tel que tu me vois j'ai pris une balle. Une seule. Pile là où y faut pas si tu veux te faire une descendance. Ils vont me bricoler un truc mais je ne serai plus jamais au garde-à-vous. Même si Sophia Loren me faisait la danse des sept voiles, je resterais en guimauve en la regardant avec mes yeux de merlan frit; même pisser est devenu un enfer alors que c'est pratiquement ce que je préférais faire dans la vie : j'étais devenu un expert dans l'art d'attendre juste ce qu'il faut pour que ça me fasse le plus grand bien; pisser le long d'une clôture en lâchant une perle, terminé. Je rentre, mais je rentre pour rien. Je me serais bien vu sur une de ces collines avec un flingue pour défourailler à tout-va, mais voilà, moi aussi je retourne au bercail. Au mieux, j'aurai des neveux et nièces, je serai le tonton bizarre qui vit tout seul et qui picole le soir.

« T'oublies pas, qu'y me dit, juste au moment où deux brancardiers l'emportent pour monter à bord du *Pasteur*.

Ma tête lui répond que non. Je hausse la voix pour lui demander son nom.

— Belair, qu'il gueule, Roger Belair, 8e BPC.

Dans son sillage, une empreinte d'alcool et d'urine. J'avais trois urgences : pisser, boire un verre de n'importe quoi d'un peu fort et savoir où aller.

65

Après une errance interminable dans le dédale de préparatifs qui ressemblaient à une fuite mal orchestrée et bordélique, je suis parvenu enfin à trouver le bon endroit pour attendre lorsqu'on n'est ni marin ni blessé. À bord, la priorité serait donnée aux éclopés, tout ce qu'il y avait de cabines et de salons se verrait transformé en salles de soins improvisées. Comme le grommela un type du Génie, ce n'était plus un «paquebot mais le radeau de la Méduse»; il avait poussé sa blague en cherchant mon rire, mais je n'avais qu'un plissement de commissure à lui donner. Belair tournait dans ma tête.

Je laissais la guerre derrière moi, finalement je me retrouvais avec une poignée de sous-offs, comme moi, entassés à dix dans une cabine. Allait falloir s'organiser pour la douche du matin. Accoudé au bastingage, je regardais cette grande lame invisible qui tranchait la masse humaine, une partie restant à quai une autre se retrouvant à bord. Il me paraissait incroyable que, dans cette cohue bruyante, un navire parvienne à larguer les amarres, que des ordres finissent par aboutir dans la bonne oreille, que personne ne se retrouve à la baille, poussé par les spasmes d'un quai saturé d'humains. Nous étions plusieurs à nous demander si ce départ n'était pas annonciateur de beaucoup d'autres, chacun à bord laissant une connaissance, un ami, un proche dans ce pays et cette cuvette. À l'exception de deux ou trois mordus de l'optimisme, la tendance était à l'inquiétude quant au sort qui leur serait réservé.

Haiphong s'éloignait. Pendant une vingtaine de jours, je n'allais plus être qu'un entre-deux flottant. À bord, la vie valide s'organisait avec la vie meurtrie ; on avait besoin de bras et de bonnes âmes pour tenir des mains, éponger des fronts perlants, vider des corbeilles de linges souillés. Comme on étouffait dans ce rafiot, des lits avaient été aménagés sur le pont couvert, longue plainte de soldats en partance entassés sur une coque filant maintenant à pleine impuissance vers le large.

Pour parfaire le bureau des pleurs, l'océan nous réserva quelques surprises. On s'est fait drosser par d'énormes « creux » – comme disaient les gens de mer. Certains matelots, dès qu'ils nous voyaient, tiraient une tronche pas possible. Avec eux, on n'avait pas la cote. Depuis le départ, deux, trois prises de bec s'étaient terminées au bourre-pif, alors, désormais, ils faisaient leur boulot, évitant les parlotes qui poussent aux bagarres. Finalement le temps de merde avait du bon, grosse voix qui venait calmer tout le monde. Le bateau était sûr mais je me demandais comment il faisait pour ne pas se tordre malgré les paquets d'eau qu'il recevait, les coups de boutoir qui s'enchaînaient, se passaient le relais, malgré les cascades de flotte qui contredisaient les lois de la pesanteur, cataractes inversées venues nettoyer les carreaux des ponts supérieurs. Quelle prétention humaine que de filer plein ouest là-dedans, juste avec une coque en ferraille. Le *Pasteur* tenait mais au fond c'était l'océan qui décidait : si on parvenait à atteindre Marseille, c'était qu'il le voudrait bien.

À cause du gros temps, les lits installés à l'extérieur ont été rapatriés. Et, comme chaque jour depuis qu'on était parti, instinctivement je regardais à droite et à gauche si le soldat Belair se trouvait dans les parages. Pour l'heure, aucune nouvelle, c'était pas que j'avais quelque chose à lui dire mais j'aurais bien refumé une tige avec lui, histoire de.

Un matin, un gars des transmissions est venu me chercher. Le chien du bord, le second, me demandait ; je devais me rendre dans sa carrée tout de suite. Effectivement, un marin m'attendait dans le couloir. J'étais à peine sorti qu'il filait devant moi sans dire un mot. On a pris un escalier, une échelle, un couloir et, une fois arrivés devant une porte, il a frappé et m'a fait entrer. L'officier me demanda sèchement de confirmer mon identité, approuva puis me tendit un papier plié en quatre avec mon prénom, mon grade et ma provenance sur lequel était écrit : « Oublie pas, Benjamin ou Nathalie. » Voyant ma mine surprise, il voulut savoir si ce mot me disait quelque chose. J'acquiesçai en interrogeant le second :

— Il est où, Belair ?

— Il s'est jeté par-dessus bord ce matin. Il a laissé ça à l'infirmier qui faisait son pansement. Des marins l'ont vu partir les jambes écartées vers la poupe et n'ont pas eu le temps de le retenir. Il a enjambé la rambarde.

Anticipant ma question, il précisa froidement qu'à cet endroit le bouillonnement des hélices aspirait tout.

— Vous le connaissiez ?

— Non.

— D'accord. C'est tout, vous pouvez rejoindre vos quartiers.

La nuit suivante, j'ai fait un cauchemar. Je chialais en me réveillant. Un gars, qui sortait à poil de la douche, me demanda si tout allait bien. Et murmura :

— Pleure mon gars, y a pas de honte.

66

Début avril, le même type des transmissions qui s'était fait copain-copain avec le radio du bord – ils échangeaient leurs savoir-faire, ils parlaient boutique – rapporta des infos sur la situation à Diên Biên Phu. Nos gars s'étaient battus plus de quatre-vingt-dix heures au point d'appui Éliane 2. Nous sommes quelques-uns acharnés à essayer de savoir; à part aider les malades, il n'y avait rien d'autre à faire. L'heure n'était pas à la rigolade, la présence des blessés et ce sentiment étrange de laisser une part de nous là-bas rendaient la traversée pesante. Chacun avait eu son projet. Un commerce, un garage, une petite affaire, on avait tous plus ou moins rêvé à une installation. Tu craches un noyau par terre l'année d'après t'as un arbre; elle fascinait cette végétation. L'Indochine, une immense serre, des milliers d'hectares de plantations à ciel ouvert, y avait moyen d'y vivre bien.

Je m'en voulais régulièrement de ne pas avoir l'esprit aventureux, de ne pas être capable de dire :

« Merde, je pense à ma tronche et on verra bien » ; un truc en moi n'arrivait pas à décoller. Je ne manquais pas de courage, mais je passais mon temps à admirer les autres, ceux qui avaient mille choses en route dans leurs caboches volontaires. Même s'ils n'en feraient rien de solide, je jalousais leurs projets de vie. Même continuer dans l'armée, possibilité encore ouverte, la seule facile à suivre, je n'arrivais pas à la décider. Prolonger dans le ravitaillement essence ne parvenait pas à m'arracher le début d'une envie.

Nous avons fait escale dans le golfe d'Aden. Bientôt la mer Rouge, le canal de Suez. À bord, les blessés ont reçu des fruits, des cigarettes donnés par des œuvres de charité. Et pis la Méditerranée, enfin. Et j'arrivais à Marseille en me demandant si la gendarmerie ne constituait pas une porte de sortie ; on m'en avait touché deux mots à bord ; ça valait le coup d'y penser.

Le spectacle du gros bateau plein de guerre avait fait migrer toute la population sur le port. On allait débarquer dans cette foule agitée ; à bord une cargaison de blessés et de nostalgie allait se retrouver engloutie sous les vociférations. C'était brutal. La police et les gendarmes tentèrent de mettre un peu de discipline dans ce foutoir portuaire. Des rangées de camions nous attendaient ridelles baissées, on évacua d'abord les estropiés, procession de brancards et de béquilles, de soutenus sous les aisselles et de conduits par la main ; on entendait des cris, des groupes d'excités gueulaient, injuriaient les blessés. À bord la tension montait, des gars répondaient aux injures et ne demandaient qu'à descendre pour en venir aux mains avec ces trous-du-cul politisés incapables d'avoir la moindre compassion. Chacun se complaisait dans son rôle, moi je tentais d'assumer le mien : celui de ne pas en avoir un de bien précis; c'est pas que je comprenais ceux qui gueulaient contre nous mais je n'arrivais pas à m'en indigner plus que ça. En revanche, quand il a commencé à pleuvoir des projectiles, ça m'a foutu en pétard; les injures, les invectives, pourquoi pas si ça les soulageait; s'ils avaient le sentiment d'être du bon côté de la pensée, tant mieux pour eux, mais balancer des boulons et cracher sur des pauvres types abîmés dans leur chair, ça se fait pas. Les gendarmes ont repoussé les excités qui, courageusement, ont détalé comme des lapins.

Je pouvais joindre ma sœur Élise chez le grainetier Picard. La famille serait au courant de mon retour, saurait que j'étais sain et sauf, que j'avais débarqué sur le sol français avec un congé de trois mois à la clef; quand je lui ai annoncé mon arrivée, je lui ai fait part de l'itinéraire du retour, elle a voulu tout savoir. Les horaires des trains, les gares, tout. Elle était contente et sa joie me faisait plaisir. Finalement, ce coup de fil m'avait fait du bien. Entendre sa petite voix affolée et joyeuse.

L'armée me délivra un congé de fin de campagne de 114 jours, qui courait du 20 avril au 11 août.

114 jours chez ma mère, 114 jours de prières... Passé les embrassades, il y aura les «ben, alors, raconte». Comment raconter ce que je n'avais pas vu, leur décrire que «ma» guerre était technique, leur expliquer qu'elle sentait l'entrepôt et le cambouis, qu'elle était faite de bidons et de nourrices, de pots de départ et de cérémonies d'impétrants? Comment leur avouer que, parfois, j'avais envié la Légion qui sautait, l'infanterie qui se terrait, les gars des postes avancés paumés en pleine désolation luxuriante? Comment leur révéler que j'aurais aimé qu'il m'arrive quelque chose, et un peu plus qu'une petite mine qui nous avait pété sous les durites? Comment leur faire entendre et comprendre le désir d'une fuite en avant, d'un point de non-retour au bout de mon arme? «Je suis content de vous voir, croyez-le bien, mais c'te vie que vous me préparez en broderies et petits meubles pour s'installer, en déjeuners du dimanche et messes pour notre père, en "faudra que tu nous la présentes un jour", et "pensez à nous faire un petit"», c'était pas du pensable! Comment leur apprendre qu'au rayon layette un gosse j'en avais déjà un à faire pour un autre qui s'était foutu à la baille, que bon Dieu, il avait trouvé la solution le Belair?

Je ne reviens pas méchant, ni estropié, ni taiseux, je reviens point à la ligne. Après une guerre pour rien qui allait se terminer dans le sacrificiel. Il paraît que, là-bas, la piste d'aviation avait été coupée, les Huguettes s'en prenaient plein la tronche!

L'étau se resserre et moi j'arrive sur Paris. Obligation de changer de gare, celle de Lyon pour Saint-Lazare. Dans le métro, les Parisiens me regardent, souvent l'œil mauvais, suspicieux. Le soldat de la sale guerre coloniale, le volontaire pour la saignée, celui qu'en avait pas eu assez des bombes et de la mitraille pendant la grande et qu'était allé s'en faire une petite sous les palmiers. De temps en temps, un vieux me saluait avec un brin de raideur militaire dans le geste ; ça se voulait gentil, mais je ne voulais pas plus de regards de travers que de condescendance en garde-à-vous de kermesse ; je ne voulais pas des autres, pas de vous, je voulais être invisible. Laissez-moi rentrer sur mon boulevard, retrouver mon ami Pierre et me consacrer à une tâche, n'importe laquelle, un truc qui me ferait revenir le soir plein de douleur et une paie en cloques dans les paumes, un boulot-bataille que je mènerais seul armé d'une truelle – si Hector voulait bien de moi, ça m'irait le ciment, je coulerais des dalles, je monterais des murs en parpaings, je siffloterais en gâchant pour rester seul. Chaque chantier serait un point d'appui à protéger, une Isabelle ou une Claudine, une Huguette ou une Éliane, de quoi poursuivre ma guerre secrète dans la paix rafistolée. Passe ton chemin, passant bigleux, j'aime pas ton regard. Garde tes mesquines pensées de Français de l'ombre pour toi.

En haut du quai, un petit couple m'observait. Ils se tenaient par la main. Lui avait l'air sympathique.

Elle était mignonne, plutôt avenante, souriante même. Nom de Dieu, c'était Élise.

— Qu'est-ce que tu fais là ?

— Je n'en pouvais plus d'attendre et comme le père de Jean (Jean sourit bêtement) est chef de gare à Meudon, il nous a trouvé les horaires et la gare.

Ledit Jean avait opiné. Il me salua :

— Bonjour Jean.

La petite dernière était en main, son chéri avait l'air brave, mais je l'ai à peine remarqué car c'était le genre de gars à qui on dirait au revoir juste après bonjour. Elle était vive, elle allait se lasser à coup sûr.

Nous voilà partis pour Rouen. Ma sœur n'arrêtait pas de m'attraper les bras, la taille, les mains, qu'elle couvrait de baisers rougis ; elle me trouvait beau ; un coup à gauche un coup à droite les questions fusaient ; elle se fabriquait ses propres réponses sur mon évasif, « mais je t'embête mon Jacquot » qu'elle ne cessait de dire, m'imaginant souffrant, traumatisé par ma guerre, persuadée que j'avais vu des horreurs et que mes yeux noirs étaient en ébène et sentaient le musc. Moi j'étais fatigué, j'avais le tournis – ces trains, cette foule, Paris, eux que j'aimais mais qui ne m'avaient pas manqué – alors je fermais ma gueule. Un mutisme qui lui a soudain fait peur. À un moment, elle s'est mise à m'observer tristement, convaincue que le petit Jacquot était mort, qu'elle retrouvait un polytraumatisé du ciboulot.

Mais non, ma fille, je revenais c'est tout, je revenais comme j'étais. Ma guerre commençait seulement maintenant.

Dans le train, j'ai eu droit à tout. Au récit des travaux de Rouen qui n'en finissaient pas, aux ponts en chantier et à venir, au Théâtre des Arts qui avançait, au président René Coty qui devait visiter la ville en juin, à coup sûr je n'allais rien reconnaître. La famille y passa également, en long, en large et en travers. André qui allait s'installer enfin à Petit-Quevilly, Thérèse qui regardait son bel Italien construire leur maison rue de la Pelouse à Sotteville, la petite Françoise qui filait sur ses trois ans ; trois ans ! Toutes ces vies qui se fortifiaient, qui tentaient de laisser la guerre derrière elles, « tournées vers l'avenir » comme on dit, face à moi qui revenais avec mon errance, mon manque d'étude et d'assurance, en maréchal sans logis ayant juste une piaule chez sa môman, tout à faire et aucune idée par où commencer !

C'est vrai que Rouen avait changé. Le peu de chemin entre la gare et « notre » boulevard me laissa voir une ville plus circulante ; rien de semblable avec Hanoï mais c'était comme si les gens avaient retrouvé des bras et des jambes, comme si les semelles des chaussures étaient plus souples. Moi seul arrivais avec ma lourdeur.

Évidemment, elle a pleuré, évidemment je l'ai prise dans mes bras. J'étais raide mais je l'avais serrée fort. Et puis, vite, nos corps s'étaient séparés. Elle avait reculé un peu pour voir mes formes :

— T'es pas bien épais, je vois, ou tu as l'air fatigué.

Ensuite j'ai bu quelque chose puisqu'elle m'a demandé si je voulais boire quelque chose. Un reste de café avait crépité. Après j'ai remonté mes affaires dans ma chambre. Comme j'ai voulu me changer, elle m'a préparé une bassine avec de l'eau et du savon dans la cuisine. Et puis j'ai plongé ma tête dans l'eau le plus longtemps possible.

— Pourquoi tu fais ça, t'es pas bien ?

Non, je n'étais pas bien.

67

Le bel Hector était d'accord. Il m'avait dit :

— Quand tu as fini tes choses militaires, tu viens avec nous.

C'était déjà ça.

Ça chômait pas dans le bâtiment. Il y avait des chantiers partout avec des tas d'équipes à l'œuvre. Mais moi, j'aurais aimé être seul, me retrouver sans patron, avoir mon truc à moi, rien qu'à moi, travailler à mes heures, pas me faire rabrouer par un chefaillon, j'en avais ma claque des ordres et des chefs.

Les trois mois ont filé. Trois mois dont on peut ôter une poignée de semaines, coincé dans une chambre, à regarder mes babioles d'Indochine et mon costume militaire, à descendre prendre mes repas et remonter tout de suite après, trois mois où je n'avais aucun goût du dehors, où j'avais peur de cette ville en reconstruction dont les quais, les nouveaux ponts, les habitations débordaient de ce béton qui coule et se moule comme on veut.

Quand, avant, on faisait vivre ensemble la pierre et le bois, quand on taillait, découpait, sciait, chanfreinait, rabotait, mortaisait, chevillait, bouchardait et que ça demandait des années, désormais tout allait vite, prenait le temps d'une coulée. Les maisons anciennes qui restaient debout se voyaient dorlotées, certaines se retrouvaient même déplâtrées pour enfin laisser apparaître leurs poutres. Le passé revenait par la petite porte.

La première sortie, après ma quarantaine chagrineuse, fut pour aller voir mon père. Au cimetière du nord. J'aurais aimé m'y rendre seul, mais ma mère tenait à lui ramener son fils. Alors on avait pris le bus et marché avec, dans les bras, nos plantes à changer.

«Papa, j'aurais bien aimé que tu m'apprennes à conduire dans ta Celtaquatre. On aurait fait ça sur le boulevard, le dimanche, quand il n'y avait personne. J'aurais voulu que tu me montres comment tu lissais tes cheveux, comment on réussit un nœud de cravate – j'en ai vu en tricot, ça fait bien. J'aurais tant aimé que tu me voies en militaire; il paraît que ça me va pas mal, en tout cas j'étais pas le moins fringant avec l'uniforme. Tu sais, je me serais bien vu reprendre le flambeau, les vêtements, le porte-à-porte; j'aurais acheté une voiture pratique, une 203 – j'en ai aperçu une à Hanoï, chez un garagiste, un monsieur de Rouen d'ailleurs. Tu m'aurais présenté partout, tout le monde aurait dit : "C'est le fils à André qui reprend le flambeau." Je connaissais le nom des villes et des clients qui te rapportaient bien, je l'avais noté sur un carnet sans oser te le dire. Vous m'avez poussé dans les plantes parce que le frère y est allé, parce que vous n'aviez pas confiance en moi, que j'avais mis du temps avant de savoir lire et compter, alors de la terre sous les ongles, autant pour l'aîné c'était du gâchis, autant pour moi c'était juste ce qu'il fallait, mais je voulais apprendre, apprendre, apprendre. Je ne sais pas jusqu'où, mais au moins encore un peu, et… »

— Bon, faut qu'on s'en retourne, t'as vu l'heure ?

68

La dame habitait à trois rues de chez nous, une belle maison située un peu plus haut sur le boulevard. Les affaires allaient bien apparemment. Moi, j'avais du courrier et un cadeau à lui remettre de la part de son mari, le garagiste d'Hanoï. À peine avais-je tiré sur la cloche que la porte d'entrée s'ouvrait. Une belle femme dans la cinquantaine apparut. Les présentations faites elle me demanda aussitôt d'entrer vite :

— Venez écouter, Diên Biên Phu est tombée.

On s'est mis autour du poste de radio, et c'était vrai : la bataille était finie, la cuvette avait été submergée. À la TSF, les commentateurs évoquèrent les dernières liaisons radio entre Castries et Cogny, parlèrent d'héroïsme – « Ce que vous avez fait est trop beau mon vieux ! » –, et elle me regardait en se tordant la bouche. La bataille perdue, cela signifiait répression, évacuations. Inquiète pour son mari, leur garage ; je ne savais quoi lui dire sinon que je repasserais la voir. J'ai doucement posé le courrier et le petit paquet sur un coin de table et je suis parti.

On avait des gars de la 730e sur place, deux Français et des supplétifs ; s'ils n'étaient pas tués pendant l'assaut final, ils seraient sans doute prisonniers. Mais les autres, nos Vietnamiens, je donnais pas cher de leur peau. Je sortis de cette belle maison en me disant que je pourrais être là-bas, en colonne interminable serpentant dans la jungle emmenée vers un camp de prisonniers. J'aurais pu me dire que j'avais de la chance d'être rentré au bon moment, mais je n'arrivais pas à le penser : ce n'était pas de la chance ; c'était comme ça.

J'ai acheté les journaux, tous ceux que je trouvais. Je me suis enfermé avec. Se sentir inutile, être là sur son lit parmi les doubles pages étalées, à regarder les gros titres qui se ressemblaient tous : « Diên Biên Phu est tombée. » J'attrapais des bouts de phrase qui me parlaient, rarement un paragraphe complet car toujours, à un moment, un mot, une formulation venait tordre la réalité pour les besoins de sa cause ; un éditorial improbable se composait alors sur mes draps, je glanais dans le *Figaro* et *L'Humanité* de quoi soigner ma cervelle douloureuse et lacunaire, gagné par l'impérieux besoin d'un examen de conscience et de paix. C'était bien de dire que cette guerre « nous n'avions su ni la vouloir ni la refuser », que « la bombe au napalm n'apaise pas la faim de la patrie », mais je ne parvenais pas à penser que « les vrais vainqueurs étaient les amis de MM. Thorez et Duclos », ni que le peuple vietnamien était « tout entier soulevé » ou que cette guerre nous laissait seuls et affaiblis face à « une Allemagne revancharde » – car pour l'avoir gardée à Kehl, l'Allemagne avait autre chose à foutre que de se montrer revancharde, et il suffisait de travailler avec les Vietnamiens pour comprendre que ce peuple fait de mélanges ne pensait pas d'une seule voix et qu'il y avait plein de types comme moi, là-bas, qui ne savaient pas vraiment quoi penser de ce qui leur arrivait.

69

C'est en voyant la petite Françoise, une gamine de maintenant presque trois ans, que ma tête se remit à filer un coton moins mauvais. La vie me titillait à nouveau gentiment. Politiquement, je laissais Mendès nous expliquer sa méthode et œuvrer pour un plan de paix. Personnellement, profitant de la leçon, j'essayais d'envisager un chemin de vie possible en vue de l'emprunter un jour et l'arpenter longtemps. Il me restait deux ou trois semaines avant de retourner sous le drapeau, mais cette fois une vérité émergeait : je n'avais plus la fibre. D'autant que les nouvelles provenant d'Algérie laissaient entrevoir un *bis repetita* ; quand ça veut pas ça veut pas, faut savoir passer à autre chose !

Mais comment passer à autre chose lorsque les bureaux de l'état-major savent se rappeler à ton bon souvenir ? En juin je reçois un témoignage de satisfaction à l'ordre de la brigade. Ça sentait la flatterie car il paraissait que, finalement, ils étaient contents de mon travail.

« Sous-officier, chef d'équipe de montage de bacs, parfait entraîneur d'hommes, n'épargnant ni son temps ni sa peine, dans des circonstances atmosphériques particulièrement pénibles surtout en juillet et août 1953. A su, grâce à son exemple, donner à son équipe l'amour du travail bien fait, organisé et rapide, tirant de chacun le maximum tout en s'en faisant aimer. Est à citer en exemple pour sa conscience professionnelle. »

Ils avaient dû se gratter longtemps avant de trousser le poème.

C'est bien foutu l'armée. Tu t'éloignes un peu et ils titillent la corde sensible au cas où les sirènes du civil t'auraient un peu trop sifflé aux oreilles. Ma mère, qui ouvrait le courrier, avait posé le témoignage sur la table, en évidence. Elle devait être partagée : me féliciter c'était m'encourager, prendre le risque de me voir rempiler pour des années et me faire partir vers des contrées en guerre ; ne rien dire n'était pas possible car ce papier décrivait des choses qu'une mère aime entendre au sujet de son fils. En posant le papier sur la table ostensiblement, elle avait coupé sa poire en deux.

Plus on approchait du mois d'août, plus j'avais envie de voir du monde. Mais mon monde à moi n'était pas bien vaste ; à part l'ami Pierre, le reste se résumait à du consanguin ou du militaire. Une autre vacherie de la guerre, à vingt-six ans je me retrouvais pauvre comme Job question carnet d'adresses. La guerre nous avait fait rentrer au plus vite après l'école, pas de sorties ni de vadrouilles, pas de conneries à pédales ni de pêche aux harengs fumés, pas de repérages de voisines à gros seins, juste du terne en famille, de la pénurie et de la carence, du silence et du couvre-feu.

Dès lors, ma tournée des grands-ducs avant de remonter dans un train direction l'est allait se limiter à Pierrot et à des bises aux frangines. J'avais tout à faire de ce côté-là aussi. J'aimais bien rigoler – je m'en étais aperçu en Indochine, pourtant pas vraiment l'endroit parfait pour ça, mais là-bas j'avais découvert le fou rire et la grosse poilade, l'asticotage et l'artilleur de Metz, ce qu'on appelle la camaraderie, prendre du plaisir à se dire des choses pas très fines et à s'essuyer les yeux plissés qui débordent – chez nous, il n'y avait guère que mon père et mon frère aîné pour réussir à faire entrer ce genre de courants d'air dans la maison. Ma mère, avant de rire, devait secrètement vérifier si tout ça était conforme aux Saintes Écritures, ce qui lui donnait un retard difficilement rattrapable, même en se mettant en danseuse. Alors, pour résoudre le problème, elle ne riait pas. Nos rares éclats lui faisaient faire des gestes de la main comme si elle chassait une mouche devant ses yeux.

J'aimerais bien tomber sur une fille rieuse et pas me faire avoir encore une fois par une pimbêche au rire emprunté, qui s'esclaffe après calculs comme un bon artilleur pointe juste. Je ne savais pas si j'aurais le choix mais je la voulais franche de ce côté-là. Pouvoir se dire des petites bêtises de rien, se moquer gentiment et s'assurer d'un bisou pour certifier le pas sérieux de la chose, lui entendre un rire en petite robe de coton et chaussures plates, un rire cheveux attachés en queue-de-cheval sans diadème ni rouge aux lèvres.

70

Il fallait repartir. Ma mère voulait m'accompagner au train. C'était gentil de sa part mais je n'aimais pas ça. J'allais devoir faire tout le trajet avec sa face triste et ses yeux mouillés. Et puis, là, c'était pas comme si la guerre me rappelait puisqu'on me faisait intégrer la 750e technique des essences de Chalon-sur-Saône. Le seul problème là-dedans, c'était le risque de recroiser l'autre gourgandine de Georgette aux bras d'un type. Même si c'était du passé, j'aurais du mal à m'en foutre. J'aurais bien été capable de traverser la rue pour la complimenter.

Mon père me manquait, mais à voir la silhouette de ma mère s'attardant sur le quai sans un bras pour la soutenir, sans une main caressante qui écrit sur la toile grise de son dos qu'il ne faut pas s'en faire, que le fiston va revenir vite, je lui aurais bien souhaité de retrouver un homme. S'il y avait une peine perdue d'avance, c'était celle-là; elle allait s'accrocher à son deuil comme la misère sur le monde, maintenant qu'il était mort, son mari elle l'avait pour elle, rien que pour elle. Et puis, dans son monde on ne s'épousaille qu'une fois, on ne divorce pas, et quand la mort vient rebattre les cartes, on continue de jouer avec la mise d'avant, une chaise vide en face de soi.

Je suis parti en la plaignant un peu. Finalement l'armée avait du bon : en la voyant s'éloigner, immobile sur ce quai, j'avais de la peine pour elle. Au moins, ces départs étaient l'occasion de recueillir un brin d'affection. J'allais lui manquer ; je comptais.

71

À peine arrivé, on m'avait proposé de retourner sur la frontière allemande. La destination m'allait; au moins, dans le verglas frontalier, je ne risquais pas de croiser l'autre pimprenelle.

Les temps avaient changé, je n'étais plus le «petit Jacquot» qui débute, mais un ancien de l'Indo, alors les jeunes me respectaient d'entrée de jeu. Comme en plus on venait de me nommer chef – maréchal des logis-chef –, ce nouveau grade et mon auréole indochinoise me valaient d'être cerné de questions. Les gamins cherchaient de l'extraordinaire et de l'aventureux, or moi je n'avais pas grand-chose à leur donner en pitance, ma réserve et mon côté taiseux en rajoutaient dans le mystère, chacun de mes silences était interprété comme la pudeur du gars qu'en a vu des vertes et des pas mûres, mes regards pensifs se transformaient pour eux en photos noir et blanc censurées. La pression était telle que je m'en voulais, parfois, de me laisser aller à grossir le trait, à rajouter quelques degrés à la chaleur moite d'Hanoï, à retirer quelques kilomètres entre l'échauffourée et ma petite personne. Mais ils en redemandaient encore et encore. Alors, lorsque je quittais la table où ils m'avaient abreuvé de questions, je les imaginais en train de me regarder m'éloigner et – oui, putain, je l'avoue – ça me faisait du bien d'être admiré un brin.

Depuis la chute du gouvernement Mendès et l'arrivée d'Edgar Faure, je surveillais l'Allemagne d'un œil car l'autre s'écarquillait sur la situation algérienne. À la caserne, l'Indochine était peu à peu reléguée en queue de peloton, remplacée par le sujet amer du moment ; cette fois c'était plus proche car il ne fallait pas gratter bien loin dans le cousinage pour trouver un parent installé là-bas. Les premiers bataillons de parachutistes étaient partis, je ne voyais pas comment on aurait pu y couper. Les lettres de ma mère et les mots de mes sœurs ne parlaient que de ce département de plus en plus agité et en proie aux pressions des mouvements indépendantistes. Il y aurait du sport là-bas ; déjà les détails du terrain qui nous parvenaient donnaient dans le sanglant.

À la compagnie, on comptait sur moi. J'avais de l'expérience et mes états de service somme toute assez discrets leur suffisaient pour multiplier les œillades. On me parlait d'avancement, de reprise dans la gendarmerie au grade supérieur ; je n'avais plus qu'à dire « oui » et j'aurais été propulsé. Après l'Indochine et l'Algérie, je devrais être prioritaire.

On m'avait parlé d'un poste à Madagascar. Je m'y voyais bien.

Et puis, en août était tombé l'état d'urgence. Avec des milliards votés pour l'armée. La question n'était plus de savoir si on y allait mais quand ! Mon indécision commençait à en agacer plus d'un. Une chose molle en moi aurait aimé leur faire plaisir ; pour le refus d'obstacle j'avais besoin d'une aide extérieure, je le sentais, et ce n'était pas la famille qui m'aiderait sur ce terrain-là, tous avaient un métier, étaient mariés ou presque. Moi seul avançais à tâtons. Je n'éprouvais aucune envie de me retrouver, à trente piges, en train de travailler comme un âne sur les chantiers de petits couples « qui font construire », pour reverser mon salaire de misère à ma mère et me coucher le soir, au premier, en l'entendant finir de ranger la vaisselle. Ce tableau-là m'aurait poussé à rempiler pour toutes les campagnes militaires présentes et à venir !

Début septembre, ma décision est prise : je vais partir et on verra bien. Ma mère attend l'arrivée d'une locataire qui doit entrer au lycée ; ça lui assure un loyer. La jeune fille occupera la même chambre que le jeune homme installé au troisième et parti en juin. Cette petite de la campagne, je la plains déjà : quitter la verdure pour se retrouver à l'ombre du boulevard, sous les combles d'une maison en deuil éternel ! Ma mère est une bonne hôtesse, ce n'est pas la question, mais il ne faut pas compter sur elle pour animer ces murs crucifiés. C'est la maison idéale pour se réfugier dans les livres et les leçons. Mais, là-haut, l'hiver est rude et je lui souhaite d'être endurcie, le chauffage est gardé jalousement pour la pièce du bas, l'eau gèle dans la cuvette au troisième. Étrangement, je m'inquiète pour une jeune fille que je ne connais pas, ayant presque honte de lui réserver cette austérité. J'ai posé plusieurs fois la question d'un chauffage d'appoint pour là-haut, mais visiblement les comptes ne le permettent pas.

La petite est là depuis deux jours et c'est à peine si je l'ai vue. Elle rase les murs et passe le plus clair de son temps à lire et étudier dans sa chambre autant pour le bac que pour ne pas avoir à descendre et parler. Ma mère la juge gentille, polie, bien élevée – dans sa bouche, une véritable déclaration d'amour –, de quoi la rassurer elle qui trouve que les jeunes ne sont pas «tenus» et que «les manières» disparaissent. «On perd à ne pas la connaître», a-t-elle dit à mon ami Pierrot.

C'est pour aujourd'hui. Au dernier moment ma mère a demandé à la nouvelle venue de se joindre à elle pour m'accompagner jusqu'à la gare. Et d'expliquer que, comme ça, elle se «tiendra»; mon départ lui fait de la peine, elle se doute que je ne me plais pas ici; elle doit penser que son fils préfère n'importe quelle destination plutôt que de faire sa vie à côté d'elle; elle avait rêvé que la guerre d'Indochine me guérirait de mes envies d'ailleurs, mais depuis quelques mois ses regards sur moi avaient changé, ils s'étaient teintés d'impuissance, comme si elle avait deviné que tous ses efforts pour tenir une famille s'échouaient à mes pieds comme une vague de mer descendante. Je m'en voulais de la blesser, mais si je restais là je serais devenu fou ; j'ai trop de sève ; je me vois tellement prenant du bide chez maman, collectionner mes illusions perdues, passer mon permis seulement pour la conduire chez mes frangines le dimanche, occuper la place de mon père, fermer des portes et tirer des rideaux, retapisser les pièces du haut pour m'aménager un petit chez moi avec elle en dessous, la regarder vieillir du fond de mon renoncement. Je préfère encore l'Algérie ; encore une guerre, une seule, et je deviendrais gendarme, j'aurais une situation : Madagascar.

Des bruits de pas légers dans l'escalier. La lycéenne nous rejoint. Nous voilà trois sur un trottoir, quatre avec le silence. Mes mains cherchaient n'importe quoi dans mes poches pour se donner une contenance.

— T'as oublié quelque chose ?

— Non, rien, j'ai tout.

Et nous voilà partis à pied vers la gare. L'étudiante tient le bras de ma mère, je trouve ça gentil de sa part. Pour la première fois mes yeux se posent vraiment sur elle ; tous les deux nous entourons ma mère en la serrant de plus en plus au fur et à mesure que la gare se rapproche.

En scrutant le tableau des trains, nous nous sommes retrouvés côte à côte, épaule contre épaule.

Elle n'est pas parfumée, mais elle sent bon. Avec mon Pento dans les cheveux j'ai le sentiment d'être le plus apprêté des deux.

Voie 2. Nous sommes arrêtés devant le bon wagon. J'embrasse ma mère, et soudain ses bras me retiennent. Elle n'a jamais fait ça avant. Je pose mon barda et la serre à mon tour. Comme il existe parfois des orages secs, ma mère, à ce moment, a le chagrin sans larmes ; ses pleurs, elle va les garder pour elle plus tard, assise devant sa grande table dépeuplée.

Je me tourne vers celle qui ne sait plus où se mettre.

— Au revoir Françoise.

— Non, moi c'est Claudine.

Quel con ! J'avais le prénom de ma petite nièce en tête, je la tenais dans mes bras juste avant mon départ pour l'Indochine et il est sorti comme ça. On rit un peu tous les deux ; enfin, rire : nos têtes dodelinent en rosissant, les yeux pointés vers tout ce qui n'est pas l'autre. Moi, d'un coup, j'ai envie de la serrer dans mes bras.

— Au revoir Claudine.

Et je crois bon d'ajouter :

— Travaillez bien.

Ça m'a valu un « Au revoir monsieur ». Et l'envie de me gifler. C'est fou cette faculté de répéter les phrases qui nous ont flagellé l'enfance. Je m'en veux - heureusement que le train souffle d'impatience derrière moi.

Je me suis repris :

— Non, pas monsieur, moi c'est Jacques.

— Au revoir Jacques, faites attention à vous.

Si d'habitude c'était ma mère qui restait devant la fenêtre du wagon, immobile, sans faire un signe ni envoyer un baiser avec la main, juste figée dans une pose de mère habillée d'abandon culpabilisant, si d'habitude c'est moi qui rangeais mes affaires dans les filets, enlevais mes remords, pliais ma gêne en espérant que le convoi commence enfin à s'ébranler pour faire un dernier « coucou », cette fois ce fut moi qui restai immobile, dans mon wagon, à les regarder par la fenêtre. Ma mère parlait et pleurait, Claudine lui répondait avec ses yeux mouillés, j'ignorais ce qu'elles se disaient, des braillards venaient de rentrer dans le compartiment. Je partais et c'était moi l'abandonné !

C'est elle, je sais que c'est elle. Et si ce n'est pas elle, c'est qu'elle ne voudra pas de moi. Et si elle ne veut pas de moi je prendrai ses mesures et sillonnerai le monde pour en trouver une pareille. Cette fois, je sais que je vais revenir ; range tes larmes ma mère, ce train part pour rien, je démissionnerai, je ferai tamponner tous mes papiers pour retourner au bercail, je travaillerai chez Hector, je m'achèterai du linge et je me laverai le soir avant de descendre dîner. Je lui poserai des questions sur ses études, je l'emmènerai au cinéma. Pleure pas maman, ton Jacques va revenir.

Elle est neuve comme une tige de printemps et je vais m'en occuper, je vais la protéger jusqu'à la fin de mes jours. Il y a de la peur dans son regard et ça me va : je connais ma route, ma mère, j'ai trouvé ma guerre. Il y avait une Claudine à Diên Biên Phu, mais la mienne, celle que je dois défendre coûte que coûte m'attendait ici. Je peux travailler maintenant, je sais pour qui va chanter ma truelle.

Je suis revenu quelques semaines plus tard, la trouille au ventre. J'avais fait un pari, en topant là, je mettais ma vie sur le tapis vert. Je suis revenu comme on se jette à l'eau lorsqu'on ne sait pas nager, et je ne sais pas nager. Au retour, j'ai réussi à être embauché chez Hector et j'ai commencé à œuvrer dans le ciment entouré de bâtisseurs italiens, quatre frères tous plus beaux les uns que les autres, trois passés en France pour cause de fascisme et un quatrième resté en Italie pour la même raison – fait prisonnier à la fin de la guerre, il avait été expulsé vers les États-Unis. Claudine étudiait sérieusement pour devenir institutrice. Le dimanche, ne pouvant repartir voir sa mère faute d'argent, elle accompagnait la mienne faire les courses ; et plus elles discutaient plus je pensais que ce serait toujours ça de moins à dire le jour des annonces. J'ai remarqué qu'elle nous rejoignait plus volontiers dans la salle à manger lorsque je rentrais dîner. Et maintenant je rentrais dîner presque tous les soirs.

Et puis, un jour, j'ai enfin su que j'étais bien parti, jour béni qui aurait pu me faire retourner à l'église. On travaillait sur un chantier situé boulevard de la Marne et Celio m'a balancé une pichenette de ciment pour que je lève les yeux. D'un petit mouvement de tête, il m'a fait comprendre qu'il y avait quelque chose d'intéressant à reluquer de l'autre côté de la rue. J'ai épongé mon front et ma tête a fait un quart de tour sur la droite. Deux filles nous regardaient, accrochées aux barreaux d'une imposante porte prudemment fermée, celle du lycée. C'était Claudine, en blouse blanche et queue-de-cheval, au coude à coude avec une autre blouse blanche surmontée de cheveux bouclés. Et c'était moi qu'elles observaient; sinon, pourquoi auraient-elles détourné leurs yeux en riant puis tourné les talons en courant?

L'après-midi avait été long, cerné d'Italiens qui se payaient ma fiole toutes les cinq minutes. Celio, en cheville avec ma sœur, n'allait sûrement pas tarder à vendre la mèche. J'étais coincé, mais tellement heureux d'être pris au piège; j'aurais aimé que ce chantier idéalement situé dure un peu plus longtemps. Ces Italiens travaillaient vite et bien et ça ne m'arrangeait guère. J'ai taloché sous les brocards venus du Piémont encore quelques jours et jamais maçon ne fut si bien fagoté pour gâcher le ciment.

Ma guerre avait duré seize ans. La libération, la vraie, commençait maintenant.

72

Ici, j'ai le ventre qui fait un nœud. J'ai le sentiment que la mort s'invite par là, le ventre. Et je l'ai compris lorsque le petit verre de rouge avec le fromage ne me réjouissait plus, que je tendais le verre parce qu'on me tendait la bouteille mais que s'il n'avait tenu qu'à moi j'aurais bu ma flotte. Une lassitude. J'en étais venu à regarder les repas se préparer, fatigué d'avance à l'idée d'en ingurgiter un de plus.

Le désintérêt avait commencé avec le jardin, ce territoire qui s'éloignait parce que l'arpenter avec ma hanche grippée devenait au-dessus de mes forces. J'ai dû faire le tour de la terre en poussant ma tondeuse. Et toute la mauvaise herbe arrachée à la main et à genoux, tous ces kilomètres de rangées de poireaux repiqués, toutes ces guirlandes de taupes prises au piège. Peu à peu, je lui ai tourné le dos pour faire la sieste. Et ce malgré l'insistance de ma Claudine qui tentait de coller un peu d'entrain dans cette Bérézina. J'ai toujours admiré sa façon de trouver de quoi continuer même dans les pires moments. Elle qui a les nerfs en compote de pomme trop cuite, qui fait du calcium comme un moteur de l'huile, elle arrive toujours à remonter les galoches des traîneux qui viennent se plaindre. Depuis toujours j'admire son sens de l'organisation, la force positive qui lui permet de tirer le maximum de plaisir du peu qu'on a sous la main ; un petit sandwich tout mou extrait d'un Tupperware le long d'une route de vacances n'avait, à l'écouter, rien à envier au restaurant étoilé repéré un peu en amont qu'on ne pouvait pas se payer.

Mais, ce coup-ci, la tâche est vaine, mon épousée, et regarder ce jardin qui prend l'herbe me fend le cœur. Mon fauteuil, je le préfère tourné vers la télé éteinte.

Lire un livre. Pendant des années, ils m'ont offert des livres de guerre, la grande, la deuxième, et l'indochinoise, la Résistance, l'Occupation, les mémoires et les photos, toute une rangée. J'ai découvert le roman sur le trop tard, avec de belles histoires pas belliqueuses pour deux sous, des sentiments et du récit de vie, d'autres vies que la mienne – ça me changeait. Le journal télévisé se déroulant sans moi depuis longtemps, ces quelques pages m'ont emmené ailleurs. Claudine a fait passer le message aux garçons. Oui à des livres. Mais pas trop gros, ni trop lourds, et sans guerres.

73

La guerre fut pour lui une enveloppe rectangulaire arrivée par la poste, une bête enveloppe à fenêtre, trônant sur un Formica, une enveloppe qui patientait, à son nom, posée là par la main de son père, en attente d'un retour de fac.

L'étudiant était encore dans le bus qui descendait de ses hauteurs facultatives, un bus articulé bondé d'avenir bousculé d'un bord vers l'autre par les virages du mont Saint-Aignan, soûlé de savoirs découpés en partiels. Tassé dans la masse, une main s'agrippant à une dragonne, le garçon ne savait pas encore que la France avait besoin de lui. Il rentrait de l'université persuadé que cette première année en psychologie relevait du moindre mal, surtout après sa tentative hasardeuse en lettres modernes l'année précédente, saison en enfer avec la littérature découpée en tranches. Il avait suivi la destinée postbac de deux de ses amies – Sophie, qui faisait du théâtre avec lui, et sa copine Isabelle, pâte de fruit acidulée dont il était autrefois tombé fou amoureux – et pensait, un brin scolairement, qu'étudier la littérature lorsqu'on aime le théâtre n'est pas la plus bête des choses à faire. Mais quelques semaines d'amphis résonnants, de salles prises d'assaut comme des cotes 415 – et malheur à celui qui n'était que bêtement ponctuel, il fallait s'installer au moins un quart d'heure avant le début du cours pour espérer bénéficier d'une chaise et d'un coin de table, sinon on était relégué en grappe à la porte, une feuille scotchée au mur pour prendre des notes –, de charcutage immonde de chefs-d'œuvre par un quarteron de profs trop vieux ou trop jeunes lui avaient prouvé le contraire. Une image revenait souvent dans son cerveau pour expliquer sa nausée estudiantine de l'année précédente : celle d'un taureau libre, massif et nerveux collée à celle d'une vitrine colorée et ordonnée d'un charcutier traiteur ; or lui n'était pas sur les bancs de la fac de Rouen pour devenir un garçon boucher découpant du *Bateau ivre* toute la journée, il voulait (mais le savait-il réellement ?) se frotter au sauvage de la littérature, se planquer des heures dans les hautes herbes pour tenter d'apercevoir, au soleil couchant, un troupeau d'alexandrins raciniens fragiles et prudents s'approchant du point d'eau, il voulait sentir la masse bruyante d'un Hugo soulevant la poussière, éprouver le réflexe du corps qui se prépare au pire lorsque, dans l'air figé, un Rimbaud solitaire vient laper sa gorgée, toujours prêt à se repaître d'une médiocrité herbivore. Mais comment l'expliquer au prof ventripotent ayant prévenu, dès le premier cours, qu'il ne pourrait pas se montrer objectif lorsqu'on aborderait *Le Misanthrope* car cette pièce contenait, à l'entendre, l'incarnation du diable en la personne de Célimène, prénom qu'il avait fait semblant de prononcer avec un haut-le-cœur? Le garçon en avait encore les genoux qui tremblaient d'incompréhension. Comment formuler ses envies à la jeune enseignante qui, en guise de bienvenue, avait pris ses étudiants au collet avec une révision des quinze mille du *El Desdichado* de Gérard de Nerval, sonnet sonné, écorché qui s'était retrouvé en deux ou trois tours de clef de douze étalé devant lui, batterie d'un côté et bougies de l'autre, inutile comme un oiseau marin mazouté – et ce en une heure de cours qui lui avait paru lente comme une traversée de l'Achéron à la godille. Il avait tenu trois mois, trois longs mois à douter de ses facultés avant de réaliser que la vraie vie n'habitait pas ces chambres froides. Il lui faudrait organiser son oisiveté dans les couloirs et les escaliers de la fac et faire passer sa défaite en repli stratégique.

Un virage serré du bus articulé colla son nez dans l'écharpe odorante d'une grande fille, qui se tenait à la même dragonne. Bredouillage de regards et de sourires. Il rentrait chez lui, convaincu qu'Amanda était un boulet gauchiste et que ses dents du bonheur – qui fendaient son sourire si joliment – laissaient décidément siffler trop de conneries collectivistes; le dernier week-end lui avait été fatal. Une logorrhée insupportable, facilitée par deux ou trois mélanges alcoolisés, leur avait été déversée. Ce « leur » qualifiait une heureuse poignée d'amis réunis dans la maison de ses parents pour fêter l'anniversaire de Léa. Léa « l'amie », c'est-à-dire l'amie de tous les autres ; celle qui savait des volumes entiers sur chaque membre de la tribu, cœur balzacien de l'artichaut ; elle était pour lui une sœur à peine aînée habitant à un chagrin d'amour de son domicile dans un immeuble allongé parmi d'autres immeubles allongés, rencontrée en première au lycée des Bruyères et plus quittée depuis. Léa était son sésame vers le monde des artistes et des poètes, sa tante chantait et aurait eu sa place entre Diane Tell et Fabienne Thibeault si elle n'avait préféré enseigner la chanson et l'écriture avec son mari. Depuis, tout ce qui grattait, pinçait ou poussait de la voix dans la région était devenu pour Léa autant d'amis, de tontons, de parrains et de marraines. Léa chantait et jouait de la guitare ; il se savait donc sauvé de ce côté-là, chez lui il écoutait ses chansons préférées sur l'électrophone familial coincé dans le buffet, mais chez elle il pouvait apprendre à coudre quelques accords, ourler des paroles, une corne sur la pulpe de ses doigts apparaissait à force de *la* mineur sur la guitare folk de sa copine. Chez Léa, son goût pour les planches devenait insuffisant ; en lui une bataille commençait entre l'immédiateté de la musique et l'inertie paquebotesque du théâtre ; il avait choisi une discipline industrieuse et indéhoussable, mais il lui fallait aussi des notes et du mal aux autres – comme s'époumonait à leur dire Jacques

Brel – pour se sentir plein et bien. Benjamin barbouillait par ailleurs des carnets entiers d'une poésie aux soutes trop remplies de premier degré pour prétendre décoller, commençait des chansons – il était très fort en débuts – et s'inventait une grammaire sentimentale. Grâce à Léa, à sa famille différente de la sienne, il engrangeait pour les traversées à venir, ses cales se lestaient, il apprenait à aimer l'amertume et l'épicé. Son enfance Pépito s'en allait comme un copain de vacances. Le port d'Amsterdam avait un bout de quai chez elle.

Tandis que le bus peinait à avancer dans les encombrements de Rouen, Benjamin repensait au fameux week-end. C'était donc pour Léa que la cheminée avait brûlé du pommier humide, avec jus qui suinte du bout des branches avant de s'enflammer et chauffer les corps postadolescents assis en tailleur. Benjamin avait eu beau affirmer que ce type de bois n'avait pas son pareil pour embaumer une maison, encore fallait-il qu'il brûle. Son père lui avait certainement dit abruptement de prendre les bûches mises à l'abri sous une bâche près de la porte du garage, il avait certainement répondu en soupirant un « oui papa » mécanique pour finalement traverser l'herbage et récupérer du bois de pommier humide dans les hautes herbes détrempées. Un bois aux belles fragrances qui avait surtout l'avantage de se situer dans l'axe des portes-fenêtres du salon, donc sous le regard de copines compatissantes à l'idée de voir quelqu'un affronter la pluie pour faire une flambée. Benjamin avait dit : «J'y vais», et Patricia lui avait répondu : «T'es fou, tu es en chemise, tu vas choper la mort mon Benj.» Il aimait ça que Patricia s'inquiète pour lui, il aimait ce «mon» qu'elle ajoutait pratiquement à tout le monde et dont celui-ci, précisément, s'adressait à lui, elle qui n'avait de larmes que pour des plus vieux, elle qui le mettait en transe lorsque son bout de nez perpétuellement enrhumé se tournait vers lui, le temps d'une prudence maternelle et possessive qu'il rêvait d'interpréter autrement.

Pour comble de bonheur, Valérie, qui avait entendu les stridences enrhumées de Patricia, s'était proposé de l'aider. Jean-Patrick devait être aux toilettes pour qu'elle s'intéresse subitement à lui. Benjamin gardait encore en mémoire la cuisante déconvenue survenue quelques années auparavant sous un séquoia du lycée des Bruyères; il avait entrepris de confier à Jean-Pat comment l'avait réduit Patricia la Jivaro des prénoms, le résultat de son bilan de prospective sentimentale qui l'avait amené à conclure que Valérie semblait une piste sérieuse pour son cœur en jachère. Benjamin s'apprêtait à dévoiler à son copain le plan d'investissement amoureux sur dix ans qu'il avait élaboré pour Valérie quand ledit Jean-Patrick, qui devait avoir négligé le préambule laborieux, du haut de son mètre quatre-vingt-six, l'avait stoppé net pour déclarer à brûle-pourpoint qu'il était sorti avec elle le samedi précédent. Silence. Le tout assorti d'yeux plissés trahissant le garçon content de ce qui lui était arrivé malgré un choix d'expressions de physionomie aussi fourni qu'une fourgonnette de poissonnier morvandeau, et un vocabulaire qui tirait des bords, par manque de vent passionnel. Benjamin bégayait en silence des pensées contradictoires ; en quelques secondes il avait envisagé le suicide, le changement de lycée, la grève de la faim, et finalement avait opté pour faire la gueule à tout le monde. Mais son air renfrogné ne devait pas se voir clairement sur son visage car Jean-Patrick arborait toujours ce sourire béat aux yeux bridés qui paraît-il faisait partie de son charme.

« Sortir avec ». Benjamin n'avait jamais aimé cette expression. Il l'avait toujours trouvée ridicule, et les rares fois où il aurait pu l'utiliser en connaissance de cause, il s'en était abstenu. Elle était pour lui comme un accent qu'on n'arrive pas à prendre, une blague belge qu'on ne saura jamais raconter. Aussi « sortir avec » ne sortait pas de sa bouche. Et comme les occasions de la prononcer n'étaient pas fréquentes… Cela dit, même s'il avait collectionné les conquêtes, il aurait fini par trouver une formule personnelle, car si on sortait avec son parapluie ou son cabas à roulettes, pour lui on ne sortait pas avec une fille. La confession pataude et désagréable de Jean-Patrick condamnait irrémédiablement l'expression à la peine de mort sans possibilité de grâce présidentielle. Pour Benjamin, ce verbe mal employé traduisait une gamme de choses à faire et à dire, un rituel de comportements quelque peu ridicules et inévitables visant à glisser une main sous un pull et mélanger deux langues sur fond de chewing-gum et de Peter Stuyvesant, tous deux mentholés. « Sortir avec » n'impliquait rien de passionné ni de passionnant, l'expression supposait de l'accord tacite, une sorte d'hypocrisie sociale un peu molle, un mini-chemin de croix avant d'exulter ses premières pulsions, un mode d'emploi prévisible qui contente tout un chacun – parents compris. L'expression vous faisait « sortir » tout droit d'un feuilleton américain avec grosse bagnole et jeune fille à queue-de-cheval, impliquant du prévu, les bancs, le cinéma, la voiture de papa, le bureau de tabac d'à côté, la côte Sainte-Catherine ; vous pensiez vivre un truc dingue mais vous traversiez dans les clous. Pour Benjamin, dont les premiers pas amoureux étaient plutôt laborieux, la formule représentait donc tout ce qu'il haïssait : l'aisance avec les filles.

C'était à cause de celle-ci que, le jour où il avait lu chez Léa une phrase de Jacques Brel retranscrite de l'interview donnée à Jacques Chancel lors d'un Radioscopie, disant : *Il est inconcevable de ne pas trembler devant une femme*, il avait su qu'il ferait désormais partie du clan de ceux qui tremblent. Et que « sortir avec » ne figurerait jamais dans sa batterie d'expressions. Si « tomber amoureux » contenait tout, « sortir avec » était à l'amour ce qu'une zone résidentielle est à l'architecture.

Le bus persistait à avancer lentement, la lettre à fenêtre attendait toujours sur la table en Formica, Benjamin continuait à laisser errer ses pensées vers ce foutu week-end.

Pourquoi avait-il tant de mal à se sentir aimable ? Pourquoi avait-il l'impression de ne rien maîtriser – de ce qui charme à l'âge où l'on n'y connaît rien en charme ? Benjamin n'était ni grand, ni fort, ni motorisé, ni plus vieux que la moyenne, ni musicien malgré de louables efforts en guitare, ni footballeur – à moins que l'extrême nullité n'inverse la donne, mais il ne l'avait jamais vraiment vérifiée, à part deux ou trois tentatives à l'arrière avec ses placements de jambes si improbables qu'ils décontenançaient l'orthodoxie footballistique en herbe déboulant nerveusement devant lui, exploits involontaires de stoppeur qui s'évaporaient immédiatement lorsqu'il devait relancer le ballon. Le garçon n'avait pas eu la chance de naître en un quelque part étonnant qui aurait fait de lui un aventurier dans la seconde même où il l'aurait dit. « Tu viens d'où ? — De Madagascar. » Et là, plus besoin de faire des phrases, juste laisser ce nom taper sur la coque du rafiot comme des chocs de houle. Benjamin était juste un ado parmi des millions d'autres, né au même endroit que bien d'autres, dont l'exotisme serait à construire seul puisqu'on avait d'abord tracé pour lui un champ de betteraves.

Les branches de pommier avaient donc terminé de chuinter leur jus en gémissant tout ce qu'elles pouvaient. Amanda aussi, qui en était arrivée aux camps de travail pour la jeunesse et débitait tellement d'âneries politiques que les contre-arguments vaguement brandis rendaient les armes les uns après les autres. Ceux qui, en d'autres temps, auraient pu la contrer se trouvèrent des envies subites de faire du ménage, de jeter brusquement leurs cigarettes à peine allumées dans l'âtre, d'aller d'urgence donner un coup de main en cuisine en glissant au passage les doigts dans des goulots de canettes de bière vides pour les jeter dans la petite poubelle orange sous l'escalier de la cave. Le dernier à résister fut Benjamin. Parce que Amanda et lui s'étaient embrassés pour la première fois quelques faibles jours auparavant, alors que le désir de fuir était aussi pressant chez lui que chez les autres. Que dire ? À part que ça ne serait pas la femme de sa vie ! Mais, en attendant, il y avait tout un week-end à se taper, avec obligation de se rejoindre dans le lit et de faire l'amour… C'est chiant l'amour, quand ça part en dévers dès le début.

Benjamin, dont le bus avait progressé mais peinait cette fois à traverser la Seine, se repassait d'autres séquences du film du week-end. Il repensa à Patrick et Sylvie, discrètement là ; eux s'aimaient en silence, c'était reposant, et le peu qui sortait de leurs lèvres sentait bon l'herbe et l'harmonie politique ; physiquement aussi ils collaient bien, à eux deux ils avaient du mal à ne faire qu'un tant ils étaient osseux, leurs ébats devaient être contondants. Benjamin, coincé avec sa jeune communiste révolutionnaire, les enviait. Pour couronner le tout, ils étaient motards, ce qui, pour lui, constituait la preuve absolue d'émancipation, lui qui restait coincé au stade vélo car il avait compris qu'un engin à deux roues motorisé n'était pas possible dans cette vie-là.

Patrick, après avoir attrapé une veste, était sorti filer un coup de main pour ramasser des branches de pommier dans l'herbe humide. Benjamin avait apprécié le geste ; pas besoin de mots, le copain avait mis son blouson de motard et était parti aider son pote, comme ça, naturellement.

Lequel des deux avait utilisé l'expression ? Avec les bras chargés de branches, elle avait sa place, méritait d'être là, sonnait juste. Ce qui l'était moins c'est que deux jeunes garçons amassant des brindilles se soient mis à évoquer la guerre d'Algérie et ses atrocités parce que l'expression « corvée de bois » avait été prononcée. Débuta alors l'étalage de termes en noir et blanc glanés à la sauvette, de récits exfiltrés des portes du salon entrebâillées ou issus de carnets à l'encre bleue mal cachés. Patrick avait un oncle, un Guy, intégré par erreur dans un commando de chasse, simple appelé parti vivant en Algérie avec la peur de mourir et revenu mort en France avec la trouille de vivre, depuis alcoolique, violent par instants avec les cousins de Patrick et constamment dépressif. Comme il bégayait déjà depuis les bombardements de Caen en juillet 44 – réfugié sur des hauteurs, à peine âgé de quatre ans, il avait vu sa ville s'écrouler sous le déluge, et sa bouche s'était mise à faire exploser ses phrases –, les atrocités n'avaient pas arrangé son esprit perturbé. Patrick raconta l'avoir entendu évoquer, à l'occasion d'une banale partie de boules dominicale, un match de foot improvisé en treillis et rigolades avec la tête d'un homme soupçonné de connivence avec l'ennemi. Benjamin expliqua, lui, que, dans sa famille, le survivant de cette sale guerre s'appelait Yvon ; avant l'Algérie ce mari d'une de ses tantes était jovial, sportif, déconneur, toujours partant pour un dîner ou un apéro. Mais quand il était rentré, il ne voulait plus voir personne ou rarement ; chaque fête de famille devenait un calvaire pour sa femme qui devait la négocier des mois à l'avance, au point qu'elle ne pouvait dire oui à une invitation, préférant répondre un « on va voir », un « je vais essayer », ou un « j'aimerais bien » ; à force, elle avait accumulé toute une gamme de formules témoignant de son impuissance à ramener son homme en surface. Mais, à la différence de l'oncle de Patrick prolixe en détails sordides, surtout les dimanches lorsque les déjeuners de famille s'échouaient jusqu'aux abords des goûters d'enfants, celui de Benjamin ne racontait jamais rien. Une fois, le père de Benjamin avait attrapé cet oncle meurtri qui avait, miraculeusement, consenti à fêter la veillée de Noël avec eux. L'attendant en bas de la descente du garage – Benjamin était là, caché, il avait entendu son père faire la leçon au tonton flingué : « Je te préviens, tu rentres mais tu ne fais pas la gueule sinon c'est dehors tout de suite. Ici c'est chez moi, on a tous vécu des choses pas drôles mais on est ensemble pour passer un bon moment.» Le remontage de bretelles avait été efficace car l'oncle Yvon se montra souriant et agréable. Le garçonnet passait régulièrement quelques jours de vacances chez lui, jouait avec le berger allemand, au badminton, aux boules, cueillait avec son parrain des trompettes-de-la-mort dans le bois au-dessus de chez eux, apprenait la différence entre vipères et couleuvres – que le tonton appelait «des rampants». Quand il arrachait les orties à mains nues, il affirmait aux yeux ronds de son filleul qu'il ne sentait rien puis s'en frictionnait l'avant-bras pour le lui prouver. Cet oncle, joueur avec les enfants, en voulait aux adultes, pas aux gosses.

Au bout du récit, Patrick les bras chargés de bois humide s'était redressé et, comme un fagot tenant un autre fagot, avait regardé Benjamin en souriant fièrement :

— Je me suis fait réformer. Et tu ne peux pas savoir la joie que j'en ai. C'était il y a un an, mais putain que c'est bon. Et toi, au fait ? T'en es où ?

74

Je suis le premier des beaux-frères du côté de ma femme à tirer sa révérence. Normal, je suis le plus âgé, c'est l'ordre des choses à ce qu'il paraît. Ils ne sont pas en état de venir jusqu'ici, bloqués chez eux par la vie qui s'en va, les jambes, la tête, le cœur, tout ça fout le camp et nous laisse sur le flanc comme des baleines échouées. Finalement, à part la hanche et ce qu'on croyait être la prostate, je serai resté debout jusqu'à la ligne d'arrivée.

Ma sœur, la dernière encore sur pattes, Élise, voudrait me voir ; j'ai rien contre évidemment, mais je ne veux pas qu'elle chiale, pas d'épanchements, c'est déjà assez dur comme ça. Je ne veux pas que la chambre devienne le bureau des pleurs, je veux des mains et des sourires, du chagrin qui mord sa chique, pas du nerveux qui se lâche, je veux de la douceur. Alors oui, qu'elle vienne la sœurette, mais qu'elle se tienne…

75

C'était vrai ça, il en était où ?

Benjamin n'y avait jamais vraiment songé. Comme il poursuivait ses études au sens le plus athlétique de l'expression, l'administration des armées lui avait accordé automatiquement un report. La réalité du rendez-vous avec le service obligatoire d'un an lui avait quelque peu échappé. Mais, dans l'herbe molle et froide d'une fin d'hiver, Patrick venait de glisser un caillou dans ses camarguaises. L'armée, il n'avait pas fait son armée et, vu l'écart d'âge entre son camarade et lui, il ne tarderait pas à recevoir une convocation !

Patrick, soudain conscient d'avoir joué le rôle d'oiseau de mauvais augure en voyant la mine effarée de son copain, entreprit immédiatement de dédramatiser la situation en initiant cette jeune recrue aux joies de la réforme.

Patrick s'était fait exempter, son antimilitarisme l'avait poussé comme un vent de travers. Il avait pris du gîte, ses bouts s'étaient tendus d'un coup et son petit rafiot, pourtant fragile, était devenu une machine folle fonçant à pleines voiles. Lui, le calme qui aspirait au silence, qui rêvait de travailler le cuir dans un coin de forêt perdu, lui, le gars aux yeux cernés et souvent mi-clos, était devenu une plaque tournante de la grande truanderie militaire ; il en avait fait un objet d'étude, se créant une sorte de fac parallèle avec option bidouillage de CV. Il s'était métamorphosé en expert ès maladies fictives censées dissuader l'uniforme, connaissait tous les médecins de Rouen conciliants et prêts à vous pondre un certificat médical en bâillant, avait recueilli une masse de témoignages de conscrits qui avaient tenté le chemin du falsifiant avant lui, données épluchées et classées. Benjamin n'avait donc rien à craindre, il allait pouvoir profiter des ajustements tactiques de son ami.

Une fois à l'intérieur, une énorme partie du potentiel physique et intellectuel de Benjamin s'escrimait à allumer un feu digne de ce nom. Seules les pages froissées de *Paris Normandie* produisaient quelques flammes éphémères qui ne faisaient que noircir le bois recouvert de lichen mouillé. Benjamin se pensait pourtant spécialiste, lui, le gars de la campagne, mais son penchant esthétique pour un feu odorant à base de branches de pommier avait rendu la mission quasi impossible. Or l'échec n'était pas une solution.

Depuis leur retour les bras chargés de combustible, les conversations s'étaient très vite transformées en affluents venant gonfler le seul thème qui aspirait tous les esprits et que Patrick entretenait : le service national. Patrick poursuivit son exposé. Même Cédric, le doux, le frisé, le gentil, celui qui, au lycée, travaillait très bien sans le montrer, mine de rien, passant volontiers pour un dilettante agaçant les profs qui espéraient plus d'un tel potentiel, même Cédric était sorti de sa quiétude béate pour s'inquiéter de son avenir militaire. Lorsque Amanda fit sa première tentative pour exposer son point de vue révolutionnaire sur le sujet, elle fut stoppée net par Jean-Patrick. Celui-ci s'écarta brusquement des bidouilleries dans le cou dont le gratifiait Valérie pour s'impliquer dans le débat. Comme Cédric et Benjamin, Jean-Patrick n'était pas passé par les armes, et les trois étaient certainement la dernière génération à devoir faire son devoir, les derniers à se préoccuper de leur situation militaire et à s'insurger contre cet appel d'un autre âge ; et le fait d'être les derniers des Mohicans de cette survivance leur collait une rage amère. Patrick savait tout. Et répondait avec précision aux interrogations des uns et des autres. Valérie, elle, imaginait son Jean-Pat en uniforme et n'arrivait pas à trouver la perspective déplaisante, ce qui eut le don de le crisper – pour la plus grande joie de Benjamin qui trouva soudainement que la vie n'était pas si mal faite.

Amanda, qui avait une tout autre approche du service militaire, persistait à dérouler sa logorrhée collectiviste sur la question et ses yeux supérieurs les regardaient paniquer, pauvres hères déboussolés se débattant dans une mélasse capitaliste comme les mouches se noient dans l'eau sucrée des pièges en verre. Elle tapota un coussin de la main pour inviter son amoureux à la rejoindre près de la vérité et du feu – qui, laissé tranquille quelques instants, s'était mis à brûler comme un vrai. Benjamin, préoccupé, déclina son invitation pour rester au plus près de cet expert qui tombait à pic ; c'était lui le vrai foyer, avec lui il organisait la résistance.

Ils étaient trois garçons en âge d'être appelés pour les dernières cargaisons de conscrits, trois garçons pour lesquels l'armée n'avait rien à voir avec leur vie, trois jeunes types pleins de sève et de projets que la perspective de cette année sous les drapeaux emmerdait au plus haut point. Cédric en deuxième année de physique, Jean-Patrick en deuxième année de sciences naturelles et Benjamin en première année de psycho – en attendant qu'il se passe quelque chose du côté du théâtre – avaient bien d'autres choses à faire et à rêver que de marcher au pas et de se taper des corvées.

Profitant d'un décapsulage de bières et d'une fournée de saucisson, Amanda reprit la main ; ils avaient la bouche pleine, ce qui ne lui avait pas échappé, c'était le moment d'attaquer. Elle leur débita qu'il fallait au contraire faire son service afin de noyauter la grande muette, véritable instrument du capitalisme, et lui apprendre à parler le marxisme-léninisme. Elle récita des noms de « militants courageux et dévoués » passés en procès, dont un caporal rétrogradé et condamné au mitard,

Jean-Philippe Ternon, du Havre, puis affirma que c'était grâce à toutes ces actions que *L'Humanité* n'était plus un journal interdit dans les casernes ; enfin elle parla du procès, tenu deux ans plus tôt, de trois appelés de Landau. À l'entendre, il fallait profiter du formidable brassage de population qu'était le service national pour éduquer les masses, et les inciter à revendiquer leurs droits. Comme elle ne mettait jamais de point lorsqu'elle parlait, ses arguments s'enchaînaient et s'entassaient les uns sur les autres comme une masse terreuse chutant d'un tombereau. En face, chacun attendait la fin de l'ondée révolutionnaire, se disant « ça va bien s'arrêter tout seul, elle va manquer de carburant ou avaler de travers une cacahuète ! ». Et puis vint l'instant tant espéré, le faux pas. Évoquant la lutte armée toujours possible, elle asséna que faire son service avait le mérite de donner aux plus entreprenants la possibilité de piquer du matériel létal pour éliminer le remplaçant de Georges Besse, le P-DG de Renault assassiné quelques mois auparavant, et préparer la révolution. Léa siffla la fin de la récréation, elle ne voulait pas entendre ce genre de propos, c'était sa fête d'anniversaire et elle aimerait bien maintenant que la militante la ferme pour de bon.

Dans le bus, Benjamin était pensif. Comment faire comprendre à cette Amanda que sa lutte armée elle pouvait se la garder pour elle et pour longtemps, qu'il préférait continuer la fac et le théâtre, des projets de vie sans souvenirs kaki à l'intérieur, sans prendre le moindre risque de s'entendre dire un jour de pluie et de ventre à l'un de ses fils qu'un « an d'armée ne tue personne ». Benjamin voulait s'entourer de copains d'école ou de cours de théâtre, éventuellement d'athlétisme s'il avait le courage d'y retourner un jour, mais pas se faire des potes de garnison. Lui voulait choisir son ennui, il avait la guerre solitaire.

Son enfance belliqueuse, elle était au 1/72e, avec Airfix et Revell. Des centaines d'heures passées à encoller des bouts de plastique gris pour en faire des chasseurs bombardiers, des tanks, à maîtriser ensuite la technique du polystyrène expansé découpé au couteau chauffé sur la flamme de la gazinière – méthode héritée de son frère aîné qui recréait ainsi des barrières de corail destinées à ses poissons exotiques – pour façonner des champs de bataille, des tranchées. Ses jeux d'enfance, c'était la guerre, toujours la guerre, avec des uniformes par livres entiers, des bacs à sable transformés en Omaha Beach, en Juno, en pointe du Hoc, c'était aussi la maison secondaire – où ils avaient passé le week-end – située à cinq minutes à vélo d'un ancien terrain d'aviation allemand, les V1 lancés à deux pas de chez ses parents, les Spitfires – que son père prononçait à la française – et Hurricans qui avaient maintes fois tenté de réduire à néant la base aérienne. La guerre, pour Benjamin, était encore là, dans cette campagne ; il imaginait cette tranchée taillée à même la glaise par sa grand-mère pour y loger ses filles quand ça tombait, avait entendu

Claudine, sa mère, se souvenir des bombes tombées sur ses trois ans. La guerre encore tellement là, dans ces entonnoirs toujours visibles en forêt, béances pleines de feuilles, dans les noms de civils sculptés à même le granit commémoratif, dans l'histoire de cette petite de quatre ans déglinguée sur le pas de sa porte par un souffle effarant… Il savait que la guerre fait ce qu'elle veut, défonce les talus et rentre les pieds mouillés, que c'est une jean-foutre impolie. Benjamin tenait de la guerre comme on tient de sa mère la couleur de ses yeux. Chaque jour passé dans cette campagne faisait surgir des souvenirs qu'il n'avait pas vécus et, lui, il avait passé son enfance à imaginer des cachettes à faire en noisetier et en pommes à cidre, ce que ses parents avaient enduré pour de vrai.

La nuit s'était épaissie et avancée. Le feu s'apaisait sur son coussin de braises rouges, Cédric avait entrepris une petite marche solitaire et nocturne, Léa était partie se coucher avec ses Marlboro rouges. Patricia avait trouvé en Sylvie une oreille qu'elle pensait attentive mais Sylvie était devenue un goéland planant sur les phrases de Patricia, baissant et redressant sa tête au gré des rafales « verboyantes ». Comme il restait des bières, Patrick et Benjamin pouvaient tenir quelque temps avant d'aller se coucher.

Benjamin voulait savoir comment on s'y prend avec le médecin, combien ça coûte, les risques encourus en cas de découverte du pot aux roses ;

il en avait déjà les genoux tremblants, il tentait de s'imaginer, fébrile, dans une salle d'attente de généraliste réformateur assombrie de scènes de chasse en tapisserie, croisant les doigts pour que la fameuse feuille certifiant un problème osseux, pulmonaire ou cardiaque lui soit remise. Le processus paraissait simple mais, au fond de lui, il sentait déjà qu'il ne le suivrait pas. Car c'était de la grosse triche, du pointu, on commence ainsi, on continue en se faisant payer au noir et on termine dans le trafic de petit brun avec des gars du Havre. Et puis, simuler la maladie, n'était-ce pas lui faciliter le passage, crainte ne reposant sur aucune étude scientifique récemment publiée, il en convenait, mais liée à un atavisme populaire qui n'autorisait pas à jouer avec ces choses-là. Il n'avait vu son père malade qu'une fois, une pneumonie, et avait encore en tête les ampoules ventousées sur son dos aspirant sa peau en bocal, mais plus que tout c'était de le voir cloué dans son lit et ne pas pouvoir aller travailler qui restait dans sa mémoire. Benjamin venait de là, d'une famille où l'on ne se plaint pas ; non par fierté mais parce que sa mère et son père n'en avaient jamais eu les moyens.

Le certificat miracle, il ne l'envisageait pas. Anticipant toujours le pire, il s'imaginait convoqué pour les « trois jours » dans l'Est militaire français, tombant sur un appelé en blouse blanche qui déciderait de faire de lui un sujet de contre-expertise parce que sa petite tête ou son prénom ne lui reviendrait pas – Benjamin avait eu tant de mal à l'accepter qu'il pouvait aisément comprendre que d'autres s'y arrêtent; Jacques Brel et son *Oncle Benjamin* lui avaient un peu regonflé les pneus de son prénom. Il se voyait déjà couché dans un lit en fer entouré d'un demi-cercle de gradés hilares le félicitant pour la tentative et lui expliquant qu'étant miraculeusement guéri de son souffle au cœur l'armée avait choisi pour lui l'air marin d'un camp disciplinaire situé en haute Corse où il pourrait parfaire sa convalescence pendant un an et demi, le tout agrémenté d'un procès au bout du séjour devant un tribunal militaire, histoire de terminer l'épisode en beauté.

76

Le bus parvint enfin à rejoindre la rive gauche. Comme chaque fois qu'il traversait la Seine, Benjamin posait son regard sur les immeubles fabriqués à la hâte après la guerre, bâtiments sans âme, carrés, froids, anonymes, édifiés pour combler les béances des bombardements anglais. Et chaque fois il se demandait s'il était seul à avoir ce type de réflexion ou si d'autres partageaient l'inéluctable courbure de ses pensées vers l'horizon des événements qui caractérisent toujours l'approche des trous noirs.

Il aimait le parallèle astrophysique qui venait de poindre : la guerre, un trou noir d'où rien ne ressort pas même le temps qui, paraît-il, ralentit à son approche et s'inverse. Que produit la guerre, sinon également cela ? Et si la guerre ne produisait rien de bon ? Réellement rien ? Les livres d'histoire s'échinent à prouver le contraire, la Société des nations, l'ONU, le Conseil national de la Résistance, etc., mais si cette verroterie administrative, issue de cerveaux traumatisés, n'était que des cartes perforées jouant la même musique mécanisée sur le grand orgue de la barbarie humaine ?

Les parents de Benjamin avaient des amis au Havre qu'ils allaient voir sporadiquement mais que les lois Devaquet avaient éloignés, sa mère n'ayant pas apprécié les commentaires de son ancienne copine sur « ces jeunes trous-du-cul qui manifestaient contre des lois qu'ils ne comprenaient même pas », cette « jeunesse dorée affaiblie par le confort ». Elle devait avoir accumulé tout un petit sac de choses à lui dire depuis des années. Avant cette brouille, des allers et retours de dîners promis et rendus avaient occasionné quelques voyages au Havre. Une ville que Benjamin ne comprenait pas. Il avait mis du temps à saisir ce qui n'allait pas : elle était sans quartier, juste un trait de crayon, un projet. Et puis son enfance en avait appris la raison : des bombardements début septembre 44 même pas nécessaires, juste à cause d'une nervosité anglaise qui voulait faire vite. La ville devait être prise, malgré un port déjà consciencieusement rendu inutilisable par des bombings réguliers ; les Allemands, initialement intraitables, avaient fini par accepter de négocier le départ des civils ; mais trop tard pour messieurs les Anglais qui envoyèrent plus de deux mille personnes *ad patres* – dont très peu de soldats allemands, parce qu'ils logeaient en dehors de la ville – et rasèrent la cité. Aller au Havre, c'était à ses yeux traverser un champ de ruines ; son malaise havrais venait de là.

Ce même malaise, il le ressentait encore dans son bus à la vision des quais de Seine rouennais, traversés chaque matin et chaque soir, ces kilomètres de bâtisses reconstruites à pleine toupie dans une ville jusque-là chargée de colombages, d'ardoises et d'encorbellements, une ville qui décochait des volées de flèches gothiques vers le ciel, une ville dont l'identité s'était figée brutalement à cause d'une saignée de guerre pratiquée aux abords du fleuve et jusque dans son centre. Son père lui avait raconté les bifuselages anglais chargés de bombes venus écraser un ruban d'hommes et de matériel, baptisé von Kluge, soldats piétinant pour emprunter un pont flottant, unique moyen de traverser la Seine. Les rabots volants avaient laissé à chaque passage des copeaux d'humains et de matériel, peaufinant leurs cadences comme l'artisan son coup de main, améliorant consciencieusement la régularité et la précision de leur geste. Tout ça pour que l'acier s'éparpille, pour que des corps se disloquent et que les chairs se déchirent, pour que la queue leu leu de réservoirs explose à son tour ; tout devait brûler et tout a brûlé. Y compris, paraît-il, un entrepôt de sucre qui avait fait que Rouen sentit longtemps le caramel, le pétrole et la chair putréfiée. Benjamin y pensait chaque matin et chaque soir. Et ces bâtisses neuves racontaient cela et le raconteraient longtemps malgré elles, désespérément, éternellement, comme le Théâtre des Arts, tout lisse sur son esplanade venteuse, le racontait, comme les ponts modernes le racontaient, comme l'île Lacroix le racontait. Il y avait une ville qui poussait jusqu'au fleuve pour y tremper ses pavés et ses colombages médiévaux, mais la guerre lui avait recroquevillé les orteils, l'avait blessée, amputée, victime rafistolée à coups de prothèses utiles pour faire circuler les vivants, autour de son centre devenu, par la force brutale des choses, historique.

77

Le bus articulé déposa enfin Benjamin à quelques pas de chez lui. Plus qu'une zone d'habitation récente à traverser et il serait à la maison, enfin plutôt au logement de fonction de ses parents cerné par des immeubles, centaines de saillies offrant une vue plongeante sur leur intérieur. Combien de cigarettes en tricot de corps avaient été méthodiquement grillées en regardant leurs allées et venues, clopes crapotées par tout un peuple s'emmerdant et n'ayant que des balcons encanissés pour s'offrir des vagabondages solitaires, errances du regard s'échouant fatalement, à un moment ou à un autre, sur les fenêtres de leur logis préfabriqué.

Benjamin allait retrouver son père. Qui, depuis deux ans maintenant, restait à la maison, licencié de la station-service dans laquelle il officiait depuis des années, pourtant serviteur zélé des voitures assoiffées, sympathique pompiste ayant toujours le mot gentil et rigolard au point de doubler son salaire en pourboires ramenés fièrement à la maison, un smic de sourires et de poignées de main, de plaisanteries et de confidences, de commentaires politiques vite distillés à la tête du client, de conseils en tout genre pour que la mécanique s'active dans le moelleux d'une huile adéquate. Son père, avec le temps, était devenu la mémoire du quartier ; il avait vu les enfants de tout le monde grandir, s'émanciper et revenir faire téter leur 4L étudiante au relais Gustave-Flaubert de Sotteville-lès-Rouen, il savait ceux qui tourneraient bien, ceux qui ne feraient rien de bon, il avait en lui la liste secrète des devenirs. Adolescent, Benjamin aimait cet univers, tous les samedis ils allaient le chercher directement à la station avant de partir à la campagne ; ils le surprenaient parfois encore en bleu de travail, les mains noires et odorantes ; il terminait deux ou trois bricoles, se changeait et venait prendre le volant en leur distribuant des Bounty qu'il avait pris sur le comptoir. L'essence et la noix de coco, la gomme neuve des pneus emplissaient les narines du garçon chaque samedi.

Mais tout ça s'était arrêté brutalement quand le comptable d'une entreprise de transport routier avait trouvé que ses camions consommaient un peu trop de fioul. Il avait déduit qu'une combine existait depuis des lustres entre certains de ses chauffeurs et la station-service. On y échangeait des bons d'essence contre leur équivalent en carburant, mais une coutume établie par l'ancien Thénardier consistait à verser dans le réservoir des poids lourds moins d'essence qu'indiqué sur le bon, en échange de quoi le chauffeur repartait avec une peau de chamois neuve, des balais d'essuie-glaces, un bidon d'huile, de quoi faire plaisir. Le père de Benjamin n'avait pas institué le traficotage, mais appliquait les consignes depuis des années, y compris après le départ en retraite du patron historique. Le remplaçant de ce dernier l'avait donc licencié du jour au lendemain. Lors du procès, honnête, il avait été le seul à reconnaître le procédé et le seul à payer. Voilà pourquoi son père était là, désormais, en fin d'après-midi.

Les fins de journée n'étaient pas joyeuses à la maison. Le père de Benjamin s'emmerdait et ruminait cette humiliation et la honte du procès. Les quelques instants en tête à tête dans la cuisine le désolaient : ils n'avaient pas beaucoup de choses à échanger, à la fois timides, gauches et taiseux quand il fallait parler de soi. En général, une compote de pomme frémissait sur le feu à côté d'un café du matin qui attendait la fin d'après-midi pour exhaler son amertume. Benjamin s'asseyait un mazagran dans la main, son père lui versait le liquide bouillonnant et une conversation tentait de s'établir. Mais rien n'allait vraiment au bout. Les questions du père s'emmêlaient un peu les pinceaux dans le manque d'entrain, et les réponses du fils n'avaient pas l'élan suffisant pour se terminer précisément, si bien que, très vite, une liturgie domestique reprenait le dessus et mettait fin au marasme : les devoirs, la chambre, les chaussures dans l'entrée, les manteaux qui traînent, autant de petits désordres qu'il s'agissait de rectifier car tout cela risquait de mettre en péril le bonheur familial. Le ton qu'employait son père pour lui demander de faire ces choses avait le don de chambouler Benjamin : pour quelle raison une paire de baskets « traînant » dans l'entrée méritait-elle cette voix nerveuse et sans appel ? En quoi un sac de sport soupirant mollement près de la cuisine en attendant de retrouver le dessus-de-lit orange vif de la chambre du garçon aurait-il transformé cet appartement en taudis, en lieu de débauche et de perdition comme le laissait entendre le ton paternel ?

Benjamin sirotait son jus en jurant qu'il rangerait après la pause, le père n'y croyait pas et attendait debout, près de la table, une éponge à la main pour essuyer les ronds de café que laissait chaque translation du mazagran vers les lèvres de son fils. Ce dernier avait tenté plusieurs fois de marchander l'éponge pour éviter à son père la répétition de cette tâche sisyphienne, mais rien n'y faisait : il tenait à s'assurer en personne que le dernier rond de café s'effacerait sous ses yeux et de ses propres mains, qu'ensuite le mazagran terminerait son service sous le jet du robinet, se ferait « tourbichonner » dans un linge de cuisine propre et retrouverait la place qu'il n'aurait jamais dû quitter dans le grand meuble de la salle à manger s'il n'y avait eu la lubie qu'avait son fils de préférer cette tasse haute aux verres en pyrex de la cuisine tellement plus pratiques.

Une fois le mazagran rangé, la maison retrouvait un peu de sérénité. À moins que, sur le chemin de sa chambre, le garçon n'oublie de ramasser une affaire ou deux, auquel cas quelques répliques sismiques feraient encore résonner les murs de cet intérieur où tout devait être propre et rangé pour l'arrivée de « maman ». L'obsession de l'ordre, qui devait déjà provenir d'un atavisme bien ancré, avait été renforcée par cette fin de vie professionnelle le condamnant à rester chez lui. Son père voulait se rendre utile, lui devenu inutile, lui, la bouche à nourrir qui ne rapportait plus rien à la maison. Toute une vie à bosser sans compter les heures ni la peine et se retrouver licencié comme un malpropre sans rien avec un procès à la clef ! Les heures étaient sombres mais l'appartement brillait du sol au plafond.

La mère de Benjamin, sentant que son homme n'allait pas faire long feu en se contentant d'assurer le ménage et de préparer la soupe du soir, avait pris les choses en main. Le travail, il fallait faire une croix dessus – à plus de cinquante ans, sans qualification précise malgré un passé de maçon chez Hector, une base d'horticulture et une expérience militaire. Il importait donc de lui trouver une activité en attendant la préretraite puis la retraite. Elle lui proposa de travailler pour la famille en devenant le maraîcher en chef ; ils avaient une maison à la campagne, du terrain, à charge pour lui de construire un bâtiment, d'y mettre les outils d'un côté et des moutons de l'autre, de clôturer un coin de terre et de la retourner pour en faire sortir des salades, des patates, des haricots, des oignons, des artichauts, des carottes, des petits pois, des fraises, des groseilles, des framboises, des betteraves… tout ce qu'une terre normande pouvait donner.

— Tiens, t'as une lettre, je l'ai mise sur le meuble à chaussures.

Benjamin fit demi-tour. Une lettre pour lui, ça n'arrivait pas si souvent. À part son frère aîné qui, régulièrement, lui racontait ses premiers pas en terre africaine sur papier fin et enveloppe avion, et son copain Erwann parti en dérive, qui le lui expliquait en déposant ses mots nerveux sur papiers déchirés directement sur sa fenêtre, lestés par un caillou, Benjamin ne recevait pas de courrier.

Mais là, rien d'intime. C'était de l'administratif. Service national. Les trois jours. Voilà ils en parlaient.

— C'est où Cambrai papa?

— Cambrai, département du Nord, 59.

Son père était incollable sur les départements français et leur numéro, chaque départ en vacances se transformait pour lui en occasion de réviser ses fiches d'enfance; le département du traînard de devant qualifié de «peine à jouir» ou celui du cinglé qui doublait en pleine ligne blanche plus sobrement appelé «l'autre abruti» étaient immédiatement repérés et récités.

Son père, une fois informé de la nature de la missive, n'émit aucune remarque particulière. C'était dans l'ordre des choses, le service national. Après le grand, réformé pour cause de myopie qui ne lui avait pas même permis de distinguer le mur sur lequel était suspendu le test oculaire, c'était au tour de son deuxième. Passé le bac, s'imposait le service.

78

Je me dis que j'ai encore une chose à faire sur cette Terre, une seule. C'est de partir dignement si mon corps m'en laisse la possibilité, si ce n'est pas trop lui demander.

De pouvoir leur sourire jusqu'au bout, leur dire des petites choses de la vie de tous les jours – « Alors, quoi de neuf ? » –, d'avoir un peu de force pour écouter les réponses, de pas faire semblant mais faire avec. Tant que la mort n'est pas là, c'est la vie qui doit couler encore un peu.

« Alors, quoi de neuf aujourd'hui ? »

79

Une fois dans sa chambre, Benjamin se sentit dépossédé de son avenir. Il préparait le conservatoire de Paris, voulait réussir ses partiels de psycho au cas où il ne serait pas pris – et il y avait de fortes chances qu'il ne le fût pas –, mais, d'un coup, la guerre venait pointer son nez dans ses affaires civiles, l'armée, la vraie, pas celle en maquette ni en film. La convocation précisait qu'il devait se rendre au CS2, centre de sélection numéro deux, soit la caserne Mortier dans le Nord, un jeudi du mois de mars, passer une nuit là-bas et retour le lendemain, apte ou réformé. Les fameux trois jours n'en faisaient quasiment qu'un et demi mais c'était préoccupant.

Depuis ce week-end entre amis, Benjamin avait peaufiné son plan. Pas question de tricher avec la santé, ni de faire un numéro d'antimilitariste post-soixante-huitard. Avec Patrick, ils en étaient arrivé à la conclusion qu'il fallait rencontrer le psychologue sans le demander. En fait, il importait de tout faire bien, impeccable, les tests, le parcours médical, le remplissage des fiches de renseignement, mais d'ajouter deux ou trois bricoles qui propulseraient automatiquement le dossier entre les mains du psy; après, ce serait à lui de jouer.

Benjamin s'était évidemment gardé de mettre son père dans la confidence; lui, l'ancien militaire discret sur la chose, pouvait très bien considérer le service national comme un passage obligé susceptible de coller un peu de plomb dans les cervelles, espérer que ce service serait un point de convergence avec l'un de ses fils, de quoi rigoler ou s'indigner ensemble des us et coutumes de la grande muette. Cette pensée le rendait mélancolique : en se faisant réformer, il risquait de tirer un trait sur une partie de la vie de son père, d'agrandir le fossé; Benjamin ne voulait pas être méprisant, ça n'avait rien à voir, il était même attiré par ce pan d'existence paternelle mystérieux, cette vie militaire dont il ne restait qu'une veste courte kaki doublée de nylon rouge, une robe de chambre en soie brodée d'un dragon, un service en porcelaine qui laissait voir un visage féminin lorsque le café était avalé, deux boîtes en carton contenant une série de documents officiels sur papier très fin où une encre bleue frappée lourdement par des barres à caractère rigoureux tentait de résister au temps qui passe. Sans oublier la photo d'un jeune homme mince en uniforme tropical arpentant les artères d'une ville vietnamienne pleine de pousse-pousse et entouré de collègues en vadrouille, une autre montrant les mêmes trombines inconnues, toutes sourire aux lèvres, dépassant d'un horizon de mer semblant à la bonne température, une troisième présentant les mêmes sortis de l'eau arborant fièrement leur amitié et leurs corps minces de soldats de l'après-guerre en slips de bain improbables, et enfin une dernière, image d'un jeune Vietnamien accroupi au visage inquiet cerné par un arc de cercle de jambes militaires françaises en short, avec armes qui pointent leurs nez vers le haut du cadre dentelé. Benjamin avait lu et relu ces documents en cachette, n'y puisant rien qui puisse faire basculer sa conscience, rien qui lui en révèle plus sur le passé de son père, juste ce qu'il savait déjà : il s'agissait d'une guerre lointaine avec son papa dedans, de jeunes hommes qui avaient fait de leurs vingt ans une prise d'armes. La seule pensée qui le taraudait, c'était cette vie collée à un tel ailleurs, ce lointain au nom de roman, l'Indochine.

Dans le train qui le menait jusqu'à Cambrai, avec changement à Douai, Benjamin peaufinait sa stratégie d'évitement. Sa tactique était de rester seul, pas comme un asocial ou un révolté qui considère que ses contemporains sont des herbivores, mais comme un garçon timide, vraiment timide. Dès le départ du convoi, il s'était mis à l'écart dans l'un des wagons, craignant la présence de mouchards chargés de déceler les réfractaires avant même qu'ils mettent un bout de leurs Stan Smith dans la caserne. Les garçons de son âge ne manquaient pas dans ce

Corail ; et au fur et à mesure que Cambrai approchait, la population des comme lui se densifiait. Alors son regard se faisait furtif, il craignait par-dessus tout de faire connaissance, ne voulait pas de copains, ne tenait pas à franchir le portail du CS2 la camaraderie en bandoulière ; il voulait être un parmi d'autres, coopératif mais seul, discipliné mais seul. Tel était le premier chapitre de son plan d'action.

La gare lui parut immense. Le pragmatisme militaire ayant reproduit une ligne jaune partant du hall jusqu'à la caserne, il n'avait qu'à la suivre. Son chemin déjà dessiné au sol, cette ligne jaune c'était la guerre qui commençait, car ça commence toujours comme ça : avec un jeune type habillé en civil qui baisse la tête et suit un chemin que l'on a tracé pour lui. Il regarda alentour et la méthode fonctionnait : les « comme lui » formaient des groupes disparates, se regardaient, sortaient un papier de leur blouson, tombaient sur la pancarte invitant à suivre la ligne jaune, et obéissaient.

Et le voilà cheminant à distance des rires de devant et des théories d'avenir militaire de derrière. De la brique les attend, un immense portail largement ouvert vaguement gardé par un treillis négligé. Dans la cour, les plus rapides étaient déjà arrivés, certains commençaient à égrainer une liste de questions à quelques uniformes plus soignés, lesquels firent comprendre à ces actifs anxieux qu'ils sauraient tout le moment venu ; pour l'instant, il fallait se diviser en groupes pour se répartir par chambrée.

La timidité simulée dans le train n'avait plus besoin d'aide pour s'exprimer, elle était là, bien vivante, sans forcer le trait, car Benjamin tarda à se coller à un groupe. Il oublia de compter, regarda tout bêtement et ce qu'il espérait arriva.

— Tu attends quoi ? lâcha un soldat dans sa direction.

— Je vais où ? répondit-il.

Le treillis observa son armée en herbe, inspecta la zone d'un regard efficace qui cherchait à le montrer et, d'un geste précis, lui indiqua un rassemblement incomplet. Benjamin fit un petit merci mais se rendit compte immédiatement que cela n'existait pas, dans l'armée, « un merci de la tête ». Le treillis se détourna, appelé par une main qui se levait comme à l'école.

Benjamin continua à le regarder, c'était son premier gradé en chair et en os. Il eut le temps de remarquer ses manches strictement retroussées, avec repli parfaitement net et bourrelet de tissu vert olive légèrement plus pâle que le dessus, trait impeccable de quelques centimètres de largeur dont il pensait que la taille était forcément répertoriée dans un manuel, parce que juste en dessous ou juste au-dessus de cette taille de revers l'anarchie commençait. Il nota encore le béret roulé comme une langue qui fait un tube, coincé dans une épaulette, la veste pas fermée jusqu'en haut mais laissant une petite doublure triangulaire se boutonner pour assurer les arrières. Bien sûr, les rangers brillaient, comme les petites barrettes dorées – les mêmes que celles du boléro militaire de son père. Le treillis devait donc être maréchal des logis, peut-être même maréchal des logis-chef. Benjamin aurait aimé lui dire qu'il avait deviné son grade, évoquer son père, expliquer qu'il faisait un peu partie de la famille, et puis tout lâcher là tout de suite, les études, le théâtre, l'avenir civil. C'était facile, c'était maintenant qu'il pouvait tout envoyer balader et bouleverser son destin, l'armée avait gagné, il serait militaire, il allait remplir les questionnaires, faire les tests, demander à s'engager après le service, devenir un officier aimé de ses hommes et un mari choyé ayant une épouse en jupe bleu marine et des enfants polis à ses côtés !

— On se connaît, non ?

Benjamin se retourna.

— Tu fais du théâtre avec ma sœur, Sylvie. Sylvie Daunis.

Benjamin se rapprocha du garçon figé dans un sourire trahissant l'attente d'une confirmation de son talent de physionomiste.

— Euh, oui. Mais, ici, j'aimerais bien que tu ne le dises pas. Je vais essayer de me faire réformer et je préfère que ça ne revienne pas aux oreilles d'un officier, si tu vois ce que je veux dire ?

Le frère de Sylvie Daunis ne saisit pas vraiment le lien entre le théâtre et l'exemption. Il prit un air désolé, comme si Benjamin s'embarquait dans un processus dont il fallait s'éloigner au plus vite. Et s'écarta en s'excusant.

La chambrée. Grande pièce, succession de lits étonnamment étroits et d'armoires métalliques. À peine entrés, certains se précipitèrent vers un lit précis, comme si un instinct les y poussait. Sûrs de leurs choix, ils s'allongeaient ostensiblement dessus, façon de marquer un territoire d'emblée, de prouver – en poussant un soupir satisfait – qu'ils avaient eu raison, possédaient un truc en plus : savoir. Il y a ceux qui savent et ceux qui suivent, et ça commence par le choix du plumard. Lentement, Benjamin se dirigea vers le seul lit restant, tout au fond.

Draps et couverture étaient militairement pliés. Il devrait tout installer ce soir avant de se coucher. L'étroitesse du matelas lui fit penser qu'ici on ne devait réussir à dormir que fatigué ou imbibé, c'était un lit où l'on ne s'endormait pas mais où l'on s'écroulait comme une masse en ronflant, puisque se tourner pour chercher le sommeil faisait à coup sûr tomber par terre. La vaste salle était vétuste mais briquée ; même les trous dans le lino étaient propres. Une odeur fade de collectivité organisée régnait.

Benjamin se tenait debout, en slip, et il n'était pas le seul. La France masculine âgée d'une vingtaine d'années se trouvait en sous-vêtement et, le moins que l'on puisse dire, c'est qu'elle était sacrément disparate. Tous les types de sous-vêtements du pays étaient de la revue. La mode étant aux couleurs vives, c'était un festival d'imprimés. Pour l'occasion,

Benjamin avait préféré miser sur un slip de son père, en coton blanc avec poche sur le devant.

Le printemps était vif, la pièce froide, ils étaient désormais assis sur des bancs en bois. Le garçon redoutait le moment où il devrait baisser sa culotte devant un inspecteur en bite et couilles. Il était circoncis et un feuilleton lui avait fait appréhender, enfant, ce genre d'inspection ; la scène avait montré des mômes, pendant la guerre, obligés par un officier allemand, dans la classe d'une école communale de province, de baisser leur pantalon et leur culotte. Comme il ne comprenait pas, sa mère lui avait expliqué que les petits garçons juifs étaient circoncis comme lui et que les Allemands pouvaient ainsi les reconnaître et les arrêter pour les déporter. C'est de cette manière que la Shoah était entrée dans la vie de Benjamin ; depuis ce film et ce jour, son existence serait liée, intimement liée au peuple juif malgré la précision de sa mère qui se voulait rassurante : « Toi, tu aurais un certificat médical. » Mais dans la tête du garçon, c'était trop tard, lui aussi aurait été embarqué, avec les autres ; il était juif, juif normand ; après tout à Rouen il y avait bien « la rue aux Juifs ». Et là, à Cambrai, son cerveau affolé lui faisait croire que l'histoire bégayait : son slip blanc ressemblait à celui des petits garçons du feuilleton.

Finalement, pas d'inspection de zigounette ; taille, poids, colonne vertébrale, flexion et aucune main au panier. Il avait uriné dans un verre et, maintenant, attendait dans un couloir, son flacon à la main. Après un examen oculaire et acoustique, où on lui avait demandé de lever la main lorsqu'il entendait un son à droite puis à gauche, chaque fois Benjamin était tenté de demander si tout allait bien, mais il s'abstenait. Le voilà à présent rhabillé et prêt pour les tests de connaissance et de personnalité.

Ils étaient nombreux, installés dans une vaste salle de classe. Devant eux, se succédèrent plusieurs officiers venus leur parler de l'armée, de ses perspectives d'avenir, de sa mission et de ses valeurs. Ils expliquèrent aussi la marche à suivre pour remplir les questionnaires. L'un d'eux demanda qui, parmi eux, ne savait ni lire ni écrire ; ça pouffe. Benjamin sourit malgré lui, la question, aussi clairement et franchement prononcée, sans précaution d'usage, lui paraissant saugrenue. Balancée ainsi, sûr que personne n'oserait avouer en public une telle infirmité ; ça s'admettait en tête à tête dans un bureau fermé devant un conseiller d'orientation, pas dans la salle de classe d'une caserne exposée à tous les vents moqueurs. Pourtant, une dizaine de mains eurent le courage de se lever ; une dizaine, Benjamin les avait comptées et n'en revenait pas : dix garçons avaient osé lever la main, mais combien non ? Du coup, poussé par des réflexes de cours de sociologie fraîchement acquis, Benjamin se mit à compter les présents : ils étaient soixante-dix. Quatorze pour cent. Il y avait plus de quatorze lits dans la chambrée, cela signifiait que, ce soir, un garçon se coucherait tout près de lui qui ne saurait ni lire ni écrire ; il n'en revenait pas.

Encore sous le choc de la découverte, il vit des feuilles arriver devant lui, avec des questions, des grilles ; il fallait chercher l'intrus, compléter des séries de chiffres et de lettres, répondre à des questionnaires à choix multiples, le tout dans des limites de temps à respecter – deux minutes pour l'un, une minute pour l'autre. Comme toujours lorsqu'il était interrogé, Benjamin paniqua un peu, se voyant déjà rendant une copie délirante de ratures. La possibilité d'avoir zéro à un test de l'armée, alors que tout le monde lui avait dit qu'il fallait être crétin pour ne pas taper au-dessus de quinze sur vingt, le rendait fébrile. Et puis, il respira et commença. Finalement, les tests n'étaient pas si difficiles. Il trouva même l'exercice plaisant. Dans la salle silencieuse, des mains passaient dans des cheveux en ébullition.

Une fois les copies ramassées commençait le questionnaire de personnalité.

C'était le document que Benjamin attendait, celui qu'il convenait de remplir avec un soin particulier puisque de ses réponses dépendrait la suite des événements, le questionnaire orientant différemment les jeunes appelés. Si tout allait bien, l'officier qui ausculterait de près sa copie l'emmènerait consulter un psy, sans que Benjamin ait à en présenter la requête. Le cœur – palpitant et risqué – de sa stratégie battait là : ne rien solliciter, être ballotté bord sur bord et se retrouver exempté sans avoir demandé quoi que ce soit. Il remplit les cases frénétiquement, répondit sincèrement ; tout devait être sincère, sans exagération. Et apparut la case magique : « Avez-vous consommé de la drogue ? » « Oui », il écrivit « oui », et c'était vrai ; les kakis n'étaient pas obligés de savoir que c'était du shit aspiré par petites bouffées avec Jeff en écoutant *Amazonia* d'Yves Simon et que les taffes lui avaient fait ouvrir dare-dare le robinet d'eau chaude pour se servir un verre, cela devant les yeux à peine dupes de la mère de Jeff qui venait de recevoir un appel de ses parents en train de l'attendre nerveusement alors qu'ils partaient en week-end chez des amis à Veules-les-Roses. Ici, à Cambrai, ce serait donc un « oui » ferme et dense. « Avez-vous déjà fugué ? » Même réponse positive car il était déjà parti de la maison sans prévenir personne ; l'armée n'était pas censée se douter qu'il était rentré avant que quelqu'un s'en aperçoive ! « Avez-vous déjà été renvoyé de l'école ? » « Oui », autre réalité encore, donc rien à gonfler aux amphétamines ; il avait été viré deux jours en seconde, ses parents convoqués chez le directeur ; à un détail près – que l'armée ne saurait jamais : on l'avait mis à pied parce qu'il voulait continuer à faire du sport contre l'avis du professeur d'éducation physique qui avait puni toute la classe en raison du raffut de certains. Benjamin et l'un de ses copains avaient jugé la punition collective d'un autre âge et entrepris de désobéir à ce prof en bout de course en entamant un petit footing autour du terrain. À chaque passage devant l'enseignant, les menaces avaient monté d'un cran, mais le duo de récalcitrants répondait qu'ils n'avaient que deux heures de sport et ne comptaient pas les passer les fesses sur le ciment d'un terrain de hand extérieur. Benjamin et son pote avaient donc vraisemblablement été les seuls élèves de l'académie de Rouen à être virés pour avoir fait du sport pendant un cours de sport. À Cambrai, tout cela donnerait : drogué, fugueur et indiscipliné !

Un gradé, liste en main, égrainait des noms et directions. Arriva le sien. Benjamin devait passer devant le psy. Et atteindre le bout d'un long couloir. Facile, il n'y avait qu'à suivre la ligne jaune, les autres empruntant la rouge. Il se leva et se fit indiquer une nouvelle fois, rien que pour lui, les directives annoncées. Le militaire les répéta, étonné de ne pas avoir été compris du premier coup ; « ligne jaune, bout du couloir, attendre avec dossier, simple, bout du couloir ? — Oui, par là ? — Oui. — Avec le dossier ? — Oui. » Devant son air de déboussolé, le galonné lui ordonna de patienter cinq minutes. Il accompagna les autres vers le fameux trait rouge et revint l'accompagner devant le cabinet du psy.

Le plan se déroulait comme prévu ; restait à savoir quoi dire au psy. Tout allait se jouer dans ce bureau. Première tactique venue à son esprit, pousser son avantage : c'était l'armée qui avait décidé de lui faire rencontrer un psy, pas lui, il ne comprenait donc pas ; voilà ce qu'il fallait mettre en avant : l'incompréhension.

Le jeune gradé revint vers ce trou-du-cul d'appelé qui ne comprenait rien ; bonne pomme il l'accompagna jusqu'au bout du long couloir au linoléum usé par les semelles militaires. Il lui désigna un banc, prit son dossier, suspectant que le troufion éventuel ne saurait lire ce qu'il contenait et frappa à la porte du psy. Ce dernier le fit entrer. La porte se referma. Maintenant, Benjamin était seul. À lui de se composer la tête de l'emploi. Il tenta de se donner l'air le plus éberlué possible, genre « Pourquoi moi ? Qu'est-ce qu'on me veut ? Pourquoi ce psy ? Pourquoi les autres ne vont pas voir le psy ? Qu'est-ce que j'ai fait de mal ? ». La porte s'ouvrit.

Le gentil militaire ressortit et lui demanda si ça allait - oui ça va ; visiblement l'air de chien battu fonctionnait.

— Tu peux entrer.

Face à lui, un autre gradé, passé du camouflage à la blouse blanche avec petites lunettes, le regarda se comporter comme un empoté.

— Bonjour, asseyez-vous.

— Merci.

— Ça va ?

Un temps.

— Oui ça va.

Tout se jouerait dans les silences ; s'en servir sans en abuser ; après une question simple, un petit temps pouvait rendre la réponse boiteuse.

— Vous êtes sûr ?

— Ben oui. Mais je ne comprends pas ce que je fais là. Les autres, ils sont partis en suivant la ligne rouge et moi on m'a dit de prendre la jaune.

— On va regarder ça ensemble, ne vous inquiétez pas.

Le psy ouvrit le dossier, vérifia nom, date de naissance, profession des parents. À chaque fin d'énoncé, il regardait son patient en traquant l'information inconsciente, épaules voûtées, mains qui tricotent un pull avec les doigts, lèvres qui semblent vouloir se cacher dans la bouche.

— Comment ça s'est passé, pour l'instant, ici? Ton arrivée, la nuit et cette matinée?

Il utilisait le tutoiement, un bon signe. Il se rapprochait de son interlocuteur.

— Bah… ça s'est bien passé mais je me sens un peu seul.

— Qu'est-ce que tu veux dire? Tu ne connais personne?

— Oui, je connais personne.

— Mais les autres non plus, tu sais?

— Ça je sais pas; mais les autres y se parlent entre eux, et moi personne ne vient me parler.

— Tu as des copains chez toi… (Il jeta un œil sur la fiche.) En Normandie?

— Euh non, mais j'ai un bon ami.

Benjamin se réjouissait de sa trouvaille, l'expression «bon ami» ne s'utilisait plus, à moins d'aller à la messe tous les dimanches et d'y prendre du plaisir.

— Un bon ami?

— Oui.

— Et que fait-il, ce bon ami?

— Il est professeur de français.

Le militaire psychologue prit un air étonné.

— Quel âge a-t-il?

— Euh… quarante-sept ans depuis un mois. On vient de fêter son anniversaire.

— Qui « on » ?

— Ben lui et moi ! Il m'a invité au restaurant.

Le médecin marqua une pause, son regard s'agrandit.

— Et tu n'as pas de copains de ton âge ?

— Non.

— Pourquoi ?

— J'sais pas. Je m'intéresse pas au football et je préfère parler avec Jean-Michel, il me fait progresser…

Le prénom lui était venu comme ça, instinctivement. D'un coup, il s'était remis en tête son prof de français de seconde, un quadragénaire beau gosse qui faisait craquer toutes les filles, parlait littérature assis sur le bureau, les pieds sur une chaise qui se balançait et tombait une douzaine de fois par cours.

— Jean-Michel, c'est votre… ami ?

— Mhhh…

— Pardon ?

— Oui.

— Que faites-vous, ensemble ?

— On discute de littérature et, tous les quinze jours, nous allons au cinéma voir des films japonais.

— Tu fais du sport ?

— Non.

— Et que fais-tu, en dehors des cours et des films japonais, avec Jean-Michel ?

— Je lis et je fais des dioramas.

Le militaire préféra en revenir aux trois jours.

— Tu expliques que les autres ne te parlent pas, raconte-moi ce qu'il s'est passé, par exemple, hier soir dans la chambrée.

— Eh ben, je me suis assis sur mon lit, tout à l'autre bout de la pièce, et personne n'est venu me parler.

— Oui, mais c'est normal si tu t'isoles !

— Bah, peut-être, mais les autres parlaient ensemble. Ils rigolaient. Et moi, comme j'étais intimidé et mal à l'aise ça m'aurait fait plaisir que quelqu'un me demande si ça allait. Personne est venu. Je ne trouve pas ça très sympathique de leur part…

— Vivre ensemble, Benjamin, demande d'entreprendre un pas vers l'autre. Ils en pensent quoi, tes parents, de ce Jean-Michel ?

— Pourquoi dites-vous « ce Jean-Michel ». C'est péjoratif, vous trouvez pas ?

— Pardon, ont-ils déjà rencontré votre… ami ?

— Non.

— C'est à cause de lui que vous avez fugué ?

— Oui, et parce que mon père m'avait puni pour avoir dit « elle » en parlant de ma mère.

Benjamin éprouvait un peu de gêne à l'idée de mouiller son père, mais l'anecdote contenait un fond de vérité.

La mère de son père lui avait donné une petite gifle parce que Benjamin, du haut de ses sept ans, avait utilisé ce terme distant et soi-disant irrespectueux pour désigner sa propre mère. Cette grand-mère venait une fois par semaine chez eux, sombre et sévère ; il n'avait aucun souvenir de câlins, la voyait juste comme une vieille dame qui arrivait à la maison pour passer la soirée, dormir et repartir ensuite chez sa fille Élise, où elle avait sa chambre et restait plus longtemps. Chez Benjamin, elle dormait dans le lit de son frère aîné qui, lui, devait migrer dans le salon avec son duvet. Elle partageait donc la chambre des enfants, les trois frères dormaient ensemble. Plus tard, une cloison était venue isoler l'adolescence du grand de l'enfance des deux autres, le premier avait la fenêtre et les petits devaient se contenter d'un rectangle vitré tout en haut de la cloison. Avant ce mur de Berlin séparant *Pierre et le loup* des Beatles, trois lits disposés le long des murs avaient essayé de dégager un espace central pour un tapis rond vert bouteille à poils longs où les caisses de Meccano se vidaient avec fracas. Ils étaient remuants et chamailleurs, devenus experts en chahuts à coups d'oreillers, l'aîné se transformant volontiers en faucheur de petits frères sautillant sur les lits. Béquilles, brûlures indiennes, chatouilles, frites, crêpages de cheveux, tout ce que les conventions de Genève n'avaient pas listé comme crimes de guerre était pratiqué dans cette chambre de l'appartement de fonction lié à l'école maternelle Jean-Baptiste-Clément de Petit-Quevilly, bâtisse posée juste à côté du tonton horticulteur. C'était donc tout naturellement qu'un soir Benjamin s'était relevé discrètement de son lit pour s'approcher de celui du grand frère et jeté sur lui de tout son poids en le mitraillant de bourrades. « Tu es fou ! Mais ça va pas ? Qu'est-ce qu'y te prend ?» avaient rugi les couvertures. Une voix âgée et édentée. L'enfant avait oublié que c'était un mardi et que son frère aîné dormait dans le salon. Il venait de rouer de coups sa grand-mère paternelle.

— On devait aller au cinéma ensemble, reprit Benjamin, alors je suis sorti par la fenêtre afin de rejoindre Jean-Michel. Après la séance, pour ne pas lui causer d'ennuis, je suis allé dormir sous l'entrée du Théâtre Charles-Dullin de Grand-Quevilly. La police m'a trouvé là et ramené à la maison.

— Et la drogue ? Je vois que tu as coché cette case.

— Je fume de l'herbe pour écrire mes poèmes.

— Tu aimes tes parents ?

— Oui.

— Et eux ?

— Je crois qu'ils m'aiment, mais je pense qu'ils auraient préféré que je sois une fille. Je devais m'appeler Nathalie.

— Et toi, cela t'aurait plu d'être une fille ?

— Parfois, quand je vois le comportement des garçons entre eux, je me dis que oui. En vrai, l'important ce n'est pas ce qu'on est mais ce qu'on veut faire.

— Et que souhaites-tu faire ?

— Je ne sais pas trop...

— Aucune idée ?

— Parfois, j'aimerais être instituteur en maternelle, comme ma mère. Ou me lancer dans le théâtre.

— Du théâtre ? Tu en fais ?

— Non, j'ai trop peur…

— Tu devrais, je pense que ça te serait bénéfique et t'aiderait à rencontrer d'autres personnes, à t'extérioriser. Dis-moi franchement, Benjamin : as-tu envie de faire ton service militaire ?

La question le cogna comme un uppercut. Il l'avait envisagée, anticipée dans ses scénarios divers mais qu'elle arrive aussi soudainement l'avait cueilli à froid. Il ne devait pas afficher d'antimilitarisme mais amener l'armée à ne pas vouloir de lui. C'était pour cela qu'il avait planché et répondu soigneusement ; en cas d'échec, il pourrait au moins choisir une affectation supportable. En outre, il lui fallait rester cohérent avec son statut d'étudiant. Normalement, la réponse à l'interrogation aurait dû être un oui, mais un oui massif et enthousiaste, le gradé en blouse blanche aurait pu le saisir au bond pour estimer qu'un stage d'un an loin de ses parents et du fameux Jean-Michel lui serait bénéfique.

— Oui, j'aimerais bien, finit-il par répondre : mais j'ai le sentiment que les autres ne voudraient pas d'un camarade comme moi.

— J'ignore ce que veulent les autres, Benjamin. Pour ma part, j'estime que, malheureusement, tu n'as pas assez confiance en toi pour supporter un an de service. Vivre en communauté aussi longtemps suppose des aptitudes à l'esprit de communauté, l'entente, l'entraide, le contact, que tu ne possèdes pas. Aussi, je mets un avis défavorable. Tu comprends ?

— Oui, je comprends. Mon père sera déçu.

— Pourquoi ? Il y tenait ?

— Je ne sais pas… Mais il a été militaire, il a fait l'Indochine.

Benjamin exprimait là un doute qui sommeillait en lui et osait enfin s'éveiller. Que penserait son père d'avoir un fils qui, même en temps de paix, se montrait incapable de répondre à de banales obligations nationales quand lui avait supporté la guerre ? Ce père toujours silencieux sur cette période vraisemblablement trouble, dure, mais qui en conservait la nostalgie en gardant des reliques d'uniforme galonné de naphtaline et quelques babioles exotiques à coup sûr gorgées d'émotions interdites et d'images fortes préservées jalousement au secret de son cerveau, comment réagirait-il en apprenant qu'un de ses rejetons se voyait écarté ? Tiraillé entre ce brusque accès d'angoisse et l'envie de crier son bonheur, il sentait monter en lui un carnaval de Dunkerque de hourras qui ne demandait qu'à défiler dans les rues de Cambrai et avait maintenant envie de courir, rejoindre la sortie et laisser éclater sa joie.

Il était réformé…

80

Il restait quelques mètres à parcourir avant de rejoindre la maison familiale. Normalement, tout le monde serait là pour entendre le verdict de la grande muette. Le bus articulé le laissa près de la caserne des pompiers, Benjamin fit le reste du trajet à pied.

Un remords ne cessait de tourner en lui comme une chignole. Un remords qui avait germé et poussé dans son crâne, s'y était enfoncé au rythme des essieux qui marquaient les raccords des rails du voyage de retour. Son père serait forcément à l'appartement. Et ce père silencieux, discret, réservé, ce travailleur courageux peu enclin à entamer une conversation sur un autre sujet que les devoirs à faire et les choses à ranger, ce paternel dérouté et meurtri par sa mise à pied brutale et infamante, ce père qui n'avait rien pu faire de ce qui composait maintenant le quotidien de ses fils – les études, le sport, les voyages, le théâtre, les sorties –, ce père à la nervosité palpitante, ce père sourcilleux qui ne dévoilait sa légèreté qu'à l'occasion d'un dîner à la maison ou d'un week-end chez les amis, ce père tout attendri par la petite enfance, capable de rester des heures à faire sauter un bébé sur ses genoux comme un gendarme sur son cheval, mais mal à l'aise avec l'adolescence au point d'être incapable de lui offrir la moindre bourrade, ce père qui, tel Titus Andronicus, se serait pourtant coupé une main à la hache sans la moindre seconde de réflexion s'il s'était agi de sauver n'importe lequel de ses fils, ce père sans autre exigence que celle d'avoir une vie normale et tranquille, ce père au passé militaire, guerrier même… l'attendait.

Le service aurait sans doute pu tracer un trait d'union entre eux, ériger un socle sur lequel un petit abri se serait édifié pour que ce père-là et ce fils-là puissent se parler, peut-être rire ensemble de choses à eux, de choses qui auraient placé sa mère, sa femme, en deuxième, qui auraient donné le vers suivant à leur soirée alexandrine du stade Robert-Diochon et leur aurait permis de voir le FCR jouer, même dans un match poussif. Ce service militaire aurait pu devenir le lien qui leur manquait. En se faisant réformer, Benjamin avait le sentiment de s'éloigner encore un peu plus des rivages paternels, de lui renvoyer d'un revers de main son passé militaire, qui restait pourtant discret dans ses boîtes en carton et ne ressortait jamais, même lors des fins de dîner arrosées. Son père ne la « ramenait » pas avec ça, comme on dit. Mais, précisément, il y avait là une occasion commune de la ramener, la guerre, mais de la ramener joliment comme un clin d'œil d'un fils à son père. Peut-être même que Benjamin aurait pu alors se payer le luxe de lui confier qu'il avait envisagé de se faire réformer mais qu'il y avait renoncé au dernier moment afin de pouvoir lui dire : « Comme ça on sera deux ! »

Arrivé à hauteur de l'école maternelle, un petit bâtiment en rase-mottes, il monta les quelques marches et tourna la clef aux formes compliquées dans la serrure, morceau de métal prétendant assurer la sécurité du foyer alors que la porte se composait de contreplaqué d'à peine cinq millimètres d'épaisseur.

Benjamin posa machinalement son sac dans l'entrée, avant de le reprendre aussitôt pour le ranger dans sa chambre ; ça éviterait une réflexion ! Aucune foule pour l'attendre dans la maison, juste France Inter en sourdine dans la cuisine, avec un Dominique Souchier posant trois questions à un invité. Son père était là. Il finissait d'éplucher des légumes pour la soupe du soir. La compote compotait sur la gazinière. Son père l'informa que sa mère était en réunion et son petit frère au water-polo.

— Alors, comment ça s'est passé ? demanda-t-il après un temps.

— C'est chiant Cambrai en train…

Benjamin ignorait comment enchaîner sur la suite. Pour se donner une contenance, il alla regarder par la fenêtre de la cuisine. Après quelques instants pesants, il décida de jouer la révélation en mode mineur, comme un détail qu'il aurait pu oublier.

— Je me suis fait réformer, P3, c'est-à-dire problèmes psychologiques. Mais en cas de conflit je suis bon pour y aller, énonça-t-il d'un souffle.

— T'as fait ça comment ?

— Ben, j'ai raconté des âneries sur moi. J'ai inventé un personnage qui avait du mal avec la vie. Et ça a pris.

Jacques le regarde, opine de la tête et le regarde encore.

— T'as raison. Tu as autre chose à foutre que de perdre un an avec ces conneries !

81

Je n'y arrive plus, j'essaie mais je n'y arrive plus. Je les vois au-dessus de moi, je sens leurs mains, leurs baisers, j'aimerais répondre, j'aimerais parler un peu, dire une connerie ou deux histoire de les voir sourire avec leurs yeux humides alors que moi je ne fais que baisser et remonter les miens comme une houle lente au pied d'un ponton. Parfois, j'ai quand même l'impression de sourire.

Mon ventre est gonflé, tout est retenu là-dedans, j'ai peur de mourir n'importe comment. La mort, je peux la regarder en face, c'est pas ça le problème, je n'ai pas peur de mourir, vous êtes là alors je n'ai pas peur, mais je ne veux pas qu'elle me transforme en fosse septique qui déborde; m'épargner ça ce serait chouette de sa part. Moi, j'ai joué franc jeu, toute ma vie; j'ai avancé comme je pouvais, j'ai collectionné les levers de soleil, les matins Gauloises bleues et les sandwichs assis sur trois pneus, je n'ai pas à me plaindre car j'ai travaillé tout le temps, les coups de main, les à-côtés, j'ai fait aussi. Je n'ai pas bu les pourboires, j'ai tout gardé, et j'ai tout donné, c'est votre mère qui comptait et elle a pu compter sur moi; on a fait attention, on a calqué nos rêves sur nos fonds de poches, je n'ai pas eu de médailles, de rubans, pas de diplômes, hérité de rien, mais j'ai eu trois gosses, trois fils, et je me les suis épinglés sur le poitrail à même la peau.

J'ai envoyé promener le bon Dieu, de Gaulle et les Ricains, je n'aime pas la jactance, les forts en gueule et les fiers-à-bras, j'aime les gentils, ceux qui disent bonjour avec les yeux avant de le dire avec la bouche, les polis de l'intérieur, ceux qu'aiment bien faire trois pas avec moi dans le jardin.

Je veux que les miens soient heureux, je n'ai pas vécu de travers et j'ai toujours regardé en face, alors si elle pouvait me prendre comme ça, gentiment, ça me ferait plaisir. Il paraît qu'on est jeudi, jeudi 15 février; jusqu'ici les jours passaient sans que je m'en soucie plus que ça et pourtant, aujourd'hui, j'ai retenu : jeudi 15 février. Vendredi sera trop haut perché pour moi.

Il y a mon deuxième qui se penche vers moi, il veut dire quelque chose… C'est gentil ce qu'il me dit; « de rien mon grand, de rien ». Si j'avais la force, je te dirais ça aussi, pareil pour moi mon garçon, vas-y, va faire ton théâtre, je sens que tu n'oses pas partir, pas besoin de parler, je sais bien que tu en as fait ton métier mais il y a des choses qui parlent pour nous tu sais. Regarde mes truelles de quand j'étais maçon chez Hector, regarde-les bien, ça parle ça, comme les arbres que nous avons plantés. Et puis regarde cette chambre en transit : vous êtes là, et ça parle aussi. Vas-y mon grand, mon beau parleur, te retourne pas, va jouer, ici la pièce est terminée de toute manière, on va bientôt tout débrancher et mettre une loupiote pour le recueillement, une servante comme on dit. Il paraît que vous faites ça aussi au théâtre quand la pièce est finie. Va dans la lumière. Je peux bien te le dire, maintenant, mais j'ai chialé dans mes mains le jour où tu as joué pour la première fois à la Comédie-Française.

Du bout du lit, je te vois me regarder, t'arrives pas à partir; je sais que tu sais, j'ouvre les yeux au maximum, je veux m'en prendre encore plein les mirettes de ta bouille, regarde mes prunelles, t'as vu comment j'écarquille? Vas-y mon tout petit, va, je sais que tu vas vouloir revenir me voir tout de suite après ton théâtre; je sais que tu vas faire vite, qu'avec ta femme vous allez filer sur l'autoroute; mais sois tranquille, tes frères sont là, ils t'attendront en bas du pavillon et viendront à votre rencontre pour vous dire que c'est fini, que je suis parti dans mon sommeil, tranquillement, sans souffrance, des mots de vivants. Ne t'inquiète pas bonhomme, il y aura du monde pour la grande bascule, ta mère est là, ne fais pas le Fangio sur la route, garde tes points pour l'espérance. Allez file. Es-tu parti! Regarde comme je te regarde, je ne sais pas faire plus, tout le reste est coincé. Je n'ai plus que ça, mes yeux, mes yeux pour te dire…

Remerciements

Je tiens d'abord à remercier ma femme, Elsa, qui est là, si généreusement là, en toutes circonstances.

Et puis cette famille que j'aime jusque dans ses branches cousineuses.

Mais aussi André Rakoto, directeur du service départemental de l'ONACVG (Office national des anciens combattants et victimes de guerre) de Paris, Ivan Cadeau, officier au service historique de la Défense, pour leur aide précieuse et leur gentillesse.

Un grand merci à Camille Trumer.

Merci à Thierry Billard pour sa foi, qui m'aide tant.

Merci à toi, Pierre Martret, le Pierrot de mon Papa.

Merci, Papa.

Achevé d'imprimer en juin 2018
par Normandie Roto Impression s.a.s.
61250 Lonrai
N° d'impression : 1802058

Imprimé en France